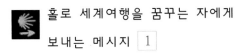 홀로 세계여행을 꿈꾸는 자에게
보내는 메시지 1

기적의 순례와 여행

글 · 사진 정금선

산티아고 순례 프랑스길 800Km

프랑스 · 포르투갈 · 스페인

순례 여행길 지도

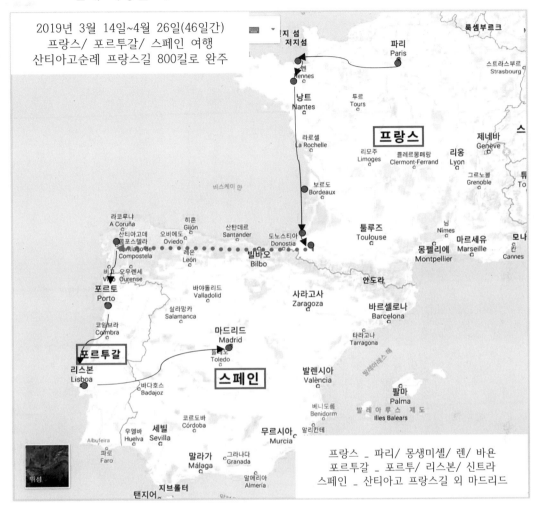

2019년 3월 14일~4월 26일(46일간)
프랑스/ 포르투갈/ 스페인 여행
산티아고순례 프랑스길 800킬로 완주

프랑스 _ 파리/ 몽생미셸/ 렌/ 바욘
포르투갈 _ 포르투/ 리스본/ 신트라
스페인 _ 산티아고 프랑스길 외 마드리드

산티아고 순례 프랑스길(위 지도의 초록색 점선)　이미지 출처: 산티아고 순례길 가이드북

차 례

들 / 어 / 가 / 면 / 서

나 홀로 세계여행, 산티아고 순례길부터 시작해 보자.

　본시 나에게는 '나 홀로 세계여행을 꿈꾸는 이에게 보내는 메시지'가 따로 있었다. 오롯이 홀로 여행을 시작한 나의 두 번째 인도 여행기다. 하지만 낯선 문화 속의 무용담 같은 여행이 너무 힘들었다. 이번 순례 전에는 주변 사람에게 나의 5차 인도 여행 중 2차 인도여행을 추천했었다. 지금은 홀로 세계여행을 시작하고 싶다거나 꿈꾸고 있다면 먼저 산티아고 순례길을 추천하고 싶다. 내가 첫 메시지로 선택한 이유는 이동 수단은 튼튼한 두 발이면 되고 여기에 순례자 여권만 있으면 순례자 숙소와 순례자메뉴가 있으니 먹고 자는 문제는 쉽게 해결된다. 그러니 나 홀로 여행의 경제적 심적 부담이 적다. 게다가 종교인이든 비종교인이든 적은 비용으로 역사와 문화를 알게 되고 멋진 건축과 풍경은 덤으로 여행과 순례를 동시에 하는 것이다. 순례자 사무실에서는 프랑스길 800킬로를 34일간으로 잡지만, 토막을 내서 다니는 것도 나쁘지 않다. 자신의 상황이나 체력에 맞게 걷는 이 순례길에서는 배우고 느끼는 것이 아주 많다.

　내가 처음 해외여행을 시작할 때 스페인이라는 나라를 여행하고 싶다는 생각보다는 산티아고 순례길을 걷고 싶었다. 학창 시절에 알게 된 천로역정에 대한 막연한 환상이었을지도 모른다. 그렇다고 내가 독실한 크리스천도 아닌데 구도자의 길을 간다거나 묵언 수행하고자 순례길을 택한 것은 아니다. 뚜렷한 목표도 없고 아무런 정보도 없이 아주 막연히 '순례(걷기)'라는 말이 좋았고 그냥 하고 싶은 일 중의 하나였다.

산티아고 순례길에 대한 정보를 조금씩 알아가면서 교사 생활 중 800킬로를 걸을 만한 긴 시간을 내기 어렵다는 걸 알았다. 물론 토막을 내서 가기도 하고 100킬로만 걸어도 순례 증서가 나온다는데 내 목표는 순례 증서가 아니다. 방학 기간에는 순례길 완주가 어렵고 너무 춥거나 더운 날씨 때문에 힘들다는 것을 알고 퇴직 후 첫 번째 버킷(bucket)으로 접어두었다. 직장에 얽매이지 않아야 넉넉한 시간으로 적절한 시기에 순례가 하고 싶었고 그런 날을 기다려 왔다.

이번 여행은 퇴직 후 시간적 여유로 앞뒤로 프랑스 서부와 포르투갈, 스페인 마드리드 여행을 넣었으니 여행과 순례 두 마리 토끼를 다 잡은 기쁨이 크다. 좀 더 세세하게 준비된 여행이라면 더할 나위 없겠지만 여행은 어떤 여행이라도 그저 좋다. 내 생각이긴 하지만 부딪치고 깨져도 실패한 여행이란 없다. 항상 여행 시작 때마다 느끼는 것은 '과연 내가 잘할 수 있을까?' 이어서 '되는대로 감사하자!!'이다.

글 쓰는 재주가 있는 작가는 아니니 그냥 말하듯이 쉽게 그때를 상상할 수 있게 적었다. 마치 혼자 보는 일기처럼. 이 책은 나와 같이 순례가 꿈이고 나 홀로 세계여행을 꿈꾸는 이에게 보내는 내 작은 선물 꾸러미고 싶다.

나 홀로 여행, 처음 한 번이 어렵지, 그다음부터는 누구나 할 수 있다.

2021년 12월
정 금선(鄭 琴仙)

여 / 행 / 준 / 비

여행과 순례 전, 걷기 훈련과 체력단련은 필수입니다.

　2018년 8월 31일. 퇴직 후 첫 해외 여행길로 산티아고 순례길을 준비했다. 그해 가을 즈음 출발하려고 계획했는데 뜻하지 않은 건강검진 결과가 나왔다. 40년 근무 후 퇴직 선물 마냥 찾아온 시시한(?) 암이다. 내 일생일대 전신 마취의 대수술과 치료로 주춤하게 됐다. 자궁 경부의 암 덩어리 제거 수술 후 망연자실했지만 그대로 주저앉고 싶진 않았다. 환갑을 넘겼으니 고장이 날 만도 하다는 생각으로 벗어나고 싶었다. 그리고 순례를 다음 해로 미루며 잠시 쉬어가자는 맘으로 심호흡하고 힘겹게 체력 단련했다. 느리게 걸어도 하루에 20킬로를 40일간 걷는다는 것은 말처럼 쉽게 되는 것이 아니다. 난 이 길을 걷기 위해 여행 전에 유산소운동과 근력운동을 열심히 했다. 그리고 주말이면 걷기에 딱 좋은 무등산 무돌길 걷기를 강행했다. 평소에도 차로 움직이기보다는 5~6킬로 무게의 가방을 메고 꾸준히 도서관과 수영장을 오가며 규칙적인 걷기 훈련을 했다. 치열하게 운동하고 날마다 저녁이면 발가락 사이사이에 바*린을 발라주며 순례길에 오를 준비했다. 이번 순례길을 준비하면서 프랑스 길 말고도 여러 길이 있다는 것도 알았다. 대표적인 프랑스 길 외에도 북의 길, 포르투갈 길, 은의 길 등이 있다. 나의 결정은 프랑스 길로 하루 20킬로씩 걸어 40일이면 충분하고 파리인 마드리드 아웃으로 항공권을 계획했다. 그러면서 지난 파리 여행 때 가지 못해 아쉬웠던 신비의 '몽생미셸(Mont Saint Mishell)'수도원은 꼭 둘러보고 싶었다.

덤을 붙이는 여행은 해외여행에서 습관처럼 생긴 나의 욕심이다. 이왕 큰돈 들여 장시간 비행한 것이니 가능한 최대로 많이 보고 느끼고 싶었다. 내 나이 50에 일 년에 두 번의 방학 기간을 꽉 채운 여행으로 15여 년간 해왔다. 하지만 이번 순례길 준비 과정에서 이건 아니다 싶어 오로지 순례만을 위한 일정을 짜려고 했다. 본래 퇴직 후 욕심대로라면 스쳐 지나가는 여행이 아니라 좋은 곳에서는 살다 가는 '머무는 여행'을 꿈꿨다. 상황이 이리되니 스스로 다독이며 계획한 순례이고 여행이었다. 이번 여행과 순례를 완수하고 싶었고 내 인생 최대의 큰 수술 후라 무리하는 오류를 범할 수는 없었다. 그래서 45~50일 정도로 여행을 계획했고 이도 잘 감당해낼 자신은 희박했다. 하지만 계획대로 순례의 완주와 여행에 성공한다면 건강에 대한 자신감과 남은 미래를 꿈꾸는데 엄청난 에너지를 얻으리라 기대했다.

나 홀로 여행을 꿈꾸고 시작하기에 딱 좋은 산티아고 순례길. 출발은 혼자지만 순례길 위에선 누구와도 친구가 될 수 있다. 아니 실제로 남녀노소 누구나 친구가 된다. 하지만 가기 전에도 다녀와서도 혼자가 답이다. 직접 순례를 다녀와 보면 이 말의 의미를 더 잘 알 수 있을 것이다. 두려워 말고 떠나라. 달라진 나를 보게 될 것이다.

나 홀로 세계여행을 꿈꾸는 자여~~ 산티아고 순례로 시작해 보자.

1. 뮌헨 경유 루프트한자, 항공권 예약 완료

여정 정보 / 좌석 지정

가는 편　　　　　　　　　　　　　　　　　　　　　　　　　　　　　　　　총소요시간 15시간 25분

1	인천 ICN (터미널1) 3월 14일 12:30 출발	→ 11시간 35분 소요	뮌헨 MUC (터미널2) 3월 14일 16:05 도착	루프트한자 LH719	항공사예약번호 **UEI2AJ** **좌석지정**	일반석(K) 예약확정
	경유	대기시간 2시간 15분				
2	뮌헨 MUC (터미널2) 3월 14일 18:20 출발	→ 1시간 35분 소요	파리(샤를... CDG (터미널1) 3월 14일 19:55 도착	루프트한자 LH2236	항공사예약번호 **UEI2AJ** **좌석지정**	일반석(K) 예약확정

오는 편　　　　　　　　　　　　　　　　　　　　　　　　　　　　　　　　총소요시간 15시간 30분

3	마드리드(... MAD (터미널2) 4월 25일 07:10 출발	→ 2시간 25분 소요	뮌헨 MUC (터미널2) 4월 25일 09:35 도착	루프트한자 LH1807	항공사예약번호 **UEI2AJ** **좌석지정**	일반석(K) 예약확정
	경유	대기시간 2시간 45분				
4	뮌헨 MUC (터미널2) 4월 25일 12:20 출발	→ 10시간 20분 소요	인천 ICN (터미널1) 4월 26일 05:40 도착	루프트한자 LH718	항공사예약번호 **UEI2AJ** **좌석지정**	일반석(K) 예약확정

탑승자 정보

번호	이름	성별	생년월일	연령구분	항공요금	택스	유류할증료	발권수수료	기타	합계
1	JUNG/KUMSUN	여	19	성인	129,900원	132,200원	460,600원	1,000원		723,700원

　　2019/01/31_ 3월 14일 프랑스 드골공항으로 들어가서 4월 25일 스페인 마드리드로 나오는 루프트한자 항공권이다. 비수기라서인지 예상보다 항공료가 쌌다. 2년 전에는 여름방학 때 파리 드골 왕복이 100일 전 예약임에도 110만 원이 넘었는데 이번엔 72.3만 원이 발권됐다. 학생 수요자가 많은 방학 시기는 항공료가 엄청 비쌌다는 이야기다. 어쨌든 항공료는 움직이는 생물체이다. 여행 때마다 인아웃 항공권이 발권되면 다음 여행 계획과 진행은 빨라진다. 이번 여행에선 거의 예약 없이 현장에서 직접 부딪치며 다닐 생각이다. 이 시기의 순례길도 비수기인지라 따로 알베르게(순례자 숙소)를 예약할 필요가 없다. 대신 파리에서 몽생미셸을 가기 위한 준비만 했다. 다시 말하지만, 항공권까지 확보되었다면 순례길에 오르기 전 꾸준히 체력단련을 소홀히 해서는 안 된다. 어디를 갈까? 어디서 자고 무얼 먹을까? 하는 염려 대신 걷기 연습을 충분히 해두자. 이 여행과 순례를 마치면 만족감과 자신감은 자동으로 따라온다.

2. 공항에서 떼제베(TGV)타고 렌으로 이동 후 몽생미셸 가기 준비

　2019/02/16_ 이번 여행의 중심이 파리가 아니니 드골공항에서 파리로 들지 않고 몽생미셸로 바로 가는 방법을 택했다. 공항에 저녁 도착이니 어차피 공항 내에서 하룻밤 머물다 바로 다음 날 연결되는 떼제베(TGV)가 있다. 역시 TGV로 렌까지 이동 후 버스 환승을 하는데 모두 67.30유로로 프랑스는 만 60세가 넘으면 시니어 요금으로 할인된다. 난 주변 여행보다는 몽생미셸에서 하루 머물 계획이다. 몽생미셸 수도원에서 하룻밤을 머물 생각 하니 기분이 너무 좋다. 이렇게 짧은 여행계획을 세울 때도 버릴 건 버리고 취할 건 취할 줄 아는 지혜가 필요하다. 목표가 정해지면 후회하지 않을 계획을 세우는 게 중요하다. 이번 여행은 46일간의 여정으로 며칠간이 될지 모를 산티아고 순례로 총 32~35일 정도로 얼추 잡았다. 그러니 순례가 최우선이고 남은 열흘간의 계획 중 앞으로 몽생미셸을 넣고 순례 뒤로 남은 날은 그때 가서 결정해도 늦지 않다. 이번 여행은 항공권과 몽생미셸 1일 숙박 말고는 어느 것도 사전예약한 거 없다. 유럽인데 이래도 되나 싶으나 산티아고 순례가 중심이니 괜찮다. 얻은 것이 있으면 잃은 것도 있기 마련이다. 설레지만 편안한 마음으로 순례와 여행을 준비하자.

프랑스 FRANCE 여행

몽생미셸 | 렌 | 바욘

파리 드골 공항에서 TGV&BUS 타고 신비의 수도원 몽생미셸 가기

새벽 알람부터 집에서 나가야 할 시각과 기상해야 할 시각을 착각했다. 다섯 시에 눈뜨자마자 씻지도 않고 그대로 배낭을 챙겨야 했다. 후~우~~ 이런 적은 없는데 난감하다. 부랴부랴 대충 챙겨둔 배낭을 메고 집을 나선다. 순례가 주목적인 이번 여행은 여느 때와 다르다. 지인이 챙겨 준 네 봉지나 되는 사탕을 무게 때문에 가져갈까 말까 망설이다가 마음만 안고 그대로 두고 나선다. 46일간의 여행길 가방 무게가 8kg이 못 된다. 평소에는 가족 도움으로 배웅받았으나 이번 터미널까지 이동은 그럴 상황이 못 된다. 최 선생은 지방에 있고 큰아들은 서울, 작은아들은 하와이에서 생활 중이다. 다행히 쉽게 택시를 잡을 수 있어 바로 터미널을 향한다. 후~유~우~~ 막상 급하게 도착하고 보니 예약한 버스 시간인 6시는 아직 여유가 있다. 떡과 사과로 식사 대용 후 광주 유스퀘어에서 새벽 6시에 인천공항행 버스를 탔다. 4시간 이동하여 10시경에 인천공항에 도착했다. 끈이 너덜거리는 배낭이라 배낭 커버도 좋고 기계로 랩핑하는 것도 좋지만, 이럴 때 쓰려고 챙겨 온 김장비닐에 배낭을 통째로 넣고 묶었다. 루프트한자 K19~ 보딩 창구를 찾아 부치고 항공권을 받았다. 처음엔 배낭을 기내로 들고 갈 생각이었는데 갑자기 귀찮아져 수화물로 보내 버렸다. 갑작스러운 변심이라 염려했는데 아니나 다를까 검색원이 날 찾아왔다. 내 배낭 안에 휴대전화 배터리가 있어 검색대에 걸렸다며 배터리가 있는 위치를 스캔해준다. 기계 랩핑이 아니라서 쉽게 배터리만 빼고 그대로 수화물로 보내고 보안 검색대와 출국장에 들어오니 한시름 놓인다. 출국 절차가 끝나고 홀가분한 몸과 편안한 맘으로 식품관에 들었다. 괜히 배 속이 든든해야 할 것 같아 평소 먹지 않은 피자를 시켜 먹고 여유 있게 탑승 기다렸다. 면세점이라 해봤자 내게 관심거리는 없다. 대신 한국전통문화센터 '사랑'에 들어갔다. 해외여행에서 필요한 한국 전통 기념품을 파는 곳이다. 그리고 입구에 한국명소 사진이 있는 무료엽서에 전통 문양의 스탬프를 찍어 갈 수 있다. 해외를 나가거나 외국 여행자에게 주는 일종의 서비스다.

12:30분 이륙 준비로 비행기가 활주로 위를 서서히 움직이기 시작했다. 와중에 기내 방송으로 응급환자 발생했다며 승객 중 의사를 급히 찾는다. 이륙하지 못하고 지체하다 결국은 회항하여 건강 이상 승객과 동반자, 그들의 수화물도 내려야 했다. 남은 탑승객들이 불편할 수 있고 나처럼 경유하는 사람은 연결편에 문제가 생길 수 있다. 하지만 이륙하여 항공기 바퀴가 접어지기 전 이렇게라도 조처를 할 수 있어 다행이고 감사할 일이다. 한 시간 사십 분 지체 후 다시 이륙 준비를 하는데 출발 전부터 지루

하고 배고프니 뱃속에 거지가 들었나 보다. 아침도 먹고 점심도 먹었는데 정작 밥을 안 먹어서 밥순이는 허전하다. 떡이나 피자는 내게 끼니가 될 수 없는 모양이다. 과연 40여 일간을 해외에서 어떻게 견딜지 걱정이 앞서지만 웃음이 나온다.

연결편 차질 없도록 하겠다는 운항 안내가 나왔다. 인천에서 프랑스 파리까지는 뮌헨 대기시간 2시간 15분을 포함하여 총소요 시간이 15시간 25분 걸린다. 이러니 광주 집에서부터 출발하여 파리 도착 시각까지는 22시간 정도 걸리는 셈이다. 시차는 -7시간으로 파리가 한국보다 늦다. 상공에 비행기가 뜨니 에어플레인 모드가 해제되고 사용료를 따로 내야 하지만 와이파이가 되는 루프트한자 항공기다. 이코노믹 좌석인데 기내 식사 메뉴판이 나온다. 뜨거운 물수건 주고 한 시간 넘겨서 식사가 나왔다.

뮌헨까지 가는 중에 기내영화 두 편을 보고 점심, 간식, 저녁까지 준다. 울란바토르와 이르쿠츠크를 지나 러시아 상공을 나르는 노선에 불모지와 잔설이 가득하다. 작년 여름 시베리아 캄차카 여행을 생각하니 너무 반가웠다. 아~아!! 드디어 가는구나!! 나의 버킷리스트. 가슴이 뭉클거리며 감동의 순간이다. 독일 뮌헨 입출국 장에서 간단한 시비가 있었으나 여권에 독일 스탬프를 받고 연결편으로 급하게 이동했다. 인천공항 출발 때 급한 환자가 생겨 지체하는 바람에 마음이 조급해졌다. 가는 비가 내리는 뮌헨에서 파리를 향한다. 몸이 찌뿌둥하고 댕댕하게 붓는다. 아이고 이젠 장거리 비행 여행도 못 하겠구나 싶을 때 파리 드골공항이라며 착륙 준비 사인이 들어왔다.

촉촉한 밤비가 여행객을 맞이한다. 공항 내 제1터미널에서 무료 셔틀 기차를 타고 다음 날 TGV를 탈 제2터미널로 이동했다. 다음 날 새벽 5:50분 TGV로 이동할 거면 계획했던 대로 공항 노숙할 생각이었다. 그런데 예약한 TGV 출발 시각이 8:49분으로 바뀌게 되니 생각이 달라졌다. 공항에서 렌을 경유해 몽생미셸까지 TGV와 OUI BUS는 시니어 가격 67.30유로, TGV 후 BUS로 갈아타 4시간 6분 이동이다.

제2터미널에서 무료 숙소인 프리 라운지를 찾는데 다음날 항공 이용자에게만 허용된단다. 과하지 않고 편안한 잠자리로 공항 내의 호텔을 검색해야 할 상황이다. 일단 숨돌리는 맘으로 도착 여부를 기다릴 식구에게 무사 도착 문자를 보냈다. 시차로 심야인 서울의 아들과는 소통 못 하고 하와이에 사는 작은아들 며느리와 톡 했다. 여행 출발했다니 내심 걱정되어 기다리고 있던 모양인지 즉답이 왔다. 공항 내 무료 숙소에 머물겠다니 아들은 절대 반대다. 아들은 직접 호텔을 검색하여 예약하겠다기에 말렸다. 인터넷으로 시공을 초월하니 좋긴 좋은 세상이다. 내가 직접 앱으로 숙소를 찾는데 의외로 쉽게 예약이 됐다. 공항 내 호텔이라 엄청 비싼 줄 알았다. 이럴 때 쓰라고 아들 며느리가 용돈을 챙겨 준 거로 생각하자. 문제는 현장 결재일 텐데 예약과 동시에 1박에 100유로 카드 결제 사인까지 들어온다. 예약된 호텔을 찾아 다시 공항 내 무료 셔틀 트레인을 타고 1터미널과 3터미널 중간의 Px에서 내렸다. 이곳에서 구글 지도를 보며 예약한 호텔 'INN SIDE'를 찾아 편안한 투숙을 상상했다. 호텔에 체크인 하려는데 또 결재해야 한다며 카드를 달란다. 아니라며 이미 결재 했다고 말했지만 잘 이해되질 않아 결국은 이중지급된 상태로 룸키를 받았다. 여행은 언제 어디서든 예기치 못한 일이 생길 수 있다. 몸을 다치지 않는다면 이만하면 됐다고 생각할 여유도 필요하다. 가령 손가락을 다칠 수도 있고 발목이 부러질 수도 있다. 몸을 다쳐서 여행을 못 할 정도가 되지 않았다면 다행으로 생각하자. 호텔 비용 100유로가 적은 돈은 아니지만, 여행 마치고 카드사에 상황설명 후 되돌려 받으면 될 일이다. 이를 위해 호텔에 요금을 지급한 영수증을 보관해야 한다. 어찌 개운치는 못하지만 이만하면 아직은 순탄(?)한 이동이고 시작이다.

푹신하고 아주 깨끗한 최상의 호텔이지만 설렘으로 잠을 설쳤다. 호텔 방 창문으로 비치는 드골공항의 관제탑과 터미널 1의 프랑스 국기 모양의 네온이 인상적이다. 간단하게 아침을 챙겨 먹고 체크아웃 전 호텔 프런트에 이중결재에 대해 다시 얘기했으나 영어 불어 짬뽕 언어로 소통이 어려웠다. 호텔 앱사이트나 카드사의 에러일 수 있으니 여행 마치고 확인해 봐야 한다. 예약과정을 자세히 보니 예약 당시 사용한 카드는 일종의 인증 정도일 뿐 호텔 현장 결재가 맞다. 그런데 카드사에서 인증만 해야 하는데 KB 해외 카드사에서 결재까지 해 버린 것이다. 한국으로 돌아가 해결할 문제지만, 당시엔 여행 첫날부터 불쾌했다. 여행을 마치고 이중 결재한 영수증을 첨부하여 환급 절차를 밟았는데 13만여 원을 환급받기까지는 4개월이나 걸린단다.

아침 8시 49분 TGV 탑승해야 할 시간이니 공항 무료 셔틀을 이용해 제2터미널까지 왔다. 전광판을 보고 몽생미셸을 가기 위해 렌까지 가는 TGV 플랫폼을 확인했다. 렌 도착한 이후 이동은 버스다. 이번 예약은 출력물도 한 장 없으니 와이파이를 이용해 나의 메일을 열어야 했다. 조급한 시간이지만 다행히 터미널 안에는 와이파이가 연결되고 메일을 열어 확인할 수 있었다. 내가 예약한 TGV 티켓은 08:49분 출발, 015 칸 071번 좌석인데 기차 내에선 와이파이가 안 된다. 그 순간 좌석 번호도 몰랐는데 타기 전에 확인하길 얼마나 다행인지. 뭔가 불안 불안하면서도 잘 이어진다.

승차 후 승무원이 티켓 검사를 하러 왔는데 내겐 티켓이 없다. 난 급하게 예약만 했지, 현장 티켓팅을 하지 않고 기차에 탄 것이다. 난 승무원에게 폰 안의 메일 화면을 보이며 요금계산을 했음을 열심히 설명했다. 턱수염이 잘 어울리는 파리의 남자 승무원의 친절한 설명이 이어졌다. 정확한 내용은 모르나 눈치를 보아하니 예약한 카드로 자동발매기에서 티켓팅을 해야 하고 TGV는 물론 다음 연결 버스도 티켓이 있어야 했다. 일상 있는 일인데 깜빡했다. 당황한 나는 그럼 어떻게 해야 하나 물으니 렌에서 내려 도움을 주겠단다. 이런 소통이 상대의 배려와 나의 어설픈 영어 단어와 표정으로 이뤄지니 오호~~ 나의 광대가 귀 뒤로 걸린다. 남들은 내가 홀로 해외여행을 한다면 어느 정도 언어가 되는 줄 안다. 해외여행은 언어보다는 '겸손과 재치'가 더 필요하다.

예정된 시간보다 약간 늦은 11:28분에 렌역에 도착했다. 내려서 도움 주겠다는 승무원이 나타나질 않아 당황했으나 다음 연결 버스를 타기 위해 움직여야 했다. 두리번거리며 올라오는데 남자 승무원은 내게 환한 미소를 보이며 티켓팅을 돕겠다며 기다리고 있었다. 안도의 한숨을 쉬고 함께 에스컬레이터로 이동해 자동발매기 앞에 섰다. 현지 승무원의 도움으로 예약된 TGV(드골공항에서 렌까지 56유로)와 OUI BUS(렌에서 몽생미셸까지 11.30유로) 티켓 두 장을 받았다. 자투리 시간 없이 연결되는 11:45분 출발하는 몽생미셸행 버스로 갈아탔다. 쫄깃한 긴장감이 있으나 막상 티켓이 손에 들어오니 속이 다 후련하다. 그래 여행은 '호기심과 전율'. 이 맛에 한다. 천사 승무원을 만나 몽생미셸까지 무사히 왔다. 콧속에 스미는 공기 향부터 다르다. 난 지금 나의 계획대로 길 위 몽생미셸에 서 있다.

3년 전 파리 여행 때 둘러보고 싶었으나 시간이 여의찮아 다음 기회로 미루었던 곳을 드디어 오늘 오게 된 것이다. 대부분 여행자는 파리에서 일일 투어로 이곳까지 온다. 이 몽생미셸 일일 투어는 파리의 투어 중 최고의 히트상품으로 110,000~ 160,000원 정도다, 이는 버스 이동과 가이드 비용일 뿐 입장료, 수신기, 식비, 샌딩비는 불포함이다. 보통 아침 7시에 출발하여 수도원 야경 포함한 일일 투어에는 프랑스 노르망디 지역의 코끼리 바위가 있는 에트르타(Etrertat)와 미니 항구도시 옹플레쉬(Honfleur)를 들러 밤 11시에 끝난다, 난 일일 패키지 투어가 아닌 개별 자유여행으로 이곳까지 온 것이다. 이 수도원의 야경을 보고 싶어 1박을 계획하고 수도원 근처 주차장 안쪽에 호텔을 잡아 두었으니 한결 맘 편하다.

호텔로 들기 전에 내일 이동할 시간과 방법을 알기 위해 정류장에서 수도원 반대쪽의 안내소에 들어갔다. 몽생미셸에 대한 안내지와 내일 이동할 버스 시간표를 받고 전시장 안을 둘러보았다. 이곳에서 하룻밤 머물게 되니 점심 먹고 예약한 호텔을 찾아 체크인할 생각이다. 든든한 점심을 먹으려 호텔들이 모여 있는 입구의 레스토랑(Les Galeries)에 들었다. 곳곳엔 실물 크기의 소 형상물이 있다. 단순한 소가 아니라 알록달록 꾸며진 소는 맛있는 스테이크를 의미하리라. 메뉴 내용과 상관없이 기대를 가득 안고 튀긴 감자와 비프스테이크 요리(19.50유로)를 주문했다. 시원한 맥주에 버터와 함께 나온 바게트, 이어서 주문한 음식 프라이포테이토 앤 스테이크가 나왔다. 과연 기대 이상의 프랑스 요리 맞다. 스스로 몽생미셸 입성을 축하한다.

이제 슬슬 예약한 호텔을 찾는다. 식당에서 나오자마자 선 자리에서 한 바퀴 뱅 둘러보니 식당 바로 뒤에서 '당신이 찾는 내가 여기 있어요~~~'하며 예약한 호텔이 방긋 웃고 있다. 오~잉~~ 이리 쉽게 찾다니 허망하지만 반갑다. 용용 하게 예약한 호텔 베흐(Hotel Vert, 84,270원))에 들어 바로 체크인을 하고 배정된 방에 여장을 풀었다. 우~후~~ 욕조가 있다. 어제 공항 내 호텔보다 빈약하나 욕조를 본 순간 휘파람이 절로 난다. 과일이 먹고 싶은데 호텔 주변에는 슈퍼가 없다. 장을 볼 수도 없지만 룸 안에는 포트도 없으니 누룽지를 끓일 수가 없다. 그렇다면 저녁 식사도 외식이다. 밑반찬의 집밥도 좋지만, 이곳의 유명한 양고기 요리를 먹을 기회이니 기운이 절로 난다. 여장을 풀고 욕조 욕 후 수도원을 보러 간다. 무료 순환 버스도 있으나 찬바람 맞으며 걷고 싶었다. 40여 분 정도를 걸으면서 주변 풍경을 즐기며 기대한 몽생미셸 수도원을 향했다. 꾸에농강과 수문이 있는 좀 특별한 다리를 감상하며 천천히 걸었다. 수도원과 연결된 곡선의 다리를 건너 화강암 위에 우뚝 선 몽생미셸 수도원 앞에 선다.

시작부터 꼼꼼하게 천천히 둘러볼 생각이다. 설명은 내가 걸었던 대로 찍은 사진으로 대신한다. 날씨가 흐려 잿빛 수도원이 신비함을 더하나 사진들이 매우 어둡다. 디즈니 만화영화 '라푼젤'과 슬럼프에 빠진 피아니스트와 백혈병 소녀의 사랑 이야기를 그린 영화 '라스트 콘서트'. 영화의 배경만으로도 환상적인 몽생미셸은 성 미카엘 대천사에 헌정된 고딕 양식의 수도원이다. 709년에 시작하여 1421년까지 증축과 개축을 반복하면서 두 가지 건축 양식으로 바뀌게 됐다. 성당의 외관상 왼쪽은 로마네스크식이고 오른쪽은 뾰쪽한 첨탑으로 된 고딕 양식이다. 현장에서 수도원을 돌아보며 도르래를 이용해 건물 증축한 장소에 섰다. 커다란 다람쥐 통 안에서 두 사람이 들어가 바퀴를 돌려 밧줄을 감으며 식품이나 건축자재를 바위산 꼭대기까지 끌어 올린 시설을 보게 됐다. 일종의 물건을 끌어 올리는 기중기로 식품 저장고와도 연결이 되어 있다.

몽생미셸의 위치는 꾸에농강과 영국해협이 만나는 곳으로 프랑스 북부 노르망디 지역이다. 해안에서 600m 떨어진 수도원은 낮에는 썰물로 모래 개펄의 상태이지만 저녁 시간에 밀물(만조기)이 든다. 그래서 수도원이 바다 한가운데 떠 있는 섬이 되고 바닷물이 빠져야 접근할 수 있었다. 행여 실수로 수도원 안에 머물다 밀물 시간이 됐다면 하룻밤을 수도원에서 보내야 했다. 지금은 연결 다리가 있어 수도원 안에 갇히는 일은 없으리라. 이 수도원의 역사는 10세기에 바위산 꼭대기에 단층으로 지어졌다. 성 미카엘을 모시는 예배당, 노테르담수테르인 지하 성모 예배당이다. 11~12세기 수도원장인 로베르 드 토니리가 영국의 도움받아 노르망디 공국으로 개축공사를 했다. 13세기 초엔 다시 프랑스 필리프 2세가 점령하여 화재와 복구 확장공사를 이어갔다, 14~15세기엔 루이 11세가 기사단을 창설하고 기사의 방이라는 기록보존소를 만들었다. 섬으로 고립된 만조기가 있어 영국과 백년 전쟁 때(1337~1453년)에는 요새로 사용했단다. 17~18세기에는 감옥으로 사용되다가 루이 11세 이후 18세기 프랑스 혁명 때는 폐쇄되거나 천형의 유배지로 사용되었다니 파란만장한 역사를 가진 수도원이다. 내가 알고 있는 이 시대의 건축물들이 대부분 이런 역사를 가졌다. 수도원에서 교회로, 요새나 교도소로, 박물관이나 역사관의 변천 역사를 가진다. 수도원의 역사는 그렇다 하더라도 나는 이 수도원이 섬이 되는 모습을 보고 싶었다. 진도의 모세의 기적이라는 신비의 바닷길이 열리는 모도와 비슷하겠지만 밀물 때마다 섬이 되는 것이 아니라 3번에 한 번꼴로 섬이 된단다. 꾸에농강의 댐 때문에 볼 수 있을지 오늘 밤이 기대된다.

　일단 오늘의 날씨와 수도원의 잿빛이 너무나 잘 어울려 마음마저 차분해진다. 일정 구간까지는 무료로 자유롭게 볼 수 있으나 본격적으로 수도원 안으로 들어가려면 입장료 10유로와 오디오 수신기 3유로이다. 오디오 수신기는 한국어 해설이 있으니 자유의사로 선택하면 된다. 계단을 오르면 수도원으로 들어가는 정문이 나온다.

첨탑의 꼭대기에는 대천사 미카엘 상이 금으로 장식되어 있다. 그 첨탑이 너무 높이 있어 실루엣도 제대로 보기 어려울 정도다. 실내에서 가까이 그 형상을 볼 수 있다니 저녁에 다시 와서 찾아봐야겠다. 몽생미셸의 내부에는 조각난 작품들이 있는데 이것은 전쟁으로부터 유물을 지키려고 일부러 조각냈단다. 조각내어 보관하여 다시 온전하게 복원하여 전시된 작품이다. 조각난 이 작품은 709년 주교였던 생 오베르(Saint Aubert)의 꿈에 미카엘 대천사가 세 번이나 연속적으로 출현하여 몽 통브 (Mont-Tombe)에 예배당을 지으라는 명을 받았다는 내용이다. 안전 보관을 위해 조 각을 내기도 하지만 다른 이유도 있다. 강대국들이 전쟁 후 전리품으로 이집트의 파라오나 에티오피아의 오벨리스크 등도 편리하게 조각내어 운반했다.

이곳 몽생미셸은 천년의 역사로 10세기 말(966년, 어떤 이는 709년이 시작이라는 설)에 노르망디 공작이 베네딕토 수도원을 건설했다. 1211년에 3층 건물로 만들어진

라 메르베유 건축물은 1층은 창고와 순례자 숙소, 2층은 기사의 방과 귀족 실, 3층 꼭대기는 수사들의 대식당과 명상하는 라 메르베유(La Merveille, 경이로운 건축) 회랑이다. 균형미 있고 화려한 주랑의 머리는 고딕 양식의 극치를 이룬다. 19세기 말부터 상주인구가 200여 명으로 차차 줄어들어 2006년 당시의 주민 43명 가운데, 5명의 수사(修士)와 7명의 수녀가 있었단다. 지금은 관광객들만 오가는 한적한 곳으로 쓸쓸함이 더한다. 1874년에 역사유적지로 지정되었고 1979년에 유네스코 세계문화유산이 되었다. 특별한 순서 없이 발 가는 대로 서서히 둘러보자는 맘으로 천 년 전의 유적을 살펴본다. 기사들의 대식당은 창과 은은한 색깔과 모양의 스테인드글라스가 가장 맘에 드는 부분이다. 화려할 줄로만 알았던 스테인드글라스가 창호지 느낌을 준다는 것이 의외였다. 기사의 방(The Knights Room)은 13세기 중세 수도원의 필사 실로 쓰였다. 입구엔 조각난 프레스코 벽화와 11세기의 피에타상이 세월의 흔적을 말해준다. 많은 기둥과 천정에 내 발이 멈춘다. 어쩜 이리도 섬세하고 견고하게 잘 지었는지 두 눈으로 보면서도 그 정교함에 놀라움을 금치 못한다. 일자 기둥은 그렇다 치더라도 기둥 끝에서 천정으로 이어지는 곡선은 고딕 양식의 걸작이다. 균형 잡힌 소철 잎 같기도 하고 야자수 같기도 한 모습. 가끔 퀼트 수공예를 할 때 모서리 맞추기가 어렵고도 어렵다 한다. 이건 돌을 끼워 맞추는 건데 완벽한 이어짐과 곡선이 마치 거대한 꽃봉오리 같다. 신의 계시로 지어져 이토록 아름다운 수도원을 만드는 신앙의 힘은 과연 어디에서 오는 걸까?. 과연 프랑스라는 나라는 어떤 나라인가를 생각하게 했다.

16세기에 만들어진 가브리엘 탑은 영국과의 전쟁 중 전략상 중요한 거점이었다. 조수 간만의 차가 높아 고립된 섬이 되기에 한때는 감옥이나 요새로 활용됐다. 지금은 모래 개펄이지만 저녁이 되면 밀물이 되어 외딴 섬이 되는 수도원의 망루가 된다. 나의 엉뚱한 상상력이 발동한다. 지금은 마을과 수도원이 방파제로 연결되어 있는데 과연 바닷물에 잠긴 바위산과 수도원은 어떤 모습일지 사뭇 기대된다. 모진 풍파를 끄떡없이 견뎌낸 수도원의 천년 역사.

수도원 아래쪽은 마을이 형성되어 기념품 가게와 레스토랑, 호텔이 들어서 있다. 입·출구에 빨간 차양의 레스토랑이 보인다. 1888년에 개점하여 지금에 이른다는 'La Mere Poulard'. 선행자의 팁에 의하면 푸아그라가 들어간 오믈렛으로 유명하다지만 맛은 그다지 시원치 않으니 사진만 찍고 나오란다. 130년이 넘은 역사와 전통이 있는 식당은 아직 저녁 개점 시간 이전인지 손님은 한 명도 없고 종업원도 보이질 않았다. 그러니 아무런 제재나 눈치를 받지 않고 정말 사진만 몇 장 찍고 나왔다. 유명인들이 다녀간 기념사진과 반짝반짝 빛나는 구리색 식기구들이 퍽 인상적이다.

돌아 나올 땐 순환 버스를 타고 나의 호텔 앞까지 왔다. 저녁을 먹으러 호텔 바로 건너편의 레스토랑에 들었다. 오늘 저녁 메뉴는 레스토랑의 벽면 사진과 메뉴판 커버에 나와 있고 이곳 몽생미셸에서만 맛볼 수 있다는 짭조름한 양고기 스테이크(Pre Sale)다. 단일 메뉴 하나 값이 무려 38유로다. 세금 포함하면 5만 원이 넘는다. 이곳 몽생미셸에서만 나온다는 250밀리 잔 맥주도 뺄 수 없다. 양고기 냄새가 역겨운 줄 알았는데, 지금까지 경험하지 못한 정말 훌륭한 맛이다. 메르퀴르 호텔에서 운영하는 이 식당의 이름도 '프레 쌀레(La pre-sale)'다. 3월 중순이지만 엄청 춥다는 말에 몹시 걱정했는데 그런대로 밤공기도 견딜만하다. 레스토랑에서 나와 조명받은 밤하늘의 몽생미셸 수도원을 보려고 다시 순환 버스를 탔다. 내가 상상했던 바닷물에 잠겨 섬이 된 수도원은 아니다. 어둡기도 했지만, 딱히 물 위에 뜬 수도원을 느끼지 못했다.

조금 아쉽지만, 수도원의 야경을 감상 후 낮에 보지 못했던 부분들을 찾았다. 지하 예배당에 있는 성모 마리아와 아기 예수님, 성 미카엘 상과 그 바로 앞에서 공동묘지를 둘러보았다. 성 미카엘 대천사는 악마를 상징하는 용과 싸운단다. 동양과는 달리 어찌 용이 악마의 상징인지는 알 수 없지만, 이무기 정도라 생각하는 게 맞겠다. 대천사는 한 손에는 칼을 다른 한 손에는 저울을 들고 있다. 이 저울은 최후의 심판 때 영혼의 무게를 잰다고 한다. 수도원 꼭대기의 성 미카엘 대천사 상은 2.7m 크기의 구리에 금박을 한 것으로 1895년에 프랑스 조각가 엠마누엘 프레미에(Emmanuel Fremiet)가 만들었다 한다. 그래서인지 이 수도원으로 나올 때 문 앞에서 성을 지키고 있는 잔 다르크 상을 보고 조금 놀랐다. 처음엔 의아했는데 같은 조각가의 작품이 아닌가 싶다. 오르세 미술관 앞에도 그가 조각한 말을 탄 금빛 잔 다르크 동상이 있다. 저 소박한 묘지엔 어떤 사람이 잠들어 있을까?

몽 통브(Mont Tombe) 산상의 아름답고 수려한 몽생미셸 수도원을 주간과 야간 2회를 둘러보았다. 조명등과 바다 위 섬이 된 수도원의 야간 모습을 상상했는데 밀물 시간이 아닌지 아직 섬이 되지 않은 몽생미셸을 보고 왔다. 나중에 야경 사진을 보니 오른쪽 끝에 반영이 조금 보인다. 물이 들어오는 중일 수도 있다. 바다를 향하는 조명이 있거나 예전처럼 수도원 앞까지 가는 덱(방파제)이 없었다면 금방 느끼고 알아차렸을 텐데 아쉽다. 만조기라 할지라도 3번에 한 번꼴로 물에 잠긴다니 거기까지는 내 복이 아니었던 모양이다. 역사관은 야간 개장을 안 하는지 문이 닫혀 있다. 내일 아침에 다시 한번 올 생각이다. 수도원에서 나오는 마지막 순환 버스를 탔다. 두꺼운 외투에 털모자를 쓴 서양 사람들이다.

2차 방문 몽생미셸 수도원의 밤 풍경

몽생미셸 (Mont Saint Michel) ➤ 렌 (Rennes) ➤ 바욘 (Bayonne)

새벽에 일어나 여행일기 1, 2일 차를 나의 카페에 올렸다. 남에게 보일 만한 글은 아니니 조금 민망하나 나의 일기 따라 온라인으로 동행하는 이도 있으니 안부 삼아 그냥 맘 편히 올려둔다. 이틀간 프랑스에서 보내며 호텔과 레스토랑을 찾는 내가 스스로 낯설다. 오늘까지 일지 내일까지 될지 모르나 프랑스의 파리지앵(?)에서 며칠 후면 스페인의 카미노가 된다. 지금 16일 새벽 시간으로 아침은 호텔 조식 후 오전에 몽생미셸 수도원엘 한 번 더 보고 렌으로 이동한다. 렌에서 오후 시간을 보낸 뒤 저녁 8:45분에 야간버스로 낼 새벽 4:40분 바욘까지 이동하는 일정이다. 바욘에서 1박을 하게 될지 바로 생장까지 갈 건지는 상황이 되는대로 움직일 생각이다.

아침 8시경에 일어나 배낭을 챙겼다. 11시 체크아웃에 맞춰 그전에 수도원에 다녀올 생각이다. 일찍부터 관광객을 실어 나르는 무료 셔틀이 있지만 아름다운 꾸에농 강변 따라 걸어서 수도원을 향한다. 강과 바다가 만나는 지점이니 밀물이 들어와 바위산의 몽생미셸 수도원이 섬이 되었기를 상상했는데 바닷물은 이미 다 빠져버렸다. 실망했으나 어제 없던 양들이 풀을 뜯고 있어 기분이 다시 밝아졌다. 어젯밤 나의 메뉴로 선택됐던 뻘밭에서 해초를 먹고 자라서 고기에서 짭조름한 맛이 난다는 이 지역만의 특별한 양들이다. 몸통은 일반 양처럼 하얗지만, 머리가 까만 몽생미셸의 양의 모습을 볼 수 있어 반가웠다.

3차 방문 몽생미셸 수도원의 아침 풍경

화강석 바위에 우뚝 선 수도원의 모습이 사뭇 달리 보인다. 그러고 보니 도로 쪽이 바닷물에 잠기는 것이 아니라 반대편 쪽으로 잠기는 모양이다. 어제 찍은 사진을 보니 작은 섬이 모래펄 길로 이어져 있다. 밤새 바닷물에 잠겼다 다시 빠진 것이다.

아침 풍경의 수도원 사진을 찍고 순환 버스로 돌아 나왔다. 호텔 체크아웃을 하는데 텍스라며 0.69유로를 달란다. 우리 일상에는 없는 일이지만 유럽에서는 호텔료를 계산할 때 지방세는 따로 현지에서 계산한다. 호텔에서 나와 어제 버스에서 내렸던 곳으로 왔다. 정류장에는 물에 잠긴 수도원 사진과 버스 시간표가 안내되어 있다. 사실 바닷물에 잠긴 수도원 사진을 찍고 싶었는데 직접 보지 못한 아쉬움에 정류장에 걸린 사진을 다시 찍었다. 이대로 만족한다. 렌에서 몽생미셸까지는 오갈 때는 일반 버스지만, 몽생미셸 내에서는 청정지역으로 수도원까지는 직접 걷거나 무료 전기버스 또는 마차로 이동한다. 104번 버스는 하루 4회 몽생미셸과 렌을 연결하는 버스다. 내가 탈 버스는 11:20분 버스인데 예약하지 않았어도 버스 기사에게 1인 15유로로 현장 매표가 가능하다. 이곳으로 들어올 때는 인터넷 예약으로 렌에서 이곳까지 11.30유로였는데 직접 매표하니 3.7유로나 더 낸 게 아닐지. 나중에야 안내판을 자세히 보니 25% for people under 26 years and over 60 years old라 깨알같이 쓰여있다. 프랑스에서는 60세 이상이 경로자라는 사실을 깜빡했다. 버스 기사가 나를 50대로 봤다고 생각하자. 서양 사람이 동양 사람의 나이를 지레짐작 못 하는 건 당연한 거지만 ㅋㅋ~

차창밖에 흐드러지게 핀 살구꽃, 복사꽃, 목련과 개나리까지 맑은 공기를 가진 전원 풍경이다. 여기까지는 내가 살던 고향 모습과 다를 게 없으나 사방 드넓은 초록 잔디에 회색 벽돌 건물들은 마치 고전 영화에서나 볼만한 중세도시의 분위기를 연상케 한다. 몽생미셸에서 버스를 타고 한 시간 십여 분이 지난 12:30 분에 렌 터미널에 도착했다. 렌 버스터미널은 기차역과 나란히 있다. 기차역 안의 안내소에 들러 저녁에 바욘으로 갈 버스정류장을 확인하니 14번 플랫폼이란다. 내가 검색할 때 이곳 렌에서 바욘으로 이동하는 편은 하루 한 번 야간버스밖에 없었다. 버스를 타야 할 밤 8시까지 6시간 동안 배낭을 메고 돌아다니기가 힘들 것 같아 점심 먹을 식당을 찾았다. 가능하다면 역 근처의 식당에 배낭을 맡겨두고 렌 시내를 둘러볼 생각이다.

메뉴 사진이 있는 한가한 케밥 가게 앞에서 내 발이 멈춰 선다. 그들의 메뉴 중 가장 비싼 13유로짜리 믹시드 케밥을 시켜 놓고 와이파이를 연결해 주변 검색을 했다. 믹시드 케밥은 소. 돼지. 닭. 양고기가 있고 포테이토 칩과 채소 샐러드가 커다란 접시에 담겨 나왔다. 잠시 앉아 있으니 쉴새 없이 손님이 오가고 주문 포장해 간다. 오가는 손님이 현지인인 걸 보니 제법 유명한 맛집인가 보다. 조금 한가해진 틈을 타서 배낭을 부탁했다. 착한 인상의 주인은 식당 안쪽 한쪽으로 옮겨준다. 이때 저녁 8시 버스를 타야 한다고 말해야 했는데 미안해서 차마 그 말을 못 했다.

　렌은 프랑스 서부, 일강과 빌렌강의 합류 지점으로 10세기 브르타뉴지방의 수도로 꽤 큰 도시다. 1720년 화재와 2차 대전으로 크게 파괴됐으나 곳곳에 17세기 건축 양식이 남아있다. 생 피에르 성당(Cathedrale Saint-Pierre)은 12세기에 지어졌고 외관은 16세기에서 17세기에 다시 개축했다. 성당 안은 로마의 대성당을 본떠 만들었단다. 길을 걷다 눈에 확 띄는 아주 오래된 건축물이다. 집과 집 사이가 벌어졌지만, 그 모습을 잘 살려 새로운 멋을 창출해내는 도시. 여행길에 의도치 않게 들렀다 가는 도시인데 시작부터 일부러라도 찾아가고 싶은 도시다. St Vincent, St Melaine 등등 둘러보는데 갑자기 네 명의 여자애들이 내 앞에서 길거리 재주를 부린다. 마치 나를 위한 공연으로 나에게 뭔가를 보여주려는 것처럼. 난 공중서커스를 보여준 이 아이들에게 사진도 찍고 손뼉 쳐 주었다.

 렌 시청과 광장 건너편 오페라하우스와 미술 전시관 등등 어슬렁대며 여유 있게 감상한다. Saint Germain 성당, 그리고 Frant Liszt(1811~1886) 기념관 등을 둘러보았다. 렌 시내를 둘러보다가 케밥 가게에 맡겨둔 배낭이 아무래도 신경이 쓰인다. 총총걸음으로 로열 케밥 식당을 찾는데 아무래도 방향이 헷갈리기 시작한다. 좌우 팔방으로 쏘다녀서 방향감각 상실이다. 근처에서 대규모 시위를 마친 인상 좋은 노란 조끼[1]를 입은 아저씨에게 렌 역으로 가는 길을 물었다. 그런데 동편이냐 서편이냐 되묻는다. 오잉~~~ 그렇다면 터미널이 두 개라는 뜻이다. 내가 거기까지는 모르니 폰 안의 렌 역과 버스터미널 사진을 보여주었다.

---

1) 2018년 11월 프랑스 마크롱 대통령의 유류세 인상으로 시작된 반정부 시위대

그제야 자신의 가방에서 작은 종이를 꺼내어 그림까지 그려가며 친절한 안내를 받았다. 감사 인사를 하고 안내대로 걸어서 쉽게 로열 케밥 식당을 찾을 수 있었다. 역시 바쁘게 움직이는 케밥집 아저씨다. 더는 미안해서 가방을 맡길 수 없어 배낭을 찾아 길 건너의 노보텔 호텔 로비에 들었다. 스타벅스 커피전문점 마크가 붙어있는데 기대했던 커피 맛은 그저 그렇다. 호텔 로비 한쪽 구석에 배낭을 밀어 놓고 과일가게를 찾아보는데 결국 찾지 못하고 무슨 공연장인지 긴 줄과 영화관(? Gaumont)이 보인다. 이곳을 지나서 노트르담 대학의 야경만 보고 다시 노보텔로 왔다.

야간버스를 탈 시간인 8:45분에 맞춰 터미널로 들어오는 길에 저녁을 해결하러 초밥집에 들었다. 생선 초밥과 된장국을 주문하며 가게에서 먹을 수도 있는데 포장해달라 했다. 된장국 뚜껑에 18.03이라고 적은 걸 보니 유통기한인 듯. 이런 위생 관념은 배울 점이다. 버스 타서 먹을 생각이었는데 아무래도 음식 냄새가 날 거 같아 렌 기차역 2층에 올라가 먹었다. 버스 시간이 되어 14번 플랫 홈에서 바욘행 버스를 타려는 중 이곳에서 서양의 젊은 여인이 커다란 배낭을 메고 차에 오른다. 그녀를 본 순간 이 여성도 순례길에 오를 거라는 나만의 착각에 빠진다. 이 순간의 착각이 날 삼천포로 빠지게 했다.

바욘 대성당(Sainte Marie DE BAYONNE) 중앙 제단

바욘(Bayonne) ➤ 생장 피데 포드(St. Jean Pied de port.)

흔한 말로 원숭이도 나무에서 떨어질 때가 있다. 혼자 다니는 해외여행 중 이동할 때 항상 기사에게 내가 어디까지 간다며 목적지를 먼저 말한다. 그리고 목적지에 가까워지면 나를 불러 달라고 부탁한다. 그런데 이번에는 순간 착각과 선입견으로 내가 탄 버스의 종착지가 바욘이라고 생각했다. 게다가 어젯밤 함께 탄 승객 중 한 젊은 여자가 처음부터 내 신경을 끌었다. 그녀는 좀 특별한 당당함이 있었고 서로 한마디로 말을 섞지 않았으나 커다란 배낭을 멘 포스가 카미노일거라는 내 추측이었다. 그녀가 내리거나 종착지에서 사람들 다 내릴 때 나도 내리면 된다는 혼자만의 착각에 빠졌다. 새벽 4:30분 조금 지나 인터넷으로 사전 검색한 바욘 강이 보여 사진도 찍었다. 거리에서 바욘 팻말도 보았다. 정차한 곳에서 시계를 보니 4시 50분 즈음이다. 다 내릴 것으로 생각했는데 아직 승객이 많이 남았다. 이쯤 되면 차장한테 물었어야 했는데 내 착각의 골은 깊었다. 이곳이 바욘 같은데 아직 아닌가 하는 착각은 계속됐다. 다음 정류장에서도 난 사람들 다 내릴 때까지 마냥 기다렸다. 다시 버스가 출발하는데 조수가 승객을 세면서 계속 반복해서 왔다 갔다 한다. 내 앞에서 고개를 갸우뚱대더니 승차표를 보자고 한다. 무임승차 아니니 당당하게 내보였다. 오~메~~~ 두 눈 뻔히 뜨고 바보가 된 이 기분. 내가 있는 곳은 이미 프랑스를 넘어 스페인으로 들어와 있었다. 이 버스의 종착역은 마드리드로 국내 버스가 아닌 국제버스였다. 예전에 프랑스에서 스위스 갈 때도 국경을 넘는 이런 야간버스를 탔는데 왜 이런 실수를 하지? 나는 다음 정류장인 산 세바스티안에서 내려야 했다. 기사님이 추가 비용 얘기는 하지 않고 한마디도 알아들을 수 없는 프랑스 말로 걱정부터 해 준다. 버스는 새벽 6:20분 즈음 산 세바스티안 정류장에 도착했다. 물론 산 세바스티안에서도 팜플로나에서 시작하는 프랑스 순례길을 갈 수 있다. 하지만 난 생장 피데 포트(St. Jean Pied de port)부터 시작하고 싶었고 바욘으로 돌아가고 싶었다. 승객 중 마드리드까지 간다는 털보 아저씨. 머리 빡빡이 아저씨와 뚱뚱한 ALSA 버스 여직원. 내가 생장까지 잘 갈 수 있도록 안내하며 다음 버스표까지 알아봐 준다. 마드리드 털보 아저씨의 안내 발음 중 '바이오나(Baiona)'이라는 곳이 '바욘(Bayonne)'이 아닌 다른 지역인 줄 알았다. 이건 같은 도시인데 영어와 스페인어 발음의 차이였다. 결과적으로는 7시 버스를 타고 다시 바욘을 향한다. 홀로 여행 중에 일어날 수 있는 일이고 이렇게라도 해결되어 얼마나 다행인가. 가끔 이런 실수는 있지만 실패한 여행은 없고 이마저 여행이 된다.

　동쪽 하늘에 새날의 태양이 뜬다. 주변인들의 도움으로 공항을 지나 다시 바욘으로 왔다. 제대로 왔다면 새벽 5시에 이곳에 내려야 했는데 바욘 역 시계탑이 8시 10분을 가리킨다. 산 세바스티안에서 바욘까지는 약 1시간 10분가량 걸렸다. 여행 중 실수했더라도 이렇게 좋은 사람들을 만날 수 있음에 감사한다.

바욘역에는 아직 직원이 나와 있질 않았다. 오후 2시 52분, 생장행 TGV 기차표를 자동발급기로 예매했다. 바욘을 둘러볼 생각이 없다면 바로 새벽에 생장으로 갈 수 있다. 난 아침 9시부터 오후 2시 30분까지 다섯 시간 이상을 바욘에서 보내기 위해 바욘 안내서와 지도를 살펴보았다. 아침 9시가 넘어가자 검은 피부의 역무원이 나왔다.

9시 16분을 가리키는 시계탑이 있는 바욘 역사 사진을 한 장 찍고 구시가지 구경에 나선다. 비가 오려는 지 끄물끄물한 날씨다. 바다와 강이 만나는 바욘 성을 건너 강변의 베르베나 카페 찾아간다. 내가 찾아간 카페 '라 베르베나'에서는 12시 이후부터 식사할 수 있고 아침엔 모닝커피와 바게트만 가능했다. 음식 맛이 좋다는 소문도 있지만, 배낭을 맡겨볼 맘에 가능하겠냐 물으니 단호히 안된다고 한다. 렌 역에서도 그랬고 바욘 역에서도 라커룸이 없다. 이유는 요즘 프랑스는 라커룸의 폭탄테러 때문에 초비상이다. 그동안 나의 여행 중 배낭을 맡아 달라고 부탁하면 안 들어준 적이 없었는데 지금은 여느 때와 상황이 다르다.

가는 비 오는 바욘 시가지를 배낭을 어깨에 메고 둘러본다. 한적한 도시 바욘 골목을 누비며 쌍둥이 종탑이 하늘을 찌를 듯 있어 '바욘 대성당' 찾아가기는 어렵지 않다. 마침 주일 아침이라 맨 앞자리에 앉아 예배에 참석했다. 잠시나마 기도할 수 있는 시간이 있다는 것도 내겐 귀한 행운이다. 바욘 대성당의 내부는 스테인드글라스도 화려하고 아름다우나 벽에 붙은 명화 한 장씩을 제대로 설명해 놓은 글이 있었다. 물론 불어와 영문이라 자세한 해석은 불가하지만 내 능력 안에서 대충 맞춰본다.

비 내리는 거리는 여행객에게도 낭만이 된다. 촉촉하게 물먹은 '바욘 식물원'을 둘러보고 난 다음 상점에서 과일 한 봉지 5유로에 사서 주점 거리며 바욘 골목 누비기다. 발길 닿는 대로 걷다 보니 Musee Basque라는 박물관 플래카드가 보여 안으로 들어갔다. 마침 Pablo Tillac이라는 화가의 그림 전시도 함께 있어 나름 볼만했다.

점심 먹고 기차를 탈 맘에 식당을 찾았는데 때마침 가던 길에 태국 식당 PITAYA가 눈에 띄었다. 화덕의 불 쇼를 보며 왕새우 덮밥을 주문했는데 밥이 뜸이 덜 든 정도가

아니라 거의 생쌀이다. 도저히 참고 먹을 수가 없어 주인에게 말하니 놀란 주인은 새 밥과 소스를 다시 주며 매우 미안해한다. 입맛을 잃고만 나는 곁들인 채소만 먹고 남은 밥은 일회용 컵에 그대로 담아서 나왔다.

짧은 시간 스치듯 지나가기엔 아까운 도시 바욘이다. 그나마 바욘의 Saint Marie 성당, Rue Albert 거리, 바욘 가든(Jardin Botanique), 관광안내소, 채소&과일가게(Bio c Bon), 바스크 박물관(Musee Basque)와 PABLO TILLAC 전시장. 프랑스의 시골이라지만 한적하고 여유가 있어 좋다. 너무 짧은 시간이라 아쉬움은 있지만, 주어진 시간 안에 실컷 돌아볼 만큼 돌아보면서 느낀 건 바욘과 렌의 도시는 잠시 들러가는 도시가 아닌 2~3일 정도 머물면서 지내고 싶은 도시다. 파리의 노트르담 성당과 흡사한 모습의 또 하나의 성당에서는 어린아이들의 세례식이 있었다. 어린아이들 세례식 참석 후 기차 출발 시간이 되어 바욘 역을 향한다. 바욘에서 오후 2시 52분에 출발한 기차는 생장까지 2시간 소요된다. 생장으로 향하는 기찻길. 봄 햇살 따라 초록의 싱그러움과 아름답고 평화가 있는 마을을 지난다. 아주 조용하고 아담한 생장(St. Jean Pied de port) 역에 도착했다. 오후 4시 50분이다.

3박 4일 동안 프랑스 서부 이동한 경로와 시간 요점 정리

■ 파리 드골공항에서 1박 후 공항 내 TGV 타기 아침 8시 49분 렌(LEN)행
■ 11:10분에 렌에 도착. 렌에서 11:45분 출발하는 버스로 몽생미셸 가기
■ 12:55분 몽생미셸 도착. 1박 다음 날 아침 11:20분 출발, 렌행 버스 이동
■ 렌에 12:30분 도착. 오후 반나절 렌 둘러보기
■ 저녁 8:45분 출발 야간버스에서 1박 하며 새벽 5:00에 바욘에 도착.
■ 오전 반나절 바욘 둘러보기. 오후 2:52분 TGV 생장피데포드로 출발.
■ 오후 4시 45분 생장 도착으로 프랑스 서부 여행 끝

　　소문대로 기차에서 내린 순례객 중 나의 앞뒤가 한국인이다. 특별하게 길 안내 받을 것도 두려울 것도 없이 기차에서 내려 배낭 멘 사람들을 따라간다. 순례자 사무실 (Pilgrim Office)을 지나치자 사무실 안에서 할아버지 한 분이 나와 안으로 들어오라고 나를 부른다. 순간 주변 분위기에 빠져 지나쳤는데 나를 부르기까지 하다니 감동이다. 자세히 보니 할아버지가 아닌 봉사자 아저씨네. ㅎ.ㅎ 여권을 내밀면 간단하게 몇 자를 적고 순례자 여권(Credencial)에 생장의 스탬프(sello)를 찍고 한국어로 된 순례에 필요한 정보지를 준다. 첫 코스는 추위와 눈 때문에 위험하니 피레네산맥을 넘지 않고 평탄한 길 발카로스(Valcarlos)로 돌아가야 한다고 친절하게 알려준다. 감사한 맘에 사무실 한쪽에 있는 커다란 조가비(각자의 길에서 한곳 콤포스텔라로 모인다를 상징하는 가리비 조개껍데기 2유로)를 챙기고 10유로를 기부했다. 순례자 여권과 정보지를 받고 나니 드디어 시작이다는 안도감이 든다.

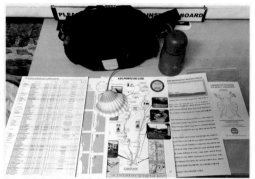

바로 옆 공립 알베르게 1박 10유로에 배정된 침대에 배낭을 풀었다. 어둡기 전에 생장 도시 '라 시타델레(La Citadelle, 피난의 성체)'를 둘러보러 길을 나선다. 이 길 입구 바닥에 방향과 조가비가 그려진 표시가 있다. 동쪽 생장에서 시작하여 서쪽으로 향하는 순례의 끝이 콤포스텔라로 한 방향이니 다시 못 올 성체다.

주교의 감옥을 지나 야고보 문 안으로 들어선다. 멀리 눈 덮인 피레네가 보이고 상큼한 공기가 있는 피난의 성체다. 긴 호흡과 아련한 시선으로 나의 순례길 첫걸음을 시작하는 곳. 생장!! 성체에서 내려와 마을에 들어서면 니베강 주변으로 아기자기한 집들이 줄지어 있다. 허름하게 낡은 집들이지만 그대로 한 폭의 그림이 된다. 미술관과 상점까지 생장의 좁고 작은 골목을 샅샅이 누비듯 둘러보았다.

이 지역에서 유명한 하몽 가게를 만났다. 시칠리아 여행에서 처음 먹어 본 경험은 있지만, 이때만 해도 순례길 내내 하몽을 만나게 될 줄 몰랐다.

내게는 실로 낯선 체험인 숙소 알베르게(albergue)는 일종의 순례자를 위한 게스트 하우스다. 순례자들과 함께 화장실과 욕실, 부엌 등을 쓰며 1인 1 침대를 받아 잠을 잘 수 있는 도미토리 개념으로 보면 된다. 대부분 여행 때마다 방 하나를 빌리지만 순례자 숙소는 침대 하나를 받는다. 공립이나 시립, 사설 알베르게가 있고 수도원에서 운영하는 기부식 알베르게가 있다. 알베르게에는 아무나 잠을 잘 수 있는 곳이 아니다. 순례자 여권을 확인하고 입소 등록 후 침대 배정을 받는다. 생장의 공립 알베르게는 방안에 이층침대가 빼곡히 차 있다. 남녀 구분 없이 배정된 침대에서 하룻밤을 지내고 다음 날 아침에 출발한다. 다행히 내 침상은 창 갓 쪽이다. 과연 이 분위기를 즐기며 하룻밤을 잘 보낼 수 있을지. '네가 순례가 뭔 줄 아냐?' 하며 뒤통수를 친다. '순례란 이런 것이여~' 하며 뭔가를 보여준다. 뽕망치로 뒤통수를 맞은 기분이지만 조금은 이러리라 알고 나선 길이다. 저녁 식사는 바욘의 점심때 챙겨온 밥에 해산물 가루를 넣고 알베르게의 전자레인지에 데워 기내에서 챙겨온 고추장과 참기름을 넣고 비벼 먹고 말았다. 이 시각부터 난 카미노가 된다. Buen Camino!! '좋은 여행 돼라'라는 뜻도 있지만 '당신의 앞길에 행운을'이라는 뜻도 있다.

생장 피데 포트의 순례자 사무실(Pilgrim Office)로 가는 길

프랑스　　　산티아고 순례　　　포르투갈　　　스페인

Camino de Santiago

산티아고 순례 프랑스길 800Km

론세스바예스 산 살바도르 소성당의 십자가와 종

산티아고 순례 첫날 생장 피데 포트(St. Jean Pied de port, 이후 생장)에서 시작이다. 산티아고(Santiago)란 예수님의 열두제자 중 첫 순교자인 스페인의 수호성인 '성 야고보(Saint James)'를 지칭하는 스페인식 이름이다. 성 야고보는 44년에 유대의 헤롯왕 아그리파 1세에 의해 예루살렘에서 참수되었다. 여기서 프랑스 순례길이란 성 야고보의 유해를 찾아 걸었던 길로 프랑스 생장에서 그의 유해가 있는 콤포스텔라(De Compostela)까지 약 800킬로의 길을 말한다. 성모 발현지인 루르드에서 시작한 사람도 있겠지만 대부분 사람은 이곳이 순례길 첫 시작점이다. 산티아고 순례길에 대해서 아무것도 모르고 달려들었으나 날마다 조금씩 배우고 익히면 될 일이다. 순례길 시작부터 어떠한 두려움도 없고 호기심만 가득하다.

자동으로 떠진 눈. 폰 불빛으로 더듬거려 안경을 찾아보지만 없다. 금세 알베르게 주인 여자가 내 침상 앞으로 온다. 방해받고 싶지 않거든 방해하지도 말라며 두 손으로 X표를 한다. 휴~우우~ 폰 불빛조차 금하는 알베르게 길들이기다. 알베르게에서 제공한 아침을 먹고 첫 순례길에 오른다. 같은 테이블에서 아침을 먹던 독일 남자는

2013년부터 순례길 걷기를 시작하여 이번이 네 번째라며 자신의 순례 기록지를 계산기를 이용하여 총 점검하고 있다. 난 그냥 걷기만 하면 될 걸 꼭 저렇게 기록을 해야 하나 싶었지만 역시 신나서 하는 일 같다. 그의 표정에서 자신이 매우 자랑스럽고 행복하다고 쓰여 있다. 나의 질문에 기다렸다는 듯 열변하듯 이야기하는 그의 눈시울에는 촉촉한 물기가 어려 있었다. 괜히 무슨 사연이 있을까 궁금했으나 딱히 물어보기도 어려웠다. 그의 눈엔 뭔가 준엄한 각오나 신념 같은 것이 있다. 초짜인 나는 특별한 경우를 제외하고 순례자 사무실에서 준 안내서대로 34일간의 일정에 따를 생각이다.

생장에서 시작하는 순례 첫날. 젖은 길과 조금 싸늘한 아침 날씨에 뭔지 모를 긴장감이 흐른다. 시작부터 힘들고 지치면 안 될 거 같아 배낭은 어제 미리 봐 둔 동키 서비스를 이용하려고 7시에 문을 연다는 사무실을 찾았다. 종착지인 콤포스텔라까지 한 번에 보내면 70유로, 한 코스인 론세스바예스까지는 8유로다. 사무실 안에는 다른 여행자들 가방과 배낭도 가득하다. 과연 저 배낭이 오늘 밤 숙소까지 잘 도착할까 싶지만, 무사하리라는 믿음이 컸다. 순례자 모습이나 배낭에 대해선 순례를 하면서 얘기하고 싶다. 프랑스 길 중 가장 힘든 길이자 가장 아름다운 길인 생장에서 론세스바예스까지 코스인 피레네산맥을 제대로 걷고 싶었다. 하지만 겨울철에는 눈이 많이 쌓여 나폴레옹 루트(1,430m의 Cize봉, 1번 길)로 가는 길은 차단된다. 안내대로 발카로스(Valcarlos, 882m, 2번 길)의 우회도로는 높지는 않지만 4~5킬로 더 길다. 허~얼~ 악천후 시 위험하니 2번 길을 이용하라는 한국인 순례자를 위한 한글 문구가 있다.

론세스바예스까지 가려면 걷기만 6시간 걸리고 22.6킬로라는 사인이다. 한적한 주변의 평화로운 모습에 빠져든다. Nive 강을 지나 얼마쯤 걸었을까? 많이 걷기는 했지만 이제 시작이다. 아주 커다란 쇼핑몰이 눈앞에 나왔다. 이곳을 지나는 다른 순례자들과 함께 상의하면서 뱅뱅 돌고 있는데 삼각형 모양의 특이한 돌비석 하나가 눈에 띈다. 그 안에 'NAVARRA'라고 적혀 있다. 이 돌 말뚝부터 스페인 땅이라는 경계 표석으로 여러 갈래의 길이 있어 자칫 길 잡기가 쉽지 않은 곳이다. 마침 빨간 차를 타려던 사람에게 물으니 순례길 방향을 안내해준다.

Arneguy라는 초입의 스페인 마을이 있는 우회도로인지라 찻길로 이어지고 가파른 오르막길로 가쁜 숨을 몰아쉰다. 지칠 때마다 간식도 먹고 쉬엄쉬엄 간다. 갈림길이 나올 때마다 노란 조가비가 그려진 파랑 표지판, 빨간 신발의 라디오 표시로 길 안내를 해 주는 아주 친절한 순례길이다. 긴가민가 싶을 땐 선 자리에서 360도 한 바퀴를 돌면 어딘가에 이 표시를 볼 수 있다. 어찌나 반가운지. 안내표시대로만 간다면 초행이라도 길을 잃은 일은 없어 보인다. 봄 야생화가 잔설을 안고 지천으로 깔려있다. 높은 바위산과 이끼 옷 두껍게 입은 나무와 샤를마뉴의 계곡 옆을 지난다. 쉴 때는 바위에 걸터앉아 오카리나를 꺼내 시름 달래듯 한 곡 정도 불고 다시 일어나 걷는다. 시작이 반이고 눈은 게으르다. 서서히 걷지만 진짜 내가 이 길을 완주할 수 있을까? 그나마 순례 전 걷기훈련을 한 덕분인지 아직은 상쾌하다.

생장에서 발카로스(Valcarlos) 우회도로를 따라 론세스바예스(Roncesvalles)로 간다. 걷는 길 내내 등 뒤로 보이는 눈 덮인 산 풍경을 보며 피레네 루트를 타지 못한

것이 못내 아쉽다. 붉은 꽃 위에 하얗게 덮인 눈산을 배경으로 사진을 남기는 것으로 만족해야 했다. 순례길 위에선 다 친구가 되고 동행자가 된다. 아는 사람이건 모르는 사람이건 서로 말을 섞고 함께 사진 찍으며 좋아하고 피레네쪽 산 풍경을 보고 감탄한다. "이봐요~~ 저기 뒤를 봐요(Hey, look at the back.)"

두어 군데 마을이 있고 식당이 있었으나 그땐 배고프지 않아 지나쳤는데 10여 킬로 이후 먹을 것을 파는 곳을 한 군데도 만나지 못해 쫄딱 굶고 8시간을 걸었다. 첫날이기도 하지만 난 순례 초짜다. 비 오고 해 뜨기를 반복한 날씨를 보니 이 계절에 비옷이 필수라는 걸 실감한다. 눈은 내리나 그리 춥지는 않고 비옷으로 보온할 수 있었으나 허리가 아프다. 프랑스 국경에 가까운 피레네산맥 중 해발고도 981m에 옛날 병원 자리다. 이는 778년 카를 대제가 에스파냐(영어로 스페인)를 원정했을 때 매복하고 있던 사라센군에게 패배한 곳이다. 이 전투에서의 순교자 영웅 롤랑에 관해서 읊은 서정시 샤를마뉴의 '롤랑의 노래 : La Chanson de Roland' 거석이 유명하다. 론세스바예스의 골짜기는 예로부터 많은 전설이 전해 내려오는 곳이며, 또한 프랑스와의 국경을 이루어 많은 역사적 사연이 있는 곳이기도 하다. 거의 오르막 끝점에 왔다 싶은 고지에 산살바도르 이바네따 소성당과 십자가가 보인다. 이곳에서 1.32Km를 더 걸어가야 오늘 쉴 론세스바예스 알베르게 수도원이 있다. 스페인어로 론세스바예스는 프랑스에서는 롱스보(Roncevaux)라 부른다.

　알베르게 초입에서 무엇이 맘에 안 들었는지 다른 알베르게를 찾겠다며 되돌아 나가는 사람이 있다. 난 너무 피곤하여 선택의 여지가 없던 론세스바예스의 산티아고 성당 알베르게에 들었다. 1박 12유로로 2층 침대, 4인 1실로 칸막이만 있고 문이 없는 복도형 구조다. 아침 식사 5유로. 부엌 사용은 가능하나 장 보기 어려워 실내자판기에서 파스타, 소시지, 과자 음료로 늦은 점심을 먹었다. 론세스바예스 첫 알베르게는 180개가 넘는 침상이다. 복도 한쪽에 '필요한 것은 가져가고, 필요 없는 건 두고 가라

(Leave what you don`t need or take what you need)'는 코너가 있다. 욕심껏 챙겨왔으나 막상 하루 걸어보니 그게 아니더라. 하는 반성의 시간이다.

순례 첫날. 걸어도 걸어도 끝이 없을 것 같아 힘들었지만, 상상 이상의 아름다운 길이다. 아침 7:30분에 생장에서 출발하여 오후 3:20분에 론세스바예스에 도착했으니 8시간을 걸어 800킬로 걷기일정 중 하루에 25킬로를 걸었으며 시작이 반이다. 어제도 마찬가지지만 과연 내가 이곳에서 잠을 잘 들 수 있을지. 내일도 오늘처럼 잘 걸을 수 있을지 모르겠다. 지금 내가 보고 있는 한의사 제자가 선물한 책 낸시 루이즈프레이가 쓴 '인류학자가 들려주는 순례 이야기'라는 내용 중 20쪽에 이런 글귀가 있다. '**카미노는 초월적 영성, 관광, 육체적 모험, 과거에 대한 향수, 애도의 장소, 비교(秘敎)적 입사(入社)와도 연관된다. 무엇보다도 자연과 합일, 휴가, 일상의 탈출, 자아와 인류를 찾아가는 영성의 길, 사회적 친목, 개인적 시험의 장이다.'** 의미 있는 글이다.

저녁은 수도원 밖의 레스토랑 Ra Posada에서 순례자메뉴 10유로로 수프와 피쉬&칩스 요구르트다. 익숙지 않은 와인을 주고받으며 다른 나라 순례자들과 처음 대면하는 시간이다. 낯가림이 심한 내겐 좀 불편한 자리다. 아마도 순례길 내내 함께하지 않을까? 실내지만 높은 산 속이라 조금 찬 공기가 춥긴 한데 정신을 맑게 한다. 모두 첫날의 순례길이라 피곤함에 지쳐 정신없이 톡 떨어져 자지 않았을까 싶다. 그런데 현실은 그게 아니다. 서서히 익숙해 지리라. 휴~우우~~

Buen Camino!!

산티아고데 콤포스텔라까지 790킬로 남은 론세스바예스 출발지점

Roncesvalles 수도원 새벽 6:27분. 낮은음의 성가가 은은하게 울려 퍼짐으로 새 아침을 연다. 가톨릭 신자들은 어젯밤에도 새벽에도 미사에 참여한다. 기다란 통로구조에 4인 1구간이라는 낯선 사람들과 동숙이라 독립된 나만의 공간 만들기로 비옷으로 가림막하고 잤다. 난생처음 하루 25킬로를 걷고 얼마나 피곤했는지 깨지 않고 아침까지 잤다. 창밖을 내다보니 밤사이 내린 눈으로 잔설이 가득한 산속 수도원이다. 아침 식탁에 생장에서 만난 독일 남자랑 낯선 이들과 함께 자리했다.

수도원에서 운영하는 어젯밤 그 레스토랑에서 5유로짜리 조식을 먹고 출발한다. 이렇게 함께 시작한 순례자들은 일정이 비슷하여 앞서거니 뒤서거니 하며 대부분 끝까지 동행한다. 그리고 혼자 다니는 사람들은 자연스럽게 길동무가 바뀌는 때도 있다. 늑장 부리다 서둘러 오늘의 순례를 시작한다. 흰 눈 가득한 산길에 취해 화살표를 보지 못하고 무작정 걸었다. 걷다 보니 앞에도 뒤에도 있을 법한 순례자가 한 명도 안 보인다. 시작부터 순간 길을 잘못 든 것임을 짐작한다. 한참을 되돌아가니 나무숲 사이의 옆길에 순례자가 보인다. 순례 중 되돌아가야 하는 거리가 1킬로 넘었으니 결국은 시작부터 2킬로를 더 걸은 셈이 된다. 그제야 론세스바에스 출발점에 산티아고 데 콤포스텔라까지는 790킬로 남았다는 팻말이 보인다. 어제 25킬로 걸었는데 아직 790킬로 남았단다. 내가 선택한 길이고 이제 시작이니 겁먹지 말자고 스스로 다독인다.

밤새 눈으로 촉촉하게 젖은 마을을 계속 걸어 부르게테 마을에 들었다. 순례자들이 부르게테의 성 니콜라스 성당 앞에서 잠시 쉬어갈 겸 비옷을 벗는다. 지난 쿠바 여행 중에도 만났던 헤밍웨이의 흔적(RUTA HEMINGWAY IBILBIDEA)이 여기서도 보인다. 그는 이곳에서 그의 첫 장편소설 '태양은 다시 떠오른다.'를 집필(1926년)했다. 1927년에 재혼 후 스페인에 대한 사랑과 투우에 대한 열정으로 쓴 '오후의 죽음(1932년)'은 투우가 비극적 의식이라는 관점에서 쓴 글이다. 누구나 감탄하는 아름다운 순례길 에스피날 마을을 지난다. 잘 걷기만 하면 된다는 편안한 생각은 맞으나 절대 편칠 않다. 아직 길 위의 카페들이 순례자에겐 오아시스와 같다. 그런데 겨울철과 비수기, 씨에스타(Siesta, 낮에 쉬는 시간)라는 이유로 문을 열지 않아 마땅히 쉴 곳과 먹을 곳이 없다. 조금이라도 마른 풀밭이나 바위가 있을 때 쉬어가야 한다.

오늘은 그나마 짧은 구간이지만 거의 지쳐갈 때 즈음 아직 목적지 쥐비리까지는 3킬로가 남았단다. 이때의 3킬로는 한 시간도 못 되는 거리인데 그래도 압박이 온다. 묵묵히 걷다 보니 드디어 Zubiri 마을 입구에 도착했다. 아치 모양의 돌다리 건너자마자 왼편에 있는 Rio Arga IBAIA 알베르게로 전날 봤던 한국인 여행자들이 다시 이곳에 모였다. 회색 벽돌집 알베르게로 한국 순례자에게는 소문난 숙소다. 2층 리셉션, 원목의 2층 침대로 1대당 15유로. 세탁기 1회 3유로, 건조기 2유로다. 배정된 침대에서 창밖을 내다보니 Arga 강과 주변 풍경이 너무나 깨끗하고 아름답다. 일단 점심은 레스토랑에서 먹고 동네를 둘러보며 장을 볼 생각으로 숙소를 나선다.

　시에스타(Siesta)로 조용한 동네를 둘러보고 개점 중인 레스토랑에 들었다. 13.90유로 하는 포크 스테이크와 올리브와 채소가 가득 들어간 샐러드와 맥주 한 잔을 주문했다. 마치 둘째 날까지 잘 걸었다며 다독여 주듯 내가 나에게 상을 내린다. 주변에 저렴한 공립 알베르게도 있으나 깨끗하고 분위기 좋은 사립 알베르게를 택한 것도 좋았다. 걷는 내내 길이 너무 아름다워 더 갈까? 말까 망설였으나 몸은 이미 지친다. 일부 한국인 순례자들은 좀 더 진행하겠다며 잠시 쉬었다 다시 떠났다. 맘 같아선 라라소냐까지 좀 더 걸어볼까 하는 맘도 없지 않으나 처음부터 무리하지 말자며 주문을 왼다. 자신의 체력과 컨디션 조절이 절대 필요한 순례길이다. 어제의 200명이 가까운 알베르게에서도 잘 잤는데 그에 비하면 사립 리오 아르가 알베르게에서는 더욱더 잘 자겠지. 순례 당시엔 일기를 쓸 시간도 맘의 여유도 없었다. 그냥 깨끗하고 편안한 잠자리에서 쉬이 곯아떨어진 하루다. Buen Camino!!

욕조는 있으나 물마개가 없는 알베르게. 주인에게 욕조의 마개를 달라고 했더니 샤워만 하는 거란다. 연일 23킬로 넘게 걸어 온몸을 풀어줘야 하는데 아쉽다. 그대로 말 내가 아니다. 과자 껍질이나 붙이는 파스 비닐도 좋다. 머리카락 몇 가닥에도 수챗구멍이 막히는데 내가 만든 물구멍 마개로 여행 때마다 즐겨 쓴다. 이만하면 충분히 욕조 욕을 할 수 있다. 순례길에 욕조가 있다는 것만으로도 내겐 행운이다.

알베르게에서 제공된 바게트와 버터 쨈 커피와 우유로 아침을 먹었다. 아침 8시 복사꽃 담벼락 끝에 새날의 태양이 빛난다. 들판에서 일출을 보려면 좀 더 일찍 출발해야 했는데 아쉽다. 모처럼 맑은 하늘 화사한 풍경으로 오늘의 목적지는 팜플로나까지 22.8킬로다. 안내 표지판을 보니 업다운이 심하지 않은 편안한 숲속 길과 들판 오솔길이 계속 이어진다. 언덕 위의 하얀 집 마당의 말과 함께 한 풍경이 마치 그림엽서 같다. 라라소냐를 지나 무슨 공장 같은데 상자 텃밭이 있던 곳에서부터 고양이 한 마리가 계속 나를 따라온다. 힘들어도 걷던 길 멈추고 배낭 안에서 소시지 한 개를 꺼내 조금씩 떼어주니 한참을 따라온다. 심심하던 차에 동행이 생겨 좋기도 하지만 고양이가 가족이나 친구를 잃을까 싶어 걱정도 된다. 차도를 넘을 때 고양이와 헤어졌다. ㅎ.ㅎ 소똥 냄새가 진동하는가 싶더니 어마어마하게 커다란 축사가 나왔다.

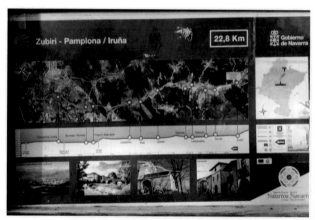

축사의 정면 전체에 벽화가 그려져 있는데 맨 아랫줄에 '문화를 느낌' 한글이 쓰여 있다. 이 소똥 냄새가 문화라는 뜻인지 웃음이 피식 난다. 걷고 걷다가 지치면 햇살 좋은 평지를 찾아 쉬어간다. 초록 잔디 위에서 아침이슬이 반짝인다. 풀꽃 향이 어찌나 은은한지 나그네 발길을 잡는다. 쉬어갈 수 있을 때 쉬어가자. 팜플로나까지 11.8킬로가 남았다는 깃대를 보니 오늘 걸어야 할 거리의 반쯤 지났다. 아라강을 따라 계속 걷다 작은 다리를 넘으니 작은 카페가 나온다. 앞에 커다란 순례자 조형물이 있다. 따끈한 차 한잔 마시며 쉬어가고 싶으나 비수기 때문인지 문이 닫혀 있다. 또 다른 작은마을에 들었는데 멋진 집이 눈에 띈다. 여행자를 위한 BAR&CAFE를 기대했는데 대문은 열렸지만 아무도 없다. 하지만 그 알베르게의 담벼락 앞에 햇살 좋은 쉴 만한 곳이 있다. 전날 숙소에서 산 소시지와 아침 숙소에서 챙겨 넣은 바게트로 아쉬운 대로 허기를 채웠다. 입으로 먹는 식사보다 온몸을 감싸는 햇살에 배부른 명당이다.

　　허허벌판의 비포장 길을 하염없이 걷다 보면 내가 지금 앞으로 가고 있는 건지 제자리걸음을 하는 건지 어지러워진다. 순례길 위에 역사적 유물 같은 샘들이 나오지만 먹을 수 없는 물(AGUA NO CLORADA)이라고 쓰여있다. 아라강 유원지 근처 아주 오래된 공동묘지가 있다. 이곳에서 작은 가방에 과일 몇 개를 손가방에 담아 들고 다니는 상인을 만나 사과 하나와 바나나 하나를 샀다.

조금 지나니 작은마을 입구에 순례자를 위한 간이매점이 있다. 매점의 과일 가격이 손가방 상인의 반 가격이다. 부지런히 앞장서서 발품 팔아 돈을 벌겠다는데 어찌하랴 싶다. 이트루 마을의 이트루 가이츠 다리를 건너 자발디카 마을까지 왔다. 계속 걸어 가면서 발걸음을 재촉해 보지만 맘같이 움직여 주질 않는다. 마을을 내려다보며 언덕 길을 오른다. 저곳이 팜플로나라면 좋겠다는 마음인데 아직 5킬로나 남은 트리니닷 아레 마을이다. 다리 이름이 삼위일체이고 이 다리를 건너면 마리스타스 형제수도원이 나온다. Esteribar, Zuriain, Irotz, 등 마을 입구마다 알베르게 간판이 보이지만 오늘의 목적지가 아닌 곳일 때는 마음 가다듬고 다시 순례길에 선다. 이제 순례 시작이라 선지 알베르게만 보면 그곳에 들어가 쉬고 싶은 유혹을 느낀다. 도시 안으로 진입했으나 구도심지 팜플로나는 곧 나올 거 같으면서도 걸어도 걸어도 나오질 않는다. 포장된 도로의 도심 길 걷는 일은 순례자에겐 고역이다. 길을 걷던 중 가리비 껍데기를 이용해 집 벽을 장식한 것을 보니 왠지 나를 위로해 주는 것 같아 기분이 조금 나아진다.

팜플로나는 10~16세기 나바라 왕국의 수도로 꽤 큰 도시다. 도시 입구에 기원전 1세기 로마 장군 폼페이우스에 의해 건설됐다는 로마식 둥근 막달레나 다리와 커다란 팜플로나 성채로 둘러싸인 도시공원이 있다. 알베르게가 지척에 있더라도 일단은 이곳에서 쉬어간다. 지친다. 내가 어쩌자고 이 순례길에 서 있는지 나도 모르겠다.

　　공원에 먼저 도착한 젊은 한국인 순례자들이 반갑게 맞이해 준다. 이들과 함께 지저스와 마리아 공립 알베르게(JYM, 스페인어에서 Y는 영어의 and와 같은 의미)를 찾아 갔다. 커다란 조가비가 걸린 알베르게에 오후 3:10분 도착하여 1인 9유로로 침대를 받았다.

　　알베르게 바로 앞. 13~15세기에 걸쳐 지어진 팜플로나 대성당인 산타마리아 성당 (Catedral De Santa Maria)에 들었다. 먼저 다녀온 젊은 애들이 성당에서 스탬프를 받을 수 있다지만 순례 중 스탬프 찍는 것에 신경 쓰고 싶지 않아 들고 만다. 장보기 할 때 하몽과 쌀, 그리고 내 눈에 띈 동그랗게 포장된 감자와 양파가 들어간 떡(?)을 함께 샀다. 포장 음식이니 데우기만 해서 끼니를 대신할 수 있겠다 싶었다. 처음에는 이게 뭔지 몰랐는데 알고 보니 이것이 스페인식 포테이토 오믈렛이다.

    이 도시 역시 헤밍웨이가 오래 머물렀던 곳으로 그의 흔적과 카스티요 광장과 이루나 카페를 둘러보았다. 이곳 이루나 카페엔 한국의 젊은 순례자가 가득했다. 한국 순례자들이 지금까지 먹어본 음식 중 가장 맛이 좋다며 추천한다. 함께 하자 하지만 손수 만든 집밥 카레라이스를 먹었으니 패스다. 그래도 긴 순례길 중에 매번 사 먹을 수는 없다는 생각이 들어서인지 내게 밥 짓는 법을 묻는다. 일반 냄비로 흰쌀밥을 맛나게 짓는 방법을 전수했다. 뜸 들이는 시간을 길게 하며 화력 조절이 관건이다.

팜플로나 시청 입구에는 네 개의 국기(스페인기, 나바라주기, 유로기, 팜플로나시기?)가 꽂혀 있다. 정문 테라스에 나바라 왕국의 문장이 새겨진 멋진 시청사를 둘러봤다. 나바라는 중세엔 프랑스와 스페인 사이에 낀 독립된 왕국이었다. 강대국 사이에 낀 나바라 왕국은 한때는 프랑스에 속했으나 현재는 스페인에 편입되어 있다. 프랑스에 편입될 때 사비에르성으로 이때 출생한 그 이름도 유명한 부패하지 않은 유해가 있는 인도 고아의 '프란체스코 사비에르'가 있다. 이에 비하면 나바라 왕국 시절의 수도 팜플로나성에는 이그나티우스 로욜라가 있다. 역사적으로는 서로 적대적 상대였지만 서로 의기투합하여 동지 7인과 함께 몽마르뜨 언덕에 올랐다. 이것이 중세 거대한 종교개혁의 광풍 속에서 로마 가톨릭교회의 전위인 예수회의 불씨가 됐다.

길거리 어느 상점에서 내 눈을 번쩍 띄게 하는 사진을 발견했다. 아아 맞다!! 소몰이 행사!! 스페인이라면 소싸움으로 유명한 줄은 알았으나 소몰이는 뭔지 정확하게 알

지는 못했다. 매년 7월 초에는 소몰이 행사로 유명한 '산 페르민 축제(Fiesta de San Fermin)가 열려 전 세계의 많은 관광객이 찾는단다. 13세기부터 시작되어 온 산 페르민 축제는 3세기 말 팜플로나의 주교였고 도시의 수호성인인 산 페르민을 기념하는 행사다. 헤밍웨이의 소설 <태양은 다시 떠오른다. (The Sun Also Rises)>(1926)에 소몰이 행사의 광경을 묘사하여 세계적으로 유명해졌다. 소설은 1차 세계대전을 끝난 후 전쟁의 상처를 지닌 다섯 명의 젊은 남녀가 투우 축제장에서 젊은 투우사와 사랑에 빠진 이야기이다. 가게 벽에는 유명한 투우사들과 크기가 다른 사진들이 진열되어 있다. 축제 기간에 투우에 쓰일 소들이 수백 명의 사

람과 뒤엉켜 사육장에서 투우장까지의 850m가량의 거리를 질주하는 소몰이 풍경이다. 가게의 진열된 사진을 한 장 찍고 나니 벽에 사진 찍지 말라는 표시가 보인다. 몰랐던 것을 새롭게 알면 그 기쁨이 크다. 순간 몰래 한 장 더 찍어낸다.

팜플로나의 예수와 마리아 공립 알베르게(JYM)가 유명하여 찾았으나 철제침대의 삐거덕거림에 온 신경이 쓰여 잠들기가 어려웠다. 내일 또 잘 걸으려면 깊은 잠을 자야 하는데. 휴~우우~ 내일 순례할 거리가 멀고 오르막과 내리막 경사가 있는 길이다. 동키 서비스를 이용해볼 맘에 리셉션에 알아보았더니 한 구간 서비스료는 7유로다. 무조건 배낭을 서비스에 맡기고 홀가분하게 걸을 생각이다.

용서의 언덕(Alto del Perdon)으로 가는 길

순례길 위에서 일출을 보려고 일찍 나선다. 어젯밤에 만들어 놓은 아침밥은 도시락으로 챙겨 빈속으로 나온 덕에 마을 끝에서 올라오는 일출을 맞이한다. 팜플로나 성벽에 있는 수말라카레기 문을 지난다. 성 곳곳에 나바라 왕국의 문장이 돌에 새겨져 있다. 팜플로나 나바라 성을 다시 둘러본 후 순례자 표시 따라 이동한다. 산 로렌조 성당과 구시가지 갈림길 곳곳에 노란 화살표가 있고 도로 바닥에도 5m 간격으로 조개 표시가 박혀있어 도심을 빠져나오는 중 길을 잃을 염려 없다.

상점 문에 스페인 내전이 주제인 복제된 피카소의 게르니카 그림. 아름다운 타코네라 공원과 국제학교, 어마어마한 크기의 부지를 가진 나바라주 대학교까지 거대한 도시에서 순례길 빠져나오는데도 한참을 걸어야 한다.

입체 순환도로를 지나 시골길로 들어선다. 내 앞으로 몇 발짝 앞서가던 장대만 한 키를 가진 여인이 길 한편에 쪼그리고 앉더니 바지를 내린다. 전혀 남의 눈을 의식하지 않고 하얀 엉덩이를 내놓고 아주 편안하게 볼일을 본다. 그 옆을 지나는 나를 보더니 한 번 쓰~윽 웃는다. 내심 화들짝 놀랐지만 안 본 척 태연하게 지나간다. 문화의 차이인가? 오히려 내가 머쓱하다. 사실 순례길을 걷는 동안 쉼터에서조차 화장실을 찾을 수 없긴 했다. 생리현상이니 나도 저런 모습에 익숙해질지도 모른다는 생각에 좀 아찔해진다. 그래도 그렇지. 순례길에서 조금이라도 비켜서 할 일이 아닌가 싶다. 어떤 상황이 와도 나는 저러지 말아야지. 사실 온통 훵하게 뚫린 들판이니 비켜서거나 숨을 곳도 없긴 하다.

부드러운 아침 햇살로 온몸에 땀이 난다. 너무 뻔한 길이라 생각하고 걷다 보니 주변에 길도 사람도 없다. 사방을 둘러봐도 나 혼자 밭 가운데 트랙터 길 위에 서 있다. 트럭이 오가면서 만들어 놓은 길을 순례길로 착각했다. 되돌아가야 하나 갈등이 생겼으나 저 언덕 풍력발전기 쪽으로 무작정 걸었다. 갑자기 길을 헤매고 있다는 생각이 들어 무섬증도 들고 내가 이 길을 왜 왔나 싶다. 너무 팍팍하고 쓸쓸하다는 생각이 들어 눈물이 나올 거 같다. 풀잎과 나뭇가지가 덮인 물고랑에 한쪽 발이 빠졌다. 선 채로 한 바퀴 둘러보았다. 멀리 호숫가의 트럭이 손톱만 하게 보인다. 그곳이 길일 거라 감지하며 어느 길로 가든 한 곳에 모인다는 조개껍데기 형상을 믿어보기로 했다. 트럭 길 위에서 낯선 순례자가 올라오는 모습이 반가웠고 내가 본 트럭은 낚시꾼의 밴이다. 그나마 허허벌판에 만난 파란 트럭 덕분에 다시 순례길 위에 선다. 휴~우~

허허벌판을 걷다가 커다란 나무 그늘이 있는 곳에서 한국인 순례자들이 내게 뒤돌아보지 말고 성큼 오란다. 다 올라와서 뒤돌아보는 그 자리의 풍경이 너무 좋다는 뜻이다. 역시 풍광이 좋은 곳은 명당인지라 누군지도 모를 비석과 표시가 있다. 좀 더 걸어 올라 벤치가 있는 곳에 자릴 잡고 앉았다. 배낭 안에 고이 간직해둔 맥주 한 캔으로 위로와 축하를 반복한다. 며칠 동안 걷기가 힘들었는지 내 얼굴이 부숭부숭하다.

오늘의 하이라이트는 풍력발전기가 줄줄이 있는 저 언덕 끝이다. 그곳에는 일명 용서의 언덕이라는 '알토 델 페르돈(Alto del Perdon)'이 있다. 멀리 보이는 오르막길에는 풍력발전기가 능선을 이룬다. 그것만으로도 아름답다. 걸어도 걸어도 끝이 없을 것 같은 오르막 언덕길에 드디어 다다랐다. 여러 형상의 중세 순례자들의 모습을 조각해 놓은 용서의 언덕. 철제 조각상은 예상했던 것보다 훨씬 크고 멋지고 아름다웠다. 투명에 가까운 파란 하늘, 부드러운 햇살 아래 달콤한 바람이 분다. 눈에 보이는 풍경과 이곳이 주는 의미는 상상을 초월한다.

　양지바른 곳에 매트를 깔고 양말 벗고 햇볕과 바람에 발가락을 말리며 쉬어간다. 순례자들은 이곳에서 기도하거나 묵념을 한다. 옛 순례자들은 이 길을 용서받으러 가는 길이고 순례를 마치면 죄 사함을 받으리라 확신했단다. 난 여기서 나만의 답을 얻었다. 누가 누구를 용서하기란 쉽지 않다. 자신을 용서하고 이해하라는 책을 읽으면서도 화해와 용서가 쉽지 않다. 그래서 내가 남을 용서할 게 아니라 내가 잘못할 일을 삼가고 내가 나를 위해 용서하고 주변의 모두를 사랑하자.

　언덕 아래에 해석하기 어려운 돌 비석과 그 주변으로 여러 개의 비석이 둥글게 모여 있다. 옆에 있던 해설판을 보고 동행한 사람의 도움을 받았다. 대충 비석에 새겨진 글씨를 보면 '1936·2017'이 있고 아우성과 별들이 새겨있다. 1936은 스페인 내전이 일어났던 해이고 별의 수가 무차별 죽임을 당한 사람들이란다. 2017년에 이곳 용서의 언덕에 이 비석이 세워진 의미를 알듯도 하다. 스페인 내전 80주년이다.

스페인 내전은 국내의 정치적 혼란과 국제 정치의 이념이 맞물려 스페인령이던 모로코에서 프랑코 장군이 반란을 일으켜 발발한 전쟁이다. 내전 중 독일 공군이 무방비 상태인 스페인 게르니카를 무차별 공격했다. 아무 이유도 없이 수많은 희생자를 낳고 그 희생자의 넋을 기리는 기념탑이다. 이 스페인 내전을 현장에서 경험한 헤밍웨이는 이를 기반으로 '누구를 위하여 종을 울리나(1940년 발표)'라는 글을 썼다. 이후 게리 쿠퍼와 잉그리드 버그만 주연의 영화로 제작됐다. 파리에 머물면서 스페인 내전 소식을 접하는 파블로 피카소는 작품 '게르니카'를 완성했다. 게르니카는 마드리드의 소피아 왕비미술센터에 소장되어 있다니 귀국 전 찾아봐야겠다.

언덕 정상에는 각 나라까지의 거리가 표시된 깃대가 있다. 이곳에서 서울까지 9,700킬로 떨어져 있다는 표시를 보고 어느 젊은 청년이 산티아고 순례길 열두 번 하면 서울까지 가겠네 한다. 역시 젊은이다운 생각이다. 용서에 관한 생각을 하며 깔판을 깔고 누워 발가락을 하늘 볕에 말렸다. 꽤 긴 시간 머물다 나도 바람이 되어 다시 길 위에 선다. 뭐가 아쉬운지 보고 또 뒤돌아본다. 되돌아 올려본 풍경도 너무 아름답다. 내려가기 싫을 만큼 쉬이 잊힐 것 같지 않다. 가파른 자갈길 내리막이 이어지고 마리아 성상이 있는 쉼터에 앉았다. 마을에 들어서니 순례자 쉼터가 너무 멋지게 만들어져 있다. 맘이 허전한 건지 무슨 가게든지 나타나면 뭐든 사 먹고 싶다. 드디어 나타난 가게에서 달콤한 아이스콘 하나와 산미겔 캔으로 목을 축인다. 또 가게나 자판기가 나타나길 기대한다. 평소엔 군것질하지 않지만, 평소와 달리 먹는 것에 무장해제 된다. 한국인 동행자들이 길바닥에 철퍼덕 앉아 쉬고 있다. '애들아 가자'라는 말이 차마 안 나온다. 내 자식들보다 더 어린 청년들이라 뭔지 모르게 맘이 든든한 순례자들이다. 어느 동네 마을(Muruzabal?) 입구에 Santa Maria de Eunate가 있다는 걸 보고 찾아보기로 했다. 발이 갑갑하여 마을 입구에 신발을 벗어 두고 나선다. 마을 끝까지 들어가 보니 그곳에서 다시 2킬로를 더 들어가야 한다는 사인이다. 맨발로 2킬로를 걷기엔 무리다. 되돌아와 다시 걷기를 계속하여 목각으로 된 순례자 형상 앞에 선다.

  아직 오늘 목적지 레이나까지는 4.5킬로가 남았다. 아이스크림 가게가 씨에스타로 4:30분에 문을 연다니 1분만 기다리면 된다. 그 순간 멀리서 가게 주인인 듯한 아주머니가 큰 소리로 "Hola~~"하며 다가온다. 평소엔 즐기지 않지만 이렇게 입이 깔깔할 땐 부드럽고 달콤한 아이스크림이 좋다. 주변에 모양이 특이한 십자가상과 아름다운 교회 유적들과 볼거리가 꽤 있는 오래된 마을이다. 마을 이름은 스쳐 지나버렸는지 알 수가 없고 비석에 새겨진 글씨는 흐릿해서 알아볼 수가 없다.

  한적한 오솔길을 지나고 오후 다섯 시가 넘어서 푸엔테라레이나(Puente la Reina) 초입의 호텔 겸 알베르게 Jakue에 들다. 블로그의 영향인지 역시 숙소의 손님이 한국 순례자 천지다. 좁은 방에 6인실로 한국인들로 배정되었다. 내가 다시 3인실로 바꿔 달라고 했더니 별말 없이 바꿔준다. 아직은 순례자가 그렇게 많질 않아 숙소 선택에 별 어려움이 없어 좋다. 어제 장보기 한 재료 중 간편 음식인 동그란 밀폐된 음식을 전자레인지에 데워 저녁 식사로 대용이다. 스페인에서는 주로 아침 식사로 먹는 감자와 양파 달걀이 들어간 으깬 감자 음식이다. 스페인식 오믈렛으로 이름이 '또르띠아'란다. 밖으로 나가 이것저것 먹을 것들을 실컷 사서 먹으면 좋으련만 너무 피곤하여 아무런 생각이 없다. 호텔 쪽에는 레스토랑도 있지만 선 듯 들어가지지 않는다. 나는 지금 순례자로 순례 중이라는 은근한 압박이 있다.

프랑스 서부 4일간 여행 후 어제까지 스페인 산티아고 순례길 4일 차를 무사히 마쳤다. 하루 22~23킬로씩 너무 힘든 걷기지만 내가 선택한 것이니 즐거운 맘으로 걷자. 그런데 오늘은 잠깐 헛생각에 길을 잃어 헤맸기에 예상치 않게 31킬로 넘게 걸었다. 순례길에서 좌우도 살피며 다른 순례자들이 가는 방향도 살피며 걸어야 했다. 가능하다면 길벗처럼 좋은 동행자를 만나는 것도 큰 복이다. 산티아고 순례길 위엔 한국의 젊은 순례자가 많아서 좋다. 내가 만약 젊어서부터 여행을 즐기고 이런 순례를 하였다면 지금의 나의 모습은 어떻게 변했을까? 저기 젊은이들은 자신이 살아가는 내내 이 순례길이 삶의 밑거름이 될 것이다. 웬만한 역경도 서슴없이 헤쳐나갈 것이다. 기름진 토양 위에 풍성하게 가지가 뻗고 윤기가 흐르는 열매가 맺혀진 모습을 상상만도 좋다. 걷는 내내 많은 생각에 잠길 것 같은데 정작 길 위에 서면 무념무상이 된다. 처음 순례의 시기를 정할 때 순례 기간과 계절적 시기 결정에 조금 어렵고 힘들었다. 개미 떼처럼 몰려가는 성수기의 순례보다는 고요하고 한적한 비성수기 순례를 원했다. 3월 중순이면 좀 이른 감도 없지 않으나 예상보다 춥지 않아서 다행이다. 또 하나는 두발로 걸을까? 자전거를 탈까? 고민했는데 걷기를 결정한 일은 너무 잘했다. 자전거야 빠르긴 하겠지만 걸으면서 얻을 수 있는 것들을 어찌 빨리 달리면서 누릴 수 있겠는가. 모든 일에는 맘먹기에 달려있고 일장일단이 있다. 하루 30킬로 이상 걸으니 몸이 녹초가 된다. 마을을 둘러볼 마음은 있으나 몸이 말을 안 듣는다. 에너지가 완전히 소진됐지만, 이 길 위에 서 있을 수 있어서 행복하다. 이건 내가 순례길에 서서히 순응해가고 있다는 증거다. 가끔 사람들이 회자하기를 나이는 숫자에 불과하다 말한다. 내 생각이긴 하지만 이 말은 맞는 말일 수도 틀린 말일 수도 있다. 내가 살면서 느낀 것은 지나간 세월을 어떻게 살았냐에 따라 다르다는 것이다. 가령 60대와 비교하면 50대가 물리적 나이로는 훨씬 젊다. 하지만 육체적 나이까지 젊다는 법은 없다. 가끔 제자들이 "저도 선생님 나이가 되어도 그렇게 잘 걸을 수 있을까요?"라고 묻는다. 솔직히 말하면 내 나이 50대엔 지금보다 훨씬 비리비리했고 그 이전에는 더욱 간당간당했다. 흔한 말로 예전에 비하면 지금은 용 된 셈이다. 어찌 보면 젊어서는 젊다는 이유로, 아니면 사느라 바빠서 자신의 건강에 별로 신경 쓸 겨를이 없을 수 있다. 나도 그랬으니까. 나의 경우 비리비리했던 50대 초반에 여행을 시작하면서 새로운 세상을 알았고 다음 여행을 하고 싶어서 더 열심히 운동하고 집밥으로 삼시 세끼 잘 먹으면서 건강을 챙겼다. 교사라는 직업을 노동이라 생각지 않고 신이 내린 가장 큰 축복이라 생각하며 재미 삼아 열심히 했다. 그리고 틈이 날 때마다 여행했다. 내가 아무리 여행하고 싶어도 건강하지 않으면 가족들이 여행을 허락할 리가 없다. 어찌 보면 다음 여행을 하기 위해 더욱 건강을 챙기게 된다. 지금이 얼마나 중요하고 귀한 시간인가를 생각하고 한 꼭지 여행을 마칠 때마다 더욱 단단해진 나를 발견하게 됐다. 시간이야말로 누구에게나 공평하게 흐른다. 너무나 소중한 시간을 좀 더 가치 있게 보내고 싶다. 내가 좋아하는 일을 하며 나이 들고, 오는 세월을 반갑게 맞이하며 살고 싶다. 난 내가 행복해야 내 주변 모두가 행복하다고 믿으며 산다.

2000년 전 로마 시대 때부터 있었다는 그 돌길

새벽녘에 동네 한 바퀴 돌아볼 생각에 방을 나왔다. 의외로 쌀쌀한 날씨에 놀라 멀리 가지 못했다. 지금 머물러있는 푸엔테 라 레이나 초입의 Jakue는 호텔 겸 알베르게로 제법 큰 숙소다. 방안에 드니 룸메가 일어나 맨손체조 중이다. 내게도 순례에 효과가 좋으니 따라 해보란다. 배낭을 멘 어깨와 무릎, 발목 근육 통증을 풀어주는 운동이라며 룸메 프랑스 남자 막심은 맨손체조 시범을 보인다. 시범 중에도 손 떨림이 심해서 꽤 나이가 든 줄 알았는데 69세란다. 그래도 운동으로 단련된 체격으로 엄청나게 잘 걷는다. 이번 걷기 중 놀란 것은 홀로 나선 프랑스 할아버지, 할머니(오빠? 언니?)들이 정말 잘 걷고 많다는 것이다. 기우뚱대며 걸으니 저렇게 언제 걸을까 싶은데 어느새 가까이 와 있다. 오늘의 이 프랑스인도 그런 사람 중 한 명이다.

순례 5일 차. 이쯤 되면 거의 모든 순례자에게 나타나는 현상은 근육 통증 때문에 제대로 걷지 못하고 걸을 때마다 작은 비명을 지르며 기우뚱댄다. 발에 물집이 생긴 사람뿐만 아니라 근육통으로 정상적인 걸음을 걸을 수가 없기 때문이다. 그나마 난 아직 물집이 안 생겼다. 물집이 생기면 점점 커지고 염증이 생기니 더 커지기 전에 바늘에 면실을 꿰어 물집을 통과시켜 물을 면실에 스미게 해 **빼내야** 한단다. 이 방에서 함께 잔 한국인 순례자도 2층 침대에 앉아 물집 치료하고 있다. 아직은 나의 발에는 아무 문제는 없으나 알아둬야 할 필요가 있어 관심 있게 봤다. 내게는 언제쯤 물집이 생기려나?

순례자들끼리 아침 대화 중 하나는 오늘은 어디까지 갈 거냐고 묻는다. 프랑스 남자 막심이 내게 묻기에 에스텔라(Estella)까지 가겠다 했다. 그는 프랑스의 비음 섞인 정통 발음으로 "에스데야~" 하는데 도저히 따라 할 수 없는 발음이다. 순례자들은 우연히 한방을 쓰지만 이후 자주 만나게 되고 대화를 하다 보면 곧 친하게 된다.

챙겨온 마늘 수프를 끓여 식은 밥까지 곁들여 아침을 해결했다. 제자가 챙겨준 새 발가락 양말을 신고 8:30분에야 순례길을 시작한다. 레이나 마을 안 마트에서 점심때 먹을 장보기로 요구르트, 컵케익, 사과와 오렌지를 챙겼다. 순례길 중 배낭 속에 먹을 것이 있으면 무거운 무게만큼 가슴 뿌듯함과 든든함도 크다. 그러나 800킬로의 순례 중에 어깨에 얹힌 바람도 무게로 느껴질 정도라는데 배낭은 최소 무게가 마땅하다. 나의 배낭은 약 6~7킬로로 필수장비인 배낭, 비옷, 침낭, 스틱, 초경량 매트, 세면도구와 속옷, 겉옷 한두 벌 정도 최대로 줄인 무게다. 하지만 어떤 사람들은 2~30킬로가 넘는 배낭을 메고 걷는 사람도 있다. 순례를 함께한 한국인 제주 남자도 20킬로는 되어 보이는 무거운 배낭을 지고 다녔다. 뭐가 그렇게 많이 들었냐고 물으니 아내가 챙겨준 먹을 것들이 들어 있단다. 인류학자 낸시가 쓴 책 112쪽을 보면 '배낭은 독립적 여행자의 상징이기도 하고 순례자의 정체성 형성에도 영향을 미친다. 배낭은 여행자의 자아나 그 삶의 무게를 의미하거나 십자가와 자기 죄의 무게를 나타낸다는 스페인의 독실한 가톨릭 신자도 있다. 세계의 순례자 중 보통 독일인이나 미국인들이 무거운 배낭을 메고 순례한다'라고 쓰여 있다. 내가 볼 때 한국인들도 만만치 않다.

육각형의 종탑이 아름다운 프엔테 라 레이나(Puente la Reina)의 교회를 향해 순례길을 시작한다. 마을을 빠져나오기 전에 둥근 아치형 문 앞에 뭔가를 상징하는 것이 있다. Rio Arga 강물 위를 가로지르는 왕비의 다리(마을 이름 유래)라는 로마식 돌다리(Zubi Erromanikoa)를 넘어 이 마을을 빠져나간다. 오늘도 내가 정한 목적지 에스테야까지 잘 걸을 수 있을까? 특별한 목적이 있는 순례도 아니어서 그냥 아무 생각 없이 단순하게 걷기만 하면 된다. 맘 한편으로는 이리 쉬운 걸 왜 그리 두려워하는가 싶지만 진짜 걸어보니 결코, 쉬운 건 아님을 깨닫게 된다. 오늘 걸어야 할 길도 20킬로 정도로 완만한 경사를 가지고 있어 순탄할 거 같아 배낭을 등에 메고 순례한다. 순례길 위에서 해가 뜨는 걸 보고 싶은데 또 늦었다. 구름 한 점 없는 화창한 봄 하늘. 파란 하늘이 한가로운 들길과 함께 너무 깨끗하고 아름답다.

도로 위를 가로지르는 구름다리를 넘어 Maneru 마을이다. 황금열쇠를 입에 문 비둘기가 그려진 벽화다. 누가 그렸는지, 무슨 연유의 그림인지는 모르지만 참 잘도 그렸다. 색감이 밝은 벽화를 대하는 순간 그 안에 희망과 평화가 있다. 마을을 벗어나니 포도밭의 대 평온에서 일하는 노부부를 만나 반갑게 인사한다. 방금 본 벽화가 현실로 나타난 기분이 든다. 참 다정하게 보이는 노부부에게 자동으로 'Hola~~'하면 바로 메아리가 되어 돌아온다. 그대로 한 폭의 그림이다. 이 순례길에서 자주 만나게 되는 풍경이리라. 파란 하늘 아래로 밀밭이 넓게 펼쳐진 초록 들녘을 두리번대며 걷다 보니 전형적인 봄 풍경이다. 초록 길 위에 파란 하늘과 더 파란 하늘이 끝없이 펼쳐진다. 내가 빠른 건지 앞 사람이 늦은 건지 안 보이던 순례자 모습이 앞에 나타나면 잘 가고 있다는 안도의 한숨이 나온다. 길 건너 플라타너스 풍경과 공동묘지와 언덕 위 예쁜 마을 아치문 안으로 들어와 돌의자에 앉아 점심을 먹는다.

　다시 걷고 또 걷고를 연거푸 하면서 돌바닥의 내리막을 힘들게 내려왔는데 노란 화살표가 없다. 이렇게 당황스럽게도 다음 길 접어들기가 막막할 때가 있다. 순간 길을 잘못 든 걸까? 그럴 리가 없는데 싶을 때 사방을 둘러보면 어디엔가 노란 화살표가 짜~잔~하고 나타난다. 이번엔 계단 벽에 아주 희미하게 빛이 바래져 있다. 그런데 뭔지 모를 돌바닥과 둥근 돌문의 느낌이 이상해 앞면과 되돌아서서 사진을 찍었다. 그땐 몰랐는데 순례길에서 돌아와 인류학자 낸시가 쓴 책 77쪽을 보니 아하!! 이 길이

2000년 전 로마 시대 때부터 있었다는 그 돌길이다. 책 속의 흑백사진과 내가 찍은 사진이 똑같다. 그때 그 모습 그대로라니!! 아무것도 모르는 내가 2000년 전 역사의 현장을 걷고 뭔가 느낌을 받았다는 사실이 그저 놀랍다. ㅎ.ㅎ;

다시 언덕을 넘고 넘어 빨간 난간의 구름다리를 지나니 에스테야가 12.8킬로 남았다는 표시가 있다. 아직도 갈 길이 멀다. 비포장 신작로를 걷고 또 걸으며 힘들고 지칠 때 나타난 참 예쁜 코라우키(Corauqui) 마을이다. 노란 유채꽃이 하늘거리며 포도와 올리브나무가 가득한 입구에 작은 종과 풍경이 매달려 있다. 사방 풀꽃 천지의 양지바른 의자에 앉아 오카리나 불었다. 순례자에게 큰 힘이 되는 감사의 장소다. 기금 조성을 위한 기부하는 무인 가판대에 산티아고까지는 676킬로 남았다는 사인이다.

희미하게 벗겨진 노란 화살표, 작을 돌들을 연결하여 순례자 길을 알리는 돌 화살표를 따라 열심히 걷는다. 햇볕을 가려줄 지하 교각(굴다리) 아래서 내 발길은 또 멈춘다. 빨리 숙소에 들어 마을을 둘러볼 생각보다 차라리 길 위에서 쉬자며 걷다가 쉬고 싶을 때마다 쉰다. 쉴 때마다 확실하게 쉬어가자며 매트를 깔고 양말 두 켤레 다 벗고 발가락 햇볕과 바람 쐬기를 한다. 그 덕에 물집도 안 생기고 다리도 온전한 거 아닐까? 끝없이 펼쳐진 지평선과 사방에 흩어진 풀꽃 내음이 좋고 내가 주인인 바람이 좋고 부드러운 햇살이 좋다. 에스테야 7.5킬로 남았다. 마을마다 크고 작은 성당이 나타나는 순례길 위에 갈 방향을 알리는 화살표나 조가비 모습이 조금씩 다르다. 새로운 표시마다 사진을 찍어둔다. 우대르가 마을에서 올리브 열매에 시원한 산미겔 한 잔 마시며 쉬고 Lorca 성당 앞에서 젤리랑 과자를 먹고 또 쉰다. 빨리 걷고자 하는 것도 아니고 쉬고 또 쉬면서 걷는데 왜 이리 힘든 걸까?

사실 미리 대비하지 않고 순례에 나서서 날마다 20킬로 이상씩 걷는다는 것은 무모한 짓이다. 그나마 난 집과 도서관, 그리고 체육센터를 6~7킬로의 가방을 메고 하루 4킬로 이상을 매일 걷기훈련을 두어 달 이상 준비했다. 누구든 이 순례길을 걷기 원한다면 사전에 걷기훈련을 해 둬야 한다는 것이 나의 생각이다.

다리 건너지 않고 공립 알베르게가 있는데 거의 다 온 것 같아 흥분한 나머지 무작정 다리를 건넜다. 엎어진 김에 쉬어간다. 유적의 앞 벽에 있는 열두제자의 입상이 호기심을 자극하는 교회 앞을 지나면서 설명해 줄 만한 것들을 찾아보지만 눈에 띄지 않는다. 분명 특별한 교회처럼 보이는데 설명글이 없다. 제대로 해석할 능력은 없지만, 이렇게 설명글을 찾지 못하거나 없으면 답답하다. 순례길 위의 유적에는 가이드 없이도 알아볼 수 있게 설명글이 있어 좋은데 이곳에서는 찾지 못했다.

강물의 칠면조(?)들과 놀다가 다시 길을 묻고 되돌아 다리를 건넌다. 물어물어 에스테야 공립 알베르게를 찾았다. 마을 이름 Estella는 별을 의미한다. 6유로로 입소 후 부엌을 사용할 수 있다니 짜장을 만들고 넉넉하게 밥을 했다. 반은 해물 가루를 뿌려 다음 날 아침에 먹을 도시락도 싸고 저녁은 짜장밥으로 먹었다. 이곳에서 만난 한국 순례자들과도 서로 친하게 지내며 음식을 나누기도 한다. 내가 전수해준 대로 냄비 밥 짓기를 제법 잘한다. 다 된 밥을 내게 보이고 만족한 웃음 지으며 자랑한다. 역시 한국인은 밥심(밥힘)으로 산다며 화기애애한 분위기로 저녁을 마쳤다. 대부분의 유럽 순례자들은 와인이나 과일 정도로 간단하게 해결한 듯 보인다.

　취침 시간이 따로 없고 저녁 숟가락 빼면서 자고 아침 동틀 때까지 깨지도 않는다. 평소 불면증 정도를 불면이라고 생각지도 않고 사는 내가 집을 나와 순례길에서 신기한 경험을 계속한다. 이명을 느낄 겨를도 없이 죽은 듯이 잘 잔다. 백 명 정도가 함께 자니까 누군지 모를 코골이. 이갈이. 방귀 소리. 잠꼬대 등등 있을 텐데 전혀 신경이 쓰이질 않으니 정말 신기하다. 환경이나 상황이 사람을 만들어낸다는 말은 일리가 있다. 예전의 여행길엔 그날그날 바로바로 일기를 썼다. 그런데 이번 순례길에선 그럴 맘의 여유도 없어 대충 키워드 몇 자 적어 놓고 잠자리에 든다. 잘 자고 일어나 새 걸음이 시작된다.

일찍 출발하고 싶은데 여럿이 함께 자는 방이라 조심스럽다. 오늘의 목적지 Los Arcos까지는 20.6㎞다. 큰 오르막 내리막 없어 이 정도면 가볍게 걷겠다는 생각으로 7:30분 출발이다. 하루 20킬로 걷기를 두려워하지 않게 되다니. 알베르게에서 하루 머문 후 다음 날 아침 앞장선 순례자가 없다면 노란 조가비나 화살표를 찾아보고 마을을 빠져나가는 길을 잘 잡아야 한다. 전혀 예상치 못한 곳에 노란 화살표가 있다. 인도와 차도 경계선 난간에 줄줄이 그려져 순례 방향을 표시한다.

순례자들에게 기념품이 될 만한 상징적인 철제용품을 만드는 대장간이 나왔다. 그 집에 대문 옆 벽에 순례자 모형. 십자가나 조개 펜던트 등등 만든다는 그림 설명이다. 그 바로 옆으로 멀리서 보기에도 눈에 들어오는 특별한 건물에 커다랗게 'Bodegas Irache'라 쓰여 있다. 아하~ 순례길 위에 이라체 수도원에서 순례자에게 제공한다는 포도주 샘 수도꼭지다. 벽에는 이렇게 쓰여있다. '순례자여~~ 이곳에서 제공하는 와인 한 잔이 부디 그대들이 산티아고까지 무사히 갈 힘과 활력과 행복을 주기 바랍니다.'

왼쪽은 와인이 오른쪽은 물이 나온다. 하지만 우리 일행들이 이곳을 지날 땐 불행하게도 와인 꼭지는 깜깜이다. 앞뒤 순례자들은 그 앞에서 사진을 찍으며 몹시 아쉬워한다. 어떤 이는 이곳 포도주를 받아 가려고 빈 병까지 챙겨왔다는데. 난 그저 쪼르르 와인이 나오는 모습을 기대했는데 아니다.

순례자에게 물과 와인을 제공하는 Bodegas Irache

어느 성당 앞 몽땅 나무가 모두 연리지가 됐다. 저 몽땅 나무를 자주 보게 되는데 표피만 봐선 플라타너스로 긴가민가하다. 얼마를 걷다 보니 순례 갈림길이 나온다. 한쪽은 16.8킬로와 다른 한쪽은 17.9킬로로 Azqueta와 Villamayor de Monjardin 마을 두 개를 지나는 긴 쪽 길을 선택했다. 조금 긴 쪽은 경사가 완만하다는 의미도 있고 어디로 가든지 한곳에 모인다는 의미다. 캠핑 장 팻말이 보여 안쪽으로 들어갔다. 잔디에서 준비한 주먹밥과 짜장 소스, 삶은 달걀로 식사를 했다. 딱히 배가 고프지 않은데도 끼니를 꼬박꼬박 챙겨 먹는 성은 '밥'이요 이름은 '삼식'이 '밥 삼식'이 맞다.

올리브 나무 숲길을 지나 Azqueta 마을 안으로 드니 산 언덕꼭대기에 성체가 보인다. 비야마요르 데 몬하르딘 성당과 중세의 물 저장고도 있다. 비포장의 포도 밭길에 놓인 돌화살 안내표를 보며 누구에게나 힘든 순례길일 텐데 이런 작은 친절을 베푸는 사람의 마음에 감사한다. 그늘 한점 없는 들길을 지나면서 가끔 보이는 그늘은 그대로 오아시스가 된다. 황톳길을 걷고 또 걸으며 심한 갈증을 느낄 때 나타난 푸드트럭에서 생맥주 한 잔은 생명수와 같은 꿀맛이다.

그늘 한점 없는 12킬로 초지를 무작정 걸었다. 힘들면 가다 쉬기를 반복하며 스스로 위로한다. 목적지에 도달하는 것이 목적이 아니라 내 발길 닿는 이 길 위를 즐기는 것이 목적이 된다. 잔잔하게 흐르는 해바라기의 노래 '고개를 숙인 사람'이 좋은 벗이다. 맘껏 개사해서 불러도 좋을 순례길에 참 잘 어울리는 반주와 목소리다. 다행히 내가 늦은 도착을 한들 순례자들이 많은 시기가 아니라서 알베르게의 침상은 있으리라 믿으며 목적지 로스 아르코스 2.8킬로를 남겨놓고 또 쉰다. 이제 순례 6일 차인데 처음부터 무리하고 싶지 않다.

오후 3:20분. 선간판 Los Arcos 마을 초입 무인 인포에 앉아 휴식 중 알베르게를 검색해 보았다. 이번 숙소는 기존의 알베르게와 조금 다른 분위기의 숙소로 조금은 고급스러워 보이는 길모퉁이 Casa de la Abuela로 정했다. 1박 1베드 12유로, 아침 식사 3유로. 세탁기 1유로. 부엌을 이용할 수 있다.

토요일 밤이라서인지 좀 특별한 날인 듯 순례자도 많지만, 성당 앞에 인파가 가득하다. 장보기를 해서 숙소 주방에서 먹고 싶은 생각보다는 이 마을 분위기에 젖고 싶다. 마을 성당을 둘러보고 Los Arcos 레스토랑에 들었다. 몰트위스키와 맥주, 올리브와 엔쵸비 꼬치에 하몽 & 바게트로 저녁 식사를 즐겼다. 당신이 그곳에 앉을 이유가 충분히 있다는 듯 창밖으로 해 떨어지는 하늘이 축복처럼 아름답다.

레스토랑의 한쪽 테이블에서는 노년의 아주머니들이 둘러앉아 포커 게임이 한창이다. 마치 동네 아주머니들이 마을회관에 둘러앉아 100원짜리 민화투 판을 벌인 우리네 모습과 흡사하다. 동네 둘러보다 늦은 시간에 숙소에 들었다. 나를 포함한 순례자들이 품어내는 파스 향이 온 방에 진동한다. 여섯째 날을 걷는 순례자들의 소리 없이 아우성친다. 순례길에서는 신경통 억제제나 근육 진정제 등을 미리 먹어둬야 한다는 동행인의 말이다. 내가 워낙 약을 싫어하긴 하지만 그 말도 일리가 있다.

난 아이팟이 있음에도 이어폰을 끼고 음악을 듣는 경우가 흔치 않다. 그냥 들리면 들을 정도이지 유별나게 유튜브를 찾아본다거나 특정 음악을 내려받지 않는다. 음악을 좋아하지 않은 게 아니라 아마 마음의 여유가 없어서였을 게다. TV를 보는 일도 마찬가지다. 여행을 나오기 전 친구 덕분에 7080 듀엣 가수 해바라기 라이브 공연을 보고 참 좋다는 생각이 들었다. 오랜만에 들어서 그런지 옛노래가 잔잔하여 친구에게 부탁했더니 몽땅 내려받아 내 스마트폰에 담아줬다. 이번 순례길 위에서 힘들고 지칠 때 꺼내 들어 보는데 어찌나 잔잔한지 그 부드러움에 녹아든다. 특히 앞뒤 사람들이 없는 한적한 길에서 이어폰 없이 듣고 다녔다. 6일 동안 내게 가장 큰 위로와 힘이 된 것은 순례 전 친구가 챙겨준 해바라기와 윤도현 밴드의 음악들이다. 무심결에 걸을 때 혼자가 아니라는 생각이 들게 하고 내게 생명 같은 힘을 주고 기쁨을 주었다. 특히 부드러운 음색과 시적인 가사까지 해바라기 노래는 어쩜 이리도 좋을까!! 순례길 풍경과도 너무 잘 어울려 감탄사가 절로 나왔다. 내 옆을 지나는 프랑스 할아버지가 양손을 벌려 "La Musica~~ Musica!!"하며 지나간다.

순례길에서 만난 안내표시

오늘의 특별 이벤트!! _ 순례길을 이렇게 걸었다는 증거자료.

구글플레이에서 제공하는 아이폰의 거리 지도와 측정치가 기록되는 앱 램블러!! 평소 등산이나 걷기 또는 자전거 라이딩할 때 내가 이용하는 스마트폰 앱이다. 하지만 국외라는 이유로 그동안 사용할 생각을 안 했다. 오늘 오후 3시가 넘어서 우연히 혹시나 하며 램블러를 실행했는데 이게 글쎄 신통방통하게도 기록을 한다. 우와아~~~ 생각해보니 구글에서 제공한 것이니 당연한 결과인데 왜 국내에서만 사용 가능한 것으로 착각했을까? 그런데 이것이 스마트폰에만 나오는 줄 알았는데 우연히 노트북 작업 중 순례 26일 차를 검색하다가 아래와 같은 화면이 나왔다. 처음으로 폰 앱이 아닌 PC 화면으로 본 것이다. 스마트폰으로 본 화면과 확연히 다르다. 순례 후 결과를 앱에 올리면 PC나 노트북의 인터넷상에서 이렇게 볼 수 있다. 아래 기록 결과는 오후 3시 이후 것으로 기록 일자와 시간, 경로, 고도, 이동 거리, 평균 속도, 휴식과 이동시간 등이 나온다. 걷기가 심심하던 차에 이런 걸 발견(?)하니 재미가 더해진다. 출발 때 앱의 플레이 버튼만 누르면 이런 결과 통계가 나오다니 참 좋은 세상이다. 내일은 아침 출발부터 기록을 해봐야지. 신기~반가!! 또 하나의 친구가 생겼다.

새벽 6:30분에 일어나 어제 베란다 난간에 걸어두었던 빨래를 걷어 배낭을 챙겼다. 본래 이러는 건지 모르겠으나 알베르게에서 제공하는 조식 3유로는 사실 너무 부실했다. 그런데 순례자들은 바게트 한두 조각과 차 한잔을 먹고 순례를 한다. 예정된 긴 순례길로 아침 식사를 하더라도 조금 이른 출발을 해야 하는 데 8:20분 걷기 시작이니 해는 중천에 있다. 로스 아르고스에서 Viana까지는 18킬로이다. 하지만 오늘 나의 목적지는 로그로뇨이다. 허허벌판의 들길 따라 한 시간 반 정도 지나니 첫 번째 도시 Sansol 나온다. 아직 로그로뇨까지는 20.7킬로 남았다는 팻말이다.

순례길 위에서는 자주 돌무더기와 추모 십자가를 볼 수 있다. 대부분 길 위에서 죽은 순례자이거나 아니면 이미 죽었거나 죽음을 앞둔 자를 대신하여 산 자가 걷는 길이다. 이들과 함께하는 길에서 만나는 봄꽃들. 이름 모를 화사한 꽃들이 순례자를 반긴다. 산티아고 순례 프랑스 길은 스페인의 수호성인인 성 야고보의 무덤으로 향하는 길로 그 길에 생겨난 마을마다 성당이 있다. 그런데 이 마을은 17~8세기의 집들로 문 앞의 대들보에 연도가 돌에 새겨있다. 작은 돌무더기가 보이고 기도의 흔적과 사진이나 글이 새겨진 돌들이 보인다. 시신으로라도 묻히고 싶어 화장하여 이 길에 뿌리기도 한다. 이런 목적을 가지고 이 길을 걷는 사람들은 어떤 마음일까? 단순하게 유럽의 역사와 문화를 알고 걷기만을 위해 나온 내 마음이 숙연해진다. 울창한 소나무 숲 그늘을 지나면 만나는 소망 사연의 돌탑(Taenda Colmado)에 나도 소망을 담았다. 아주 오래전 외교부에 근무하던 제자가 준 'My Pride Korea' 열쇠고리 크기의 가벼운 징표다. 우리나라 지도가 새겨진 My Pride Korea 표시를 나무에 달고 한 컷 한다. 대한민국 국민으로서 긍지와 자부심을 품고 살아갈 수 있기를 염원한다. 덧붙여 현재의 문 대통령께서 국민을 사랑하는 마음으로 올바른 정책수행 하기를 기도했다.

포도밭이 끝없이 이어진다. 난 지친 거 같으면 마땅히 쉴 곳을 찾아 쉬어간다. 어떨 땐 지치지도 않는데 풍광이 좋거나 쉴만한 자리가 보이면 그냥 쉰다. 쉴 때는 양지바른 곳에 앉아 발가락을 바람과 햇볕에 내놓고 습기를 완전히 제거한다. 그래서인지 내 발가락엔 아직 물집이 생기지 않았고 아무런 이상도 없다. 이곳에서 만난 한국인 순례자들은 대부분 나보다 젊은 사람들이다. 서로 얼마나 잘 걷는지 내기를 하듯 걷고 또 걸으며 너무 힘들어하고 지쳐있다. 하루의 순례가 끝나는 밤이면 모두 골골댄다. 빨리 걸을 필요도, 많이 걸을 필요도 없다고 말해주고 싶지만 대부분 성인은 자신의 판단이 옳다고 생각하며 산다. 가르치려 들지 말고 스스로 느낄 때까지 기다려 주는 것도 좋을 거 같아 함께 걷다가 먼저 가라며 헤어진다. 카미노에서는 낸시 여사의 말처럼 목적에 집착하지 않고 순간을 음미해야 한다. 난 이 글을 읽으면서도 동감하지만, 이 책을 읽기 전에도 길 위에 오래 머물자 생각했고 걷는 내내 실행 중이다. 저 나무 그늘에 혼자서 세상 편한 자세로 늘어져 쉬는 나와 같은 사람이 또 있다. 800킬로 순례길은 최소 30일을 넘기는 장기전이다. 억지를 부릴 필요도 없고 쉬는 일에 있어 남의 눈을 의식할 필요도 없다.

바르고타 마을과 제법 큰 도시 비아나(Viana)를 지난다. 비아나에는 'Iglesia de Santa Maria'' Andre Mariaren Eliza' 등등 대성당과 대성당이 연결된 도시다. 이처럼 산티아고 순례길에는 사람이 만든 영혼을 위한 건축물 대성당이 있고 그 대성당은 역사를 온몸으로 품고 있으며 인간을 위로하고 쓰다듬는다. 그래서인지 순례길 내내 대성당들을 중심으로 마을이 형성됐다. 여태껏 15킬로 넘게 걸었음에도 아직 로그로뇨까지 가려면 13.3킬로가 남았다.

비아나 주 청사 주변으로 영문 모를 기념 깃발이 나부낀다. 맘 한편엔 이곳에서 나도 머물까 싶지만, 아침에 정한 대로 가 보자며 나를 달랜다. 컨디션 좋을 때 하루를 벌어보자는 심산이다. 이것이 맥주 한 캔의 힘일지도 모른다. Siri야~~ 풍악을 울려라. 잠시 후 해바라기 노래 '마음 쉬는 곳에'가 울려 퍼진다. 24시 자판기에서 맥주캔 하나는 그대로 오아시스가 된다. 물값이나 맥줏값이나 비슷하다 보니 맥주를 먹게 된다.

비아나에서 로그로뇨까지는 11.7킬로로 편평한 길로 끝없는 포도밭이다. 아직 몽땅 나뭇등걸만 있어 7~8월 태양 빛을 받아 잘 영근 포도송이와 가을바람에 갈색으로 물든 포도잎을 상상한다. 가을에 다시 순례길을 찾아오고 싶다. 처음 한 번 오기는 어려워도 한번 오면 한 번으로 끝나지 않는다는 산티아고 순례길이다. 첫날 생장에서 만난 독일 남자 순례 중독자가 떠오른다.

끝이 보이지 않은 평지길이 이어진다. 어느 교회 앞, 가족과 친구들이 주말 나들이를 즐기는 장소를 지날 때 현지인 가족이 나를 향해 두 손을 들어 불러 세운다. 목을 축이라는데 사양하고 싶지 않았다. 아니 너무 반가웠다. 특히 스페인에서는 순례자에게 환대하는 예도 있다는 걸 알기에 고마운 마음으로 이들의 초대에 응했다. 기꺼이 테이블에 앉아 보니 파장인듯한데 나를 위한 상차림이 새로 차려진다.

그들의 점심 식사가 끝나가는데 나를 위해 막 구워낸 양 갈비와 피순대를 내놓는다. 피순대는 이 지방의 특별한 음식이다. 그리고 볶은 밥에 맥주까지 현지인으로 순례자에 대한 호감의 표시다. 따뜻한 대접에 감사의 답례로 오카리나를 꺼냈다. 가족 중 악기 오카리나를 알아보는 여인이 있어 불러 보라고 내밀었더니 부를 줄은 모른단다. 난 '홀로 아리랑' 한 곡을 정성껏 부르고 오히려 고맙다는 말을 듣고 자리에서 일어났다. '무챠스 그라시아스(Muchas Gracias)~~' 이 자리는 그들이 내게 자신을 대신할 '영적 전령으로서의 순례자'로 대접했다고 생각했다. 오래오래 기억될 숯불에 구운 양 갈비 맛도 중요하지만 짧은 만남에 긴 여운이 남는다. 지루함과 피곤함에 지칠 때 스페인 사람들의 여유와 훈훈한 인심에 새 힘을 얻어 걷는다. 어쩌다 찍은 사진들이 렌즈에 스팀이 생긴 건지 죄다 흐리게 나왔다. 나중에야 살펴보니 순례길을 걷는 동안 허리에 찬 스마트폰이 몸에서 난 땀으로 습기가 차서 렌즈가 흐려진 것이다.

짧은 솔숲을 지나 차도를 건넌다. 간단한 건널목이면 될법한데 무슨 사고가 있었는지 좁은 도로 위로 계단을 오르고 내리는 나무 육교다. 육교를 지나 힘들어하는 나를 위로하듯 이어지는 길은 길고 긴 솔숲길이다. 걸어도 걸어도 끝이 안 보인다. 그런데도 어디쯤에선 오늘의 목적지가 나타나리라. 발목 통증이 스멀스멀 올라올 즈음 새로운 돌 말뚝이 보인다. 로그로뇨로 들어서면서 순례자 조가비 모양이 달라지는데 이건 '나바라주'에서 '라 리오하주(La Rioja)'로 주가 달라졌다는 표시다. 드디어 다 온 것인가 싶지만 아직 당당 멀었다. 잡힐 듯하지만 잡히지 않고 보일 듯하지만 보이지 않은 하지만 가까이 왔음은 분명하다. 조금만 더 힘을 내자.

텃밭 농장을 지나고 다리 건너기 전 아주 커다랗고 긴 족욕장이 나왔다. 마을 입구에 이런 족욕장을 처음 만났다. 마을 사람들에게 제공되기도 하겠지만 순례자들을 위한 공간으로 생각된다. 나를 위해 준비된 공간이니 감사한 마음으로 만끽한다. 고인 물이 아닌 어디선가 계속 공급되는 맑은 물이다. 얼얼한 수온의 족욕은 순례자 하루의 피곤을 풀어주는 환영과 위로다. 바쁜 거 없으니 할 것 다 하면서 쉬고 다시 걷는다.

에브로강(Rio Ebro)을 가로지르는 피에드라(Piedra) 다리를 건넜다. 이 다리는 11세기에 지어진 것으로 산토도밍고와 제자 산후안 오르데가가 보수했다 전해진다. 다리를 건너자마자 로그로뇨의 구시가 지리를 안내하는 벽보가 있다. 오후 6:42분에 바로 옆에 있는 공립 알베르게에 도착했다. 그런데 문이 잠겨있다. 허~어~~ 너무 늦게 와서 만실이라는 걸까? 순간 피곤이 확 몰려오면서 아이고 한숨이 절로 나온다. 이때 길 건너 3층 난간에서 아저씨가 나를 향해 손을 휘~이 저으며 돌아가란다. Wow~ Gracias!! 아~싸~아~~ 침대당 7유로짜리 공립 알베르게에 짐 풀고 구시가지를 둘러보러 나선다.

  알베르게 바로 뒤쪽에 양송이 꼬치구이(Tapas)가 특산품이라는 벽화, 그 안쪽으로 로그로뇨 대성당과 메르카도 광장(Plaza de la Marcado)이 나왔다, 예전에 이슬람 문화권을 여행했던 내 기억에 입구의 형태부터 기독교화된 이슬람 건축형식(모스크)을 띤 성낭이다. 낼 아침 새벽에 바로 순례길로 들어서거나 그냥 지나치기엔 아쉬운 도시다. 내일은 내일이고 일단 동네를 둘러본다. 산타마리아 라 레돈다(Santa Maria La Redonda)는 로그로뇨 대성당의 이름이다. 바로크 양식의 첨탑과 고딕 양식의 입구와 본당이다. 성당의 문은 굳게 닫혀 있다. 로그로뇨는 와인 생산지로 꽤 유명한 도시다. 늦은 시간이지만 따뜻하고 은은한 조명 때문인지 피곤도 가신 채 편안하게 도시 탐방을 대충 마쳤다. 와인과 곁들인 타파스(Tapas) 가게가 있는 라우렐 거리를 끝으로 숙소에 들었다.

어제의 실행 결과를 보고 놀라 오늘은 걷기 시작하는 아침부터 램블러를 실행시켰다. 알베르게를 나오면서 바로 사용했는데 램블러에 28.5킬로 걸었다는 결과가 나왔다. 총 소요 시간 10시간 30분 중 7시간 52분 걸어서 이동한 시간이다. 2시간 40분이나 휴식을 했고 시간당 3.6킬로를 걸었다. 아침에 출발하면서 시작하여 알베르게 도착해 멈춘 기록이고 저녁 나들이까지 합하면 실제 걷는 거리는 30킬로 넘게 걸었다. 기록 결과를 램블러 사이트에 올렸다. 내가 이만큼 걷다니 스스로 놀랍고 대단하다. 순례길을 마칠 때까지 계속 실행할 생각이다. 우~후 이 짜릿함!!

라 리오하주의 로그로뇨는 구시가지인 갈색 라인 안쪽만 봐도 볼 것들이 많다. 어제 너무 늦게 도착하여 도시를 둘러볼 시간이 부족했다. 오전 로그로뇨에 머물고 다음 나헤라까지는 버스로 점프할까? 갈등이 생긴다. 순례길은 반드시 걸어야만 하는지, 필요로 버스를 타면 죄를 짓는 것인지, 꼭 그렇지만은 않다고 혼자 결론을 내렸다. 신부님을 알현하려고 성당을 찾아다닌다거나 순례길만을 걷는 일 자체에 목적은 둔 사람이라면 모를까 나처럼 이도 저도 아닌 사람은 로그로뇨와 같은 도시를 만날 때 갈등이 생기는 건 당연한 일이다. 그래 이곳에서 좀 더 머물자. 로그로뇨를 돌아보는데 배낭을 메고 다니기에는 너무 힘들 거 같아 동키 서비스를 받아야 할 거 같다. 그런데 어찌하여 내가 머문 알베르게에서 바로 동키 서비스를 하지 않고 조금 떨어진 다른 알베르게(Calenda)에서 한다며 위치를 알려준다.

안내받은 Calenda에서는 오늘의 서비스는 끝났고 내일은 가능하단다. 맞다. 이동 서비스를 받으려면 전날 맡기거나 새벽에 가져다 놔야 한다. 알베르게 주인에게 그럼 내가 오전에는 로그로뇨 시가지를 둘러보고 오후에 나헤라로 가겠다고 말하니 나헤라로 가는 버스 편 시간도 알려주고 잠깐 배낭을 맡겨두라는 친절을 베푼다. 오늘은 걷지 않고 오후에 버스 이동이니 장보기를 대도시에서 하는 것도 괜찮을 성싶다. 무거운 짐만 맡기고 장보기를 할 생각에 작은 천 가방만 들고 로그로뇨 도시 탐색에 든다. 이 도시 지도는 볼거리가 갈색 선 안에 알아보기 쉽게 잘 만들어져 있다.

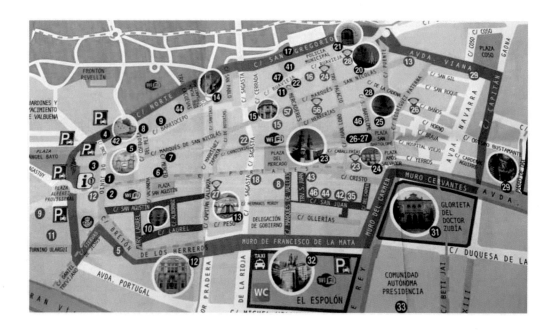

이번 순례길 중 쉬어가는 첫 도시이자 버스 이동으로 딱점된 로그로뇨. 공립 알베르게를 나서는 문은 어제 들어갔던 문과 달랐다. 큰 길가 쪽 문으로 나오는데 24시간 열려 있단다. '산티아고' 영화에서 나왔던 장소가 아니든지 아니면 정책이 바뀌었던지 둘 중 하나이리라. 홀가분한 맘으로 아침 식사는 레스토랑 Calenda에서 바게트에 연어를 넣은 타파스와 크루아상. 카페콘라체로 흡족한 아침 식사(4유로)를 마쳤다.

가까운 곳에 있는 로그로뇨 산타마리아 라 레돈다(Santa Maria La Redonda) 대성당에 찾아가 성당을 둘러본 후 기도로 하루를 시작한다. 이 성당은 15세기 고딕 양식으로 건축한 입구와 17세기 바로크 양식으로 건축된 쌍둥이 탑이 있다.

로그로뇨 산타마리아 라 레돈다(Santa Naria La Redonda) 대성당

일찍부터 문이 열려 있어서 사무실 안으로 들어가 순례자 여권에 도장을 받았다. 신경 쓰지 않으려 했는데 크리덴셜에 스탬프가 하나씩 찍힐 때마다 기분이 묘~해진다. 계획한 대로 순례를 마치는 날에 앞뒤로 빼곡하게 스탬프가 찍히리라. 이는 프랑스길 따라 800킬로를 종종걸음으로 걸었다는 증명서이다.

회백색의 대성당 안을 둘러보는데 흑단의 성가대부터 천장과 본당 내부까지 예사롭지 않다. 때마침 예배를 마치고 나오는 주교님은 나를 보자마자 'South Korean'라고 먼저 미소로 말을 걸어와 놀랍고도 신기했다. 그만큼 한국 순례자가 많다는 의미로 주교님 두 분과 기념촬영을 했다. 이런 영광스러울 때가 있나 싶고 잠시지만 가슴이 벌렁댄다. 기품있는 주교님이 "Logrono bless you!! "라고 성축해 주신다. 두 분이 연세 지극하신데다 주교님이시고 외국인인데 나와 같은 여행객을 알아보고 말을 먼저 걸어오다니 순간 당황했다. 가톨릭에 대한 기본 상식도 없어 성호를 그을 줄 몰라 두 손을 합장한다. 가톨릭 교리에는 문외한이지만 주교님 두 분이 한국 사람인 나를 알아 보니 기쁘다. 이는 그동안 한국인 여행자가 쌓아 놓은 덕이다. 내가 영어나 스페인어 를 잘할 줄 안다면 상황은 좀 더 윤택해졌을 텐데 혀가 짧음이 아쉬운 순간이다. 짧은 만남이 아쉬운 채 성당 문을 나선다. 성당 앞 문지기의 구걸을 순례 중 처음 만났다.

성당 외에도 구시가 안의 예술학교 둘러보기. 공원 광장의 Paseo Del Espolon 기 마상. 시장 과일 채소 장보기. 부드러운 파스텔톤의 테아트로 공연장과 전시관 감상하 기, 로그로뇨 시청사, 남녀 여행자 동상 앞에서 순례자들끼리 서로 기념 촬영하기. 몇 해 전에 여행을 가서 직접 봤던 아이슬란드 스코가와 굴포스 등 여러 폭포수 사진전 을 다시 만날 수 있었다. Cultural Rioja 관람 중에 만난 작품 돼지 족과 곱창 형상의 도자기 병. Bota Botijo. 2010. Marre Moerel. 검은 망에 정교하게 꽃 수놓은 의자. 어느 수도승의 휴대 의자, Home office 2014 Alvaco Catalan de Ocon. 문화 교실 수료자들의 작품인 듯. 정확히 '이게 이거다'라며 설명하긴 어렵지만, 아침 시간인지라 부드러운 햇살 아래 편안하고 자유롭게 로그로뇨 도시에 심취한 듯 돌아다녔다. 도심 거리의 햇살 좋은 곳에 손녀와 할아버지의 모습을 보니 나도 나의 손녀딸들이 생각난 다. 할머니임에도 손자들 봐줄 일 없이 이렇게 여행길에 오를 수 있음도 내 팔자이리 라. 길거리 쇼윈도우 너머에 아가들 원피스가 계속 눈에 밟힌다.

　로그로뇨 순례자 동상 옆의 전시관에서 디자인 공모전 출품작 중 Lucas Munoz의 Banfai Temple Stool(2017) 인상 깊었던 작품들을 감상했다. 이리저리 걷다 보니 오늘도 순례길 걷는 만큼 걷지 않았을까? 아니 허리가 뻐근한 걸 보니 적어도 10킬로 남짓 걸었겠다. 전시관의 전시물을 들여다보는 일도 체력소모가 크다. 힘든 만큼 맘 부자가 된다.

　점심을 먹으러 식당을 찾았다. 주변 어딘가에 중국 뷔페가 있다는데 찾지 못했다. 이왕 매식할 거라면 김치찌개나 된장국이라도 차려준 상을 좋아한다. 먹는 것에 까다롭지 않지만, 자신이 챙겨 먹어야 하는 뷔페는 싫다. 평소에 내가 참 싫어하는 뷔페지만 많이 먹겠다는 것이 아니고 내 입에 맞는 음식을 찾고 싶었다. 어느 여행사 앞에서 물으니 안내해 준 곳은 그냥 중국식당일 뿐 뷔페식당은 아니었다. 배는 고프지만 '아무거나'로 끼니를 때우고 싶지는 않았다.

　　나헤라로 이동을 위해 Calenda 알베르게에 맡겨둔 배낭을 찾아왔다. 식량 보충으로 생과일과 라면과 쌀을 사니 점심을 안 먹어도 배부르다. 입구에 커다란 시계가 있는 버스터미널을 찾아 버스표를 샀다. Logrono~Najera. 2.35유로. 오후 3:10 출발이다.

무거운 짐을 등에 지고 종일 걸어야 할 나헤라까지 순례길을 25분 만에 버스로 왔다. 허망하다 해야 하나 아주 편안하다 해야 하나. 사실 따지고 보면 하루 7~8시간 동안 25~30킬로 거리를 걷는데 차로 이동하면 고작 30분 거리이다. 그런데도 애써 걷는 이유가 뭘까? 특히 한국 여행자가 많은 이유는 또 무엇이며 이 순례가 우리에게 남긴 것은 무엇일까? 뭔지 모를 홀가분함과 사색의 시간이라 좋다.

차에서 내려 정류장 앞의 안내소에 들렀으나 씨에스타 시간이다. 버스의 기사는 두 번이나 오르내리더니 다리를 건너가야 한다며 내게 알베르게를 찾아가는 길을 친절하게 안내한다. 다리 건너 공립 알베르게를 찾으면서 동네 골목을 두세 바퀴는 돌았다. 이곳 나헤라는 여느 지형과 매우 다르다. 켜켜이 쌓인 지층 벽에 동굴들이 있다. 누군가 설명해주는 사람은 없으나 내 짐작은 수도자들의 수행처이거나 아니면 공동묘지로 보인다. 먼저 도착한 순례자들이 맥주잔을 기울이며 나를 향해 반갑게 인사한다. 이미 숙소를 정했는지 여유롭게 햇볕 바라기를 하고 있다. 숙소를 어디에 정했냐 물어볼까 하다가 다시 골목길에서 공립 알베르게를 찾아보았다. 끝내 찾지 못하고 뱅뱅거리다 Santa Maria La Real 성당 뒤로 200m 오르면 알베르게가 있다는 팻말을 보고 올랐다. 아주 작지만 아기자기한 사립 Las penas 알베르게다. 이곳은 자신의 집 일부를 손님에게 내주는 곳으로 1박에 10유로다. 순례자를 맞이하는 남자 주인 뒤에 얼굴 형상의 조각이 놓여 있다. 내가 그 조각된 얼굴을 보고 당신이냐 물으니 맞댄다. 잘생겼다며 유명한 아티스트 닮았다고 말하자 금세 얼굴이 상기된다.

전자레인지와 몇 개의 그릇밖에 사용할 수 없다는 것은 요리하지 말라는 뜻인데도 난 요리했다. 가방 무게를 줄이려면 오늘 로그로뇨에서 장을 봐 온 것들을 먹어 없애야 한다. 불도 없고 도마도 없는 부엌에서 전자레인지로 진짜 맛있는 카레 소스 만들었다. 돼지고기를 얇게 주머니칼로 칼집 넣고 전자레인지에 10분 익혀 잘게 썰었다. 생고기는 잘 안 썰어지지만 약간 익히면 썰기가 쉽다. 그리고 감자와 양파도 잘게 썰어 익히고 데운 물에 카레 액을 만들었다. 익힌 감자, 양파 돼지고기에 카레 소스를 붓고 다시 전자레인지에 익혔다. 완성된 카레 소스에 밥 대신 바게트를 넣고 저녁 식사를 했다. 쌀은 있으나 밥까지 할 수는 없었다. 카레가 너무 맛있어 스스로 놀란 맛이다. 주인 남자는 이런 상황에서 카레 소스를 만들어내는 나에게 놀라 엄지척한다. 정말 잘했다는 건지는 모르지만 참 선량하게 생긴 인상을 느꼈다.

직접 두 발로 순례길을 걷지는 않았지만 로그로뇨의 구시가지를 잘 둘러봤다는 기쁨에 무엇보다 더 좋을 수 없는 날이다. 북적대는 순례자 숙소가 아니라서 좋다. 생각대로 잘 만들어진 카레 소스가 아까워서 천천히 먹는 식사 중 맥주캔 안 할 수 없다. 로그로뇨 구시가지와 버스 이동이라 할지라도 램블러를 켜서 이동 경로를 측정할 걸 그리하지 못했다.

켜켜이 쌓인 지층 동굴 벽의 나헤라

의외로 나헤라의 Las penas 알베르게가 맘에 든다. 단순히 잠만 자는 곳이 아니라 내 집처럼 편안한 휴식의 공간이 됐다. 3층짜리 가정집을 잘 단장하여 방 한 칸을 순례자에게 제공할 생각을 한 것도 좋지만 모든 것이 가정집 살림이나 가구들이라서 그런지 뭔지 모를 안정감을 준다. 부엌 선반에 깨끗이 빨아진 등산화 한 켤레가 있다. 부친의 유언으로 누구든 그 등산화가 필요하고 발에 맞는 사람이면 가져가도 된다는 글귀가 붙어있다. 주인의 부친은 순례길 걷기를 좋아하여 자신이 사용한 등산화인데 작고한 지 얼마 되지 않았단다. 사진 한 장 찍었어야 했는데 어찌 그 순간 가슴이 뭉클하여 사진이 없다.

아침은 양송이수프에 바게트, 사과와 오렌지, 커피로 마치고 걷기를 시작한다. 오늘은 21킬로 정도로 산토도밍고 데 라 칼자라(la Calzada)까지 갈 생각이다. 하늘색만큼이나 기분 좋은 아침이다. 포도밭 사잇길 마을 Rutas del Elarete 5.5킬로 걸으면서 순례자들은 어제와 같은 사람과 걷기도 하고 새로운 사람과 걷기도 한다. 홀로 걷기도 하고 둘이 걷기도 하며 여럿이 걷기도 하지만 두 바퀴나 네 바퀴로 달리기도 한다.

멀고 먼 지평선 끝에 눈 덮인 산이 보이니 걷는 길 내내 시선을 멈출 수가 없다. 영화 서편제의 청산도 한 장면이 떠오르고 제주 올레길도 연상되는 노랑 유채밭에서 훈풍이 분다. 산티아고까지 581킬로 남았다는 말뚝도 보인다. 한 걸음 한 걸음이 쌓여 순례 9일 차에 200킬로나 걸었구나!! 이런 환상에 싸여 걷고 걷는데 어디선가 바람에 섞여 콧속에 스미는 이 냄새는? 이건 소똥 냄새는 아닌데 분명 인분 냄새다. 역시나 순례자가 길에서 실례 중이다. 순례길을 걷는 동안 이해할 수 없었던 것은 어디에도 화장실이 없다는 것이다. 쉼터에도 급수대나 테이블과 의자는 있으나 간이 화장실조차 없다. 자연 회귀할 것이니 볼일 있으면 아무 데나 알아서 보라는 건지 순례를 마친 지금도 궁금하다. 허허벌판이니 몸뚱이 가릴 곳도 없다. 안 본 척 모르는 척 지나가지만 참 난감하네~~

아직 새순도 없이 몽땅몽땅 잘린 포도나무가 어떻게 커서 포도가 달릴지 궁금하다. 키가 작아 수확하기엔 엄청 편할 것 같은데 자세히 보니 포도나무 번식을 휘묻이로 한다. Azofra 마을에서 쉬어가자. 이 마을 이름은 히브리어 'Zophar'에서 유래되었으며, 이는 '아름답고 아름다운'을 의미한단다. 초록 밀밭과 노란 유채꽃이 만발한 들녘에 앉아 준비해간 간단 점심을 했다. 참 다양한 순례길 안내표시를 볼 때마다 내가 누군가에게 보호받고 있다는 느낌은 나뿐만이 아닐 것이다. 길 끄트머리에 반가운 마을이 보이지만 아직도 목적지까지는 한 시간은 더 걸어야 한다. 서두르지 말고 심호흡하고 하늘 한 번 쳐다보고 땅도 한 번 쳐다보며 다시 걷는다. 카미노를 상징하는 신발,

자전거, 물통과 배낭, 지팡이와 가리비 조개, 그리고 모자가 있는 조형물들이 이 집 지붕을 장식하고 있다. 혹여 며칠 전 이라체 마을처럼 이곳도 대장간은 아닐는지.

숨은그림찾기 하듯 내 갈 길을 안내하는 노란 화살표를 찾아간다. 어쩜 이 또한 재미로 생각하며 찾을 때마다 보물을 찾는 그 느낌은 경험한 자에게만 주어지는 좀 특별한 것이다. 혼자 걸어도 혼자라는 생각이 안 들게 만드는 묘한 재주가 있다. 끝이 없을 것 같지만 끝이 보이고 결국은 그곳에 닿는 길이 카미노 길이다. 그 길이 이 길 같고, 이 길이 그 길 같으나 순례길에서는 혹여 잘못 들지 않았다면 어제 걸었던 길을 다시 걸을 일이 없다. 자연 풍광이니 날마다 또 달라지리라. 한 달 이상을 걷게 될 터인데 한 달 후면 저 깡마른 나뭇가지에 새순이 돋아나겠지? 하늘을 가릴 나무 한 그루 보이지 않은 허허벌판을 마냥 걷노라면 내가 여기서 왜 이러고 있지? 하는 생각이 절로 난다. 그럴 땐 길고 깊은 호흡 하며 쉬어가자. 가장 큰 위로가 되는 건 가끔 보이는 순례자와 중세 유적들, 그리고 이 풍경과 딱 어울리는 해바라기의 노래다. '마음 쉬는 곳에 사랑이 찾아드네~ 지난 추억들 속에 스미네~ 내 쉬는 곳에 사랑 찾아오는 날~ 기다리다 잠드네~ 우우~~ 이리저리로 사랑을 찾아보네~ 속절없이 가버린 곳으로~' 평소 그다지 사랑 타령을 하지 않는데도 이 노래가 좋다.

드디어 산토도밍고 칼사다(Santo Domingo de la Calzada)에 도착했다. 이 마을은 프랑스 길 순례자들을 위한 병원, 다리, 순례자 호스텔이 있는 곳으로 마을 이름의 대성당도 있다. 그 유명한 수탉과 암탉의 전설이 있는 곳이기도 하다. 마을 어귀에 며칠

전 레이나에서 동숙했던 막심이 ANTIGUO 알베르게에 머물려는지 입소 중이다. 이렇게 시작일이 같으면 만나고 헤어지기를 반복하는 곳이 순례길이다. 이후로도 몇 번이나 다시 만날지 모를 일이다. 일단 입소 절차 후 폰을 접어두고 마을 구경에 나선다. 유명한 칼사다 대성당을 찾았다. 아름답고 정교한 성당 뒤로 탁 트인 에스파냐 광장에 수도원과 병원, 수도원 알베르게가 있다. 그 안에 스페인 국기와 주 깃발이 나부끼는 시청사가 보인다. 초콜릿 명물 도시인지 가게에 형형색색의 초콜릿이 나를 유혹한다. 암수탉이 그려진 기적(Milagros)이라는 초콜릿을 샀다. 평소엔 먹고 싶다는 생각조차 한 적 없지만 피곤할 땐 하나 먹어주는 센스.

성당과 수도원, 순례자 병원이 있는 산토 광장을 둘렀다. 달걀. 과일. 피클. 다진 돼지고기를 사서 저녁을 준비했다. 저녁 메뉴는 짜장밥과 올리브 피클. 한 냄비의 밥과 한 냄비의 짜장을 만들어 한국 젊은 순례자들과 함께 먹었다. 그런데 식사 중에 다리 장애가 있는 여인이 늦은 시간에 알베르게에 들어왔다. 내 머리를 탁!! 하고 내리치는 순간이다. 중년의 이 여인은 커다란 배낭을 핸드카에 싣고 순례길을 다녔다. 알베르게 사람들은 두 손 들어 그녀에게 환영의 박수를 보낸다. 나는 내심 두 다리 멀쩡한 나에게 용기와 격려를 해 준 그녀에게 다가가 포옹했다. 내 이름을 묻자 부르기 편한 써니(선=sunny)라 말하니 이후 그녀는 날 볼 때마다 'Sunny~ Sunny~' 부른다. 몇 년 전 앞을 못 보는 장애가 있는 남편을 아내가 안내하며 밀포드트레킹에 오른 일본인 부부가 있었다. 부인은 남자 화장실까지 따라 들어가 시중하고 보통 4~5시간 주파할 거리를 8시간 넘게 동행하며 남편의 눈이 되어주며 안내한다. 부인은 입으로는 힘들어 죽겠다고 하지만 남편을 끔찍이도 위하며 보살피는 동반자였다. 남의 부부관계를 어찌 알겠냐마는 이렇게 부부란 갑을관계가 아닌 동반자여야 한다. 장애란 조금(?) 불편할 뿐이지 못하지는 않는다는 진리에 마주한다.

규모도 크고 특별히 섬세하고 아름다운 산토도밍고 칼사다 대성당(Santo Domingo de la Calzada)의 타워는 본래 것은 파괴되고 현존하는 것은 1767~69년 사이에 건립됐다. 건축가는 마르틴 데 베라투아로 바로크 양식으로 매우 섬세하고 아름답다. 이

'성자의 기적'의 대성당은 특별한 전설 같은 기적이 있다. 난 순례길에서 닭을 상징하는 표적이나 그림들을 볼 기회가 많았다. 분명히 뭔가가 있을 거 같은데 이게 무슨 의미인지 몰랐다. 지난 에티오피아 여행에서도 자주 보게 되었다. 이는 기독교적 의미에서 매우 신성한 존재로 여겨졌다는 정도만 알고 있었다. 그 궁금했던 의문이 조금씩 풀렸다. 인류학자 낸시 여사가 쓴 산티아고 순례 이야기 속에 이런 글이 있다. '산토도밍고에서도 유명한 순례자의 닭에 관한 기적 같은 전설이

있다. 산티아고로 가던 중 무고한 순례자가 도둑 누명을 쓰고 교수대에 처형 되었다. 그러나 그의 결백과 성인의 가호 덕분에 살아났다. 때마침 구운 닭을 먹으려고 자리에 앉은 지역 판사가 그 젊은이가 무죄라면 이 닭이 꼬끼오~ 하고 울 것이라 말하자 정말로 구워진 닭이 꼬끼오~ 하고 울었다. 이는 유럽 전역으로 퍼져 유명한 전설이 되었다. 산토도밍고 성당도 이 전설과 연관 있어 수탉과 암탉을 교체해 닭장에 놓아두고 전설의 정신을 이어간다.'(책 76쪽) 더욱 자세한 내용은 위키피디아에서 알게 됐다. 해석이 난해하긴 하지만 누가 언제 정도를 더 알게 된 부분이다. 14세기에 부모와 동행한 '휴고넬'이라는 18세 독일 소년은 콤포스텔라 순례자였다. 순례 중 스페인 숙소의 소녀와 사랑에 빠진(?) 사건이다. 소녀가 유혹했으나 이를 거절한 소년에게 복수의 앙심을 품게 됐다. 소년은 우연히 자기 가방 안에 은잔이 있었고 은잔을 절도했다는 도둑의 누명을 쓰게 된 것이다. 하지만 산토도밍고에 의해 죽지 않고 살아난 기적이 행해졌다는 전설 같은 이야기다. 원문 언어: The magistrate, who is at the time eating dinner, remarks: "Your son is as alive as this rooster and chicken that I was feasting on before you interrupted me."

　이 성당 안에는 그의 유해가 안치되어 있고, 살아 있는 수탉과 암탉이 있다. '성자의 기적'이라고 불리는 닭 모양의 페이스트리는 기적을 기념하기 위해 유럽 전역에서 널리 팔리고 있다. 이로 인하여 산토도밍고의 선행은 그가 죽은 후에도 기적이 끊이지 않았다고 한다. 특히 병을 고치는 능력이 뛰어났으며 이에 많은 기적이 이뤄졌다고 전한다. 1019년에 탄생한 그는 90년을 살고 1109년에 사망했다. 이미 천 년 전에 90세까지 살았다니 좀 의아하다. 그로부터 910년이 지난 2019년 5월 12일에는 성인을 기념하는 큰 추모 행사가 있단다. 이제 50여 일 후면 이곳이 추모 행사 현장이 된다. 산토도밍고 칼사라 마을 곳곳에는 전설을 형상화한 조각품이나 기념품들이 많이 있다. 이 성당 안에는 전설의 수탉과 암탉이 상징적으로 모셔져(?) 있고 산토도밍고의 유골이 안치되어 있다. 직접 들어가 봐야 했는데 아쉽다. 개인적으로 기적이나 전설에 대한 흥미가 없기도 하려니와 피곤하기도 했고 무식의 결과이기도 하다.

동행!! 같은 한국인 순례자 임에도 사적인 이야기는 거의 하지 않았다. 내 자식 또래로 나이는 어리지만, 속이 꽉 찬 성인들이다. 이 젊은이들이 순례자의 길에 도전인지 모험인지 여행인지 알 수 없지만, 이 길 위에 함께 있다는 것이 뭔지 모르게 그냥 좋다. 잠시도 인상 찌푸리게 하는 행동이 없이 매사 단정하다.

산토도밍고의 ANTIGUO(8유로) 알베르게에 들어서면서 램블러 작동을 멈췄다. 총거리 21.2킬로 소요 6시간 35분, 이동 6시간으로 휴식 시간이 많이 줄었다. 어젠 30킬로도 걸었는데 이젠 20킬로 정도는 가볍다. 알베르게에 도착한 이후에도 한 시간 넘게 마을을 돌아보았으니 최소 2킬로 이상 추가다. 이 이야기를 하는 이유는 발의 소중함이다. 내가 순례 전부터 하던 일이고 순례 중에도 날마다 빠트리지 않고 하는 일 중 하나는 발바닥과 발가락, 그리고 발등까지 흠뻑 바*린 마사지하는 일이다. 아무리 순례를 잘하려는 맘이 있어도 다리와 발이 제 역할을 못 한다면 어찌 여행이 즐거우며 순례를 할 수 있겠는가. 발과 발가락에 듬뿍 발라 만지고 또 어루만지며 쓰다듬고 쓰다듬는다. 이것이 직접적인 효과인 줄은 모르겠지만 내 발과 발가락은 평소보다 더 매끈하다. 가장 추천하고 싶은 것은 걷기 중 자주 햇볕에 발을 말려주는 일이다. 두 발을 보듬을 수만 있다면 보듬고 싶다. 지금, 이 순간 내 발은 정말 소중하니까!!

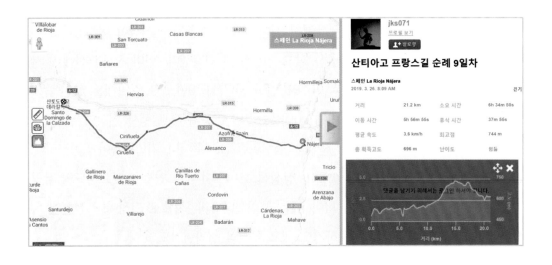

새벽길 성당 실루엣 사진을 찍고 싶었는데 이미 해는 두둥실 떠올라 있다. 이왕 늦은 거 아침으로 라면과 삶은 달걀. 고기패티까지 챙겨 먹고 나선다. 담벼락에 커다란 조가비 형상이 있는 Peregrinos 알베르게에서 7:14분 출발한다. 햇살은 강하지만 바람이 몹시 차갑다. Recinto Amurallado 성 밖으로 돌아 나오니 커다란 청동 조가비가 성벽 둘레로 늘어져 있다. 안쪽에서 바로 빠져나왔다면 못 봤을 텐데. 가끔은 잘못이 득이 되는 경우가 있다. 작은 예배당 뒤쪽으로 오자강을 건너는 꽤 오래된 긴 다리(Puente De Santo domingo y Ermita)를 넘어 들길을 걷는다. 설명글에는 이 다리가 11세기 중반 산토도밍고가 순례자들을 위해 지은 기적이 일어난 장소란다. 아래로 16개의 아치 교각과 148m 길이의 다리다. 이 도시의 심볼로 '5월 11일의 기적' 뭔가 특별한 사건이 일어난 장소가 분명한데 더 자세한 것은 해석이 어려운 관계로 그냥 지난다. 다리 입구에 기적을 알리는 작은 예배당이 있어 잠깐 시간 내어 기도로 순례길을 시작한다. 평소엔 교회에 나가거나 기도하는 일이 별로 없는데 순례길 위에서는 누가 시키지 않아도 자연스럽게 경건한 마음으로 기도하게 된다.

오늘의 목적지는 베로라도(Belorado)이고 콤포스텔라까지는 565킬로 남았다는 사인이다. 맘은 착잡하지만 어렸을 적에 많이 외웠던 천 리 길도 한걸음부터다. 우보천리(牛步千里)라 하지 않던가. 소걸음으로 천 리를 가 보자. 외국인이든 한국인이든 미소와 격려로 도와주는 동행자가 없었다면 힘들었을 순례다. 혼자서 가면 무섭지 않냐 하지만 순례길에서는 혼자라는 생각도 안 들고 모두가 친구가 된다.

용감한 자들의 십자가를 지나 얼추 7킬로를 걸어서야 그라뇽(Granon) 마을이다. 이후 주변에 높은 산이 있어서인지 강과 마을이 자주 나타나는 구간이다. 순례길을 걷다보면 수량이 풍부한 강줄기를 만나는데 스페인은 어딜 가나 물이 풍부한 나라로 보인다. 가을이 되면 황금 들녘의 밀밭이 바람에 흔들리는 상상을 한다. 지금은 봄이라 초록 밀밭으로 잔잔한 물결이 끝없이 펼쳐있다. 완만한 곡선의 초록 잔디. 새순이 올라

오는 밀밭에서 난 우연히 처음엔 골프장의 페어웨이를 생각했다. 그 옆 비포장 길을 걸으면서도 아이언으로 샷을 날리는 상상으로 푹신한 초록 잔디를 연상한 것이다. 엉뚱하지만 걷는 일이 힘드니까 좋은 상상을 하려 애쓴 나만의 흔적이다.

　다음 글은 책을 통해 읽으면서 참 무식한 상상도 했다는 생각이 든다. 인류학자 낸시 여사의 책을 보면 대개 프랑스길 카미노 공간은 피레네산맥 구역, 카스티야와 레온의 메세타 구역, 갈리시아의 산악구역으로 나눈다는데 어떤 이는 4개의 구역으로 나누기도 한다. 4개의 구역은 첫 구역은 용서의 구역으로 나바라와 으깬 포도 주스가 있는 라리오하다. 둘째 구역은 예수의 삶을 기반으로 한 카스티야의 메세타 구역(부르고스에서 레온까지 200킬로는 평온 지대로 '메세타' 라고 함)으로 헐벗고 황량한 경관에서 금욕과 엄격함, 겸허의 교훈을 배우는 곳이다. 셋째 구역은 예수의 수난 구역으로 레온에서 엘베르소까지로 메세타가 끝나고 몇몇 중요한 고개로 순례자에게 성찬식의 기적, 고독과 십자가의 의미를 배운다. 넷째 구역은 갈리시아 구역으로 예수의 기쁨을 상징한다. 오르막과 내리막은 예수의 부활과 기쁨, 승천의 관점에서 해석된단다.(책 134~135쪽) 순례길을 직접 경험하기 이전에는 이게 무슨 말인가 싶었는데 막상 이 길을 걷고 나니 끄덕여진다. 그렇다고 내가 신실한 신앙인인 건 아니고 걷기만 잘하면 순례길을 완주할 수 있다는 생각에서 조금 벗어나게 된다. 순례길 완주가 목적이 아니라 구간을 음미하면서 새로운 사고의 전환이 일어난다. 물론 순례길을 이와 다르게 해석하는 이도 없지는 않다. 내가 나를 볼 때 순례길 위에 있으니 순례자처럼 보이지만 성령 충만의 순례자가 아니라 호기심 충만한 여행자에 더욱 가깝다. 성령이든 호기심이든 중요한 것은 내가 그토록 원하던 것을 지금 하고 있다는 것이다. 이 길 위에 서 있고 이 길을 걷고 있다는 것이다.

　카스티야의 시작점에서 끝없이 펼쳐지는 밀밭 길에 처음 콜리플라워 채소밭을 만났다. 여행 중에 즐겨 먹는 채소로 반가운 맘에 오늘 저녁 찬거리로 딱!! 인데 싶지만 그림의 떡이 된다. 쥔장이 거저 준다고 해도 들고 갈 자신이 없다. 그라뇽 마을을 지나면 레온주로 접어든다.

거의 무의식과 반사적으로 팔과 다리를 움직여가며 걷고 또 걷는다. Ministerio de Fomento, Redecilla del Camino 등등 그나마 가끔 나타나는 마을 표지판에서 안도의 한숨을 쉰다. 직접 경험하지 않았으나 순례자를 위로하듯 마사지샵도 보인다. 저 마사지 가게가 순례자를 위한 것일까? 쓸쓸머리 없는 생각을 하다 말고 난 마사지 대신에 성당 앞 벤치에 누워 발가락 햇볕 쬐기를 한다. 어느 알베르게 앞에 다시 544킬로 남았다는 사인을 보인다. 기준이 어딘가에 따라 근거가 없지는 않겠지만 이 사인을 너무 믿을 건 아닌 듯하다. 하지만 표시대로면 생장부터 열흘간 223킬로를 걸었다. 기준이 모호한 곳들은 아예 킬로 수가 지워져 있기도 하다. 아무튼, 지금까지 무리하지 않고 잘하고 있다며 스스로 다독여 준다.

출발점에서 6킬로 걷고 첫 마을 그라뇽부터 베로라도까지 2~3킬로마다 마을이다. 분홍 복사꽃이 만개한 광장에서 쉬고, 회색 담벼락에 포도나무가 멋지게 오르고 있어 초록 잎이 피어나 무성했을 모습을 상상하며 또 쉰다. 오늘의 목적지까지는 갈 길이 멀다. 얼마나 힘이 드는지 얼굴이 무거울 만큼 부숭부숭하다. 마을 안으로 들어서면 그늘과 쉴만한 곳이 있다. 아직 비수기라 문을 열지 않은 곳도 많지만 이나마 순례자 에겐 큰 위로가 된다. 허허벌판을 걷다가 쉴만한 크기의 그늘에 이토록 감사해 본 적 이 있는가. 순례자 신발을 상징하는 돌 위와 벽 장식물이 잠시라도 나를 웃게 한다. 이 Villamayor del Rio 마을에도 수탉과 암탉과 함께 산토도밍고 수호성인 탄생 1000주기(1019~2019) 기념 포스터가 걸려 있다.

대부분 순례길은 비포장이기도 하지만 포장도로의 경우 길 갓 쪽의 풀밭 위를 걷게된다. 포장도로로 걷기 싫어서 자연스럽게 만들어진 순례길이다. 큰길을 건너고 나니오늘의 목적지 베로라도 마을에 도착했다는 간판이다. 우~후~~~ 마을 입구에 순례자를 안내하는 알베르게가 6유로라며 호객하는 모습이 보이나 왠지 거부감이 드는 건뭔지 모르겠다. 지친 몸을 이끌고 마을 안쪽으로 들어와 공립 알베르게에 든다. 공립꽈뜨로 칸토네스(EL CORRO) 알베르게 1인 8유로다. 1~2유로가 별 차이는 아니지만, 거기엔 그만한 이유가 있다. 그냥 나의 판단이 잘한 일이라 생각하면 되는 부분이다. 행복이란 게 별거 드냐. 일상에서도 '그래! 나의 결정이 옳았어'라고 생각하면 행복해진다. 쉬운 일은 아니지만 범사에 감사하며 살다 보니 감사하지 않은 게 없다. 매사에삐딱하지 말고 좋은 쪽으로 생각하자. 이것이 내가 행복하게 사는 방법이다.

베로라도 마을을 둘러보다 군사박물관보다 연극 쪽에 더욱 관심이 끌린다. 골목 끄트머리에 있는 레이나 소피아(Teatro Municipal Reina Sopia) 안으로 들어섰다. 소리가 나는 쪽으로 귀를 기울이니 문이 열려 있다. 대강당 안에서는 다음 연극을 선보일 작품 예행 연습이 한창이다. 관객은 나 한 사람뿐이다. 스페인어이니 무슨 대사인지는 모르나 어떤 연극인지는 궁금하다. 문 앞 포스터에 있는 LA FAVORITA가 싫어자세히 보니 LA FAVORITA는 이미 2019년 3월 3일의 영화로 끝났다. PERDIENDOEL ESTE(원제:Losing East)는 4월 7일 공연되는 작품 연습 중이다.

베로라도 마을은 벽화도 있지만 특이하게도 동네 길바닥에 많은 손과 발, 신발 바닥, 사인과 헤리티지 문양이 동판에 새겨져 있다. 순례길에서 이런 문양은 그동안 보지 못한 풍경이다. 뭘 의미하는지 궁금하나 알 길은 없다. 이게 뭔 줄 아는 사람이 알려주었으면 좋겠다. 추측건대 이 순례길을 만드는데 기부한 사람들일까? 미뤄 짐작한다. 벽화 중 'Tiene Tiron'라는 표기는 스페인어로 '철이 있다'는 뜻이다.

이 마을엔 순례 상징 벽화가 많다. 기사단 벽화, 파스텔 색조의 머리와 날개는 커다란 새인데 몸통은 물고기로 벽화 구석엔 초원의 기쁨(Alegria del Prado)이라 쓰여있다. 이 외에도 어느 집 전면에 수제품 가죽 신발을 만드는 그림이 그려진 걸 보니 이곳이 신발 가게가 아닐는지. 동네를 둘러보는 재미가 쏠쏠한 베로라도 마을이다.

다음 찾아간 곳은 베로라도의 이글레시아 산 페드로(Iglesia de San Pedro) 성당이다. 안으로 드니 마침 수요 예배 중이라 참여했다. 주여! 이 마을 사람들과 이곳을 지나는 모든 순례자에게 힘과 용기를 주소서. 감사하나이다. 아멘~~ _()_

순례 10일 차 알베르게에 입소한 램블러의 기록은 21.8킬로, 7시간 30분 소요, 이 중 휴식이 한 시간 37분이다. 평균 속도 시간당 3.7킬로. 알베르게 도착과 동시에 마감한 측정이니 앱의 기록보다 더 많이 걸었으면 걸었지 더 적게 걷지는 않았다. 열흘간 232킬로 걸었다고 생각하니 스스로 대견하다. 어어 하니까 되긴 하네. 이거 은근히 중독성 있어 재미도 있고 뿌듯하여 도전할 맘이 생긴다.

길 위에서 일출을 보고 싶어 아침을 먹지 않고 동판이 새겨진 도로를 따라 새 하루를 시작한다. 드디어 등 뒤로 떠오르는 일출을 보니 지금 난 순례자라는 느낌이 배가 된다. 더욱 일찍 나와 들판에서 일출을 만났으면 더 좋았을 텐데 이도 감사할 일이다. 내 앞에 선 빨간 배낭 아저씨 덕분에 마을을 쉽게 빠져나온다.

오늘의 목적지인 산후안 데 오르데카(San juan de Ordeca)까지는 25킬로 거리다. 다리 보수를 위한 건지 그 곁에 나무 보조 다리를 건너면서 아저씨를 졸래졸래 따라 나오니 베로라도 마을 안내판이 있다. 이후 끝도 없는 비포장 순례길이 이어졌다.

Tosantos 마을은 있는 듯 없는 듯 지나고 7킬로를 걷고 나서야 처음 만나는 마을이 빌라비스띠아(Villambistia) 마을이다. 작은마을이 보이면 크든 작든 어김없이 성당도 함께 있다. 스치며 지나니 다시 끝도 모를 들길에서 초록 도마뱀을 만났다. 이곳은 예수 삶의 기반이 된 '카스티아 메세타 구역'이다. 가벼운 배낭이지만 귀찮다. 배낭의 무게가 인생의 무게라면 난 얼마의 무게를 지고 있는 건가? 난 지금 배낭이 너무 무거워 던져버리고 싶다. 어깨에 얹힌 바람까지도 무거울 걸 알기에 순례길 나오기 전에 심사숙고하여 정말 필요한 것만 담았지만 그래도 무겁다. 저편에서는 나의 몇 배나 되는 무게의 배낭도 지고 가는데 참자.

수채화 같은 두 번째 마을에서 착즙 오렌지 주스와 샌드위치로 아침을 먹었다. 눈 앞에 펼쳐지는 환상적인 풍경이 없었더라도 과연 잘 걸을 수 있을까? 사실 별거 아닌 외길인데 차도 사람도 집도 없는 한적함이 뭔지 모를 이끌림을 당하는 기분이다. 하늘 과 구름과 바람과 초록 풀밭과 앙상한 나뭇가지와 중세 유적들과 그리고 나. 어딘지 모를 마을을 향해 걷고 또 걷는다.

12킬로 걸어 세 번째 마을 빌라프랑카 몬데스 데 오카(Villafranca Montes de Oca) 성당 앞 호텔이 알베르게를 겸한다. 아담하고 정갈해 보이니 여기까지만 갈까? 이제 정오를 막 넘었는데 전에 없던 갈등이다. 그 안에 들어 쉬어가고 싶다는 생각이 머리끝까지 차오른다. 한번 늘어지기 시작하면 계속 밀릴 거라는 생각도 든다. 고개를 흔들어 유혹을 뿌리치고 길섶에서 잠시 쉰 뒤 다시 걷는다. '내가 가는 길이 힘들고 멀지라도 그대 내게 행복을 주는 사람~~' 순례길에 잘 어울리는 해바라기 노래다. ♡

순례자 병원이 있는 자리부터 경사진 오르막인데 자갈밭이다. 자갈밭은 자칫 발목 삐기 쉬운 곳이니 조심해야 한다. 이곳은 마을 이름에서 보듯이 좌우로 오카산을 가로 지르는 오르막 산길이다. 서늘한 바람과 그늘을 주는 솔숲길을 힘들게 오르고 나면 정 상에 기념비가 나온다. 이 기념비는 1936년부터 시작하여 1939년까지 3년간 계속된 스페인 내전에 관한 것이다. 내전 시작 한 달 사이 300명의 무고한 희생자들을 위한 추모비다. 이 길을 지나는 순례자들은 이곳에서 가볍게 묵념한다. 추모비 이후 내리막이다. 난 스페인 내전에 대해 순례길에 오르기 전에는 잘 알지 못했다. 묘비에 1936이라는 표시가 없었다면 그저 지나쳤을 것이다. 지난 순례길 중 페로돈 힐(용서의 언덕)에 오르면서 알게 된 것이 전부다. 스페인 내전은 국내의 정치적 혼란과 국제 정치의 이념이 맞물려 스페인령이던 모로코에서 프랑코 장군이 반란을 일으켜 발발하게 된다. 1936년 민주적으로 수립된 정부를 전복하고 내전 중 프랑코파의 나치 독일 공군이 무방비상태인 게르니카를 무차별 공격했다. 이로 인하여 아무 이유도 없이 수많은 희생자를 낳게 되었다. 그 희생자의 넋을 기리는 기념탑이라 생각된다.

　　서울대 황보 영조 님의 스페인 내전의 전쟁이념분석에는 내전의 희생자로 대략 30만 명이 사망했고 테러와 보복으로 처형된 희생자가 10만 명에 달한 것으로 봤다. 여기에 전쟁으로 질병이나 영양실조로 사망자들이 63만 명으로 모두 백만 명이 넘었다. 프랑코는 내전 승리 후 철권통치로 독재하면서 수만 명을 탄압하고 암살을 했다.[2] 산티아고 순례길은 산 자와 죽은 자가 함께 걷는 길이라는 말을 한다. 이 길 위에서 걷다 보면 자연스럽게 깨닫게 되는 것들이 있다. 왠지 비싼 음식은 안 먹어야 할 것 같고 호텔이나 호스텔보다는 순례자 전용 숙소인 알베르게에 머물러야 할 것 같다. 배낭은 내 등 뒤에 있고 지치고 힘들어도 두 발로 걸어야 할 것 같다. 스페인 내전의 희생

―――――――――――――――――――
2) 이베로아메리카 연구 제12집

자를 기리는 기념탑에서 멀리 부르고스가 보이는데 보이면 뭐 하나. 아직 부르고스까지는 갈 길이 멀다. 이후로 산 위로 끝없이 펼쳐진 길에 이어 카미노 길 같지 않은 넓은 황톳길이 나왔다. 역시 끝이 보이지 않는다. 내가 잘 걷고 있는 걸까? 의구심이 들 때 도로 위에 자갈로 만들어진 화살표와 굳게 박힌 돌 하트가 나왔다.

그 뒤로 오아시스 델 카미노(EL OASIS del camino)라기에 정말 마실 물과 먹거리가 있을 줄 알았다. 근데 아무것도 없다. 잔뜩 기대에 부풀었는데 바람 빠진 풍선이 된다. 아무것도 없이 나무 장승만 가득한 곳이지만 그늘에 앉아 오래 휴식을 취했다. 정말 힘들게 여기까지 걸어온 순례자를 위해 비수기건 성수기건 마실 물과 자판기 하나가 절실한 곳이다. 가게나 카페라도 있으면 좋으련만 아무것도 없다. 뭔가에 속은 건지 홀린 건지 주변은 으스스했다. 정신 바짝 차리고 다시 걷는다. 4월 초순도 이럴진대 6~7월이면 어찌 될까? 아찔하다.

지루할 만큼 긴 솔숲 황톳길을 지나 나타난 산후안 데 오르데카(San Juan de Ordeca) 마을 앞에 아주 커다란 조가비 바닥이 반갑다. 입구의 알베르게와 바 앞에 먼저 도착한 많은 순례자가 나를 향해 'Buen Camino' 한다. 안심과 격려와 환영을 뜻하는 한마디에 미소가 번진다. 대부분 첫날부터 함께 움직였던 사람들이다. 성당 벽 현수막 맨 밑에 '믿음의 길, 만남의 길' 표시가 한글로 있다. 성당을 지난 후 입구에 있던 알베르게로 가지 않고 좀 더 걸어 안쪽의 알베르게에 들었다. 성당에서 운영하는 산후안 데 오르데카 알베르게 10유로다. 이 동네엔 마트가 없다며 알베르게 내에서 저녁 6시에 저녁 순례자메뉴가 9유로라기에 주문했다. 너무 피곤하여 선택의 여지가 없었는데 나중에 알고 보니 그건 아니다.

우선 뭔가를 먹어야 할 것 같아 일단 마을 입구로 가니 카페가 있다. 주문한 피자를 먹으려고 피클 좀 달라고 했더니 주인이 '피클(Pickle)'을 못 알아듣는다. 피클이라는 단어가 한글이냐 영어냐부터 묻더니 검색하기 시작한다. 순례자가 주문하니 챙겨주고는 싶은데 부부가 알지 못하니 당황한다. 두 부부가 스마트폰을 동원하여 검색하는 모습에 괜히 미안해진다. 내가 먼저 검색해 오이피클 사진 보이자 그때야 만면의 웃음으로 세 종류의 피클을 챙겨온다. 이래서 큰 소리로 웃을 수 있어 좋아 순간 하루의 피곤이 풀린다. 서로 말은 안 통해도 맘이 통하는 참 고마운 사람들이다.

　간식 같은 점심을 먹고 산후안의 무덤(?)이 있는 오르데카 성당을 찾았다. 성당 내부를 둘러보고 그의 시신이 있는 석관을 봤다. 산후안은 산토도밍고의 제자로 평생을 순례자를 위해 일생을 바친 성인이다. 지난 산토도밍고 데 라 칼자라 순례길에서도 언급했듯이 순례자를 위해 길을 만들고 다리를 놓고 교회를 지었다. 이 성당도 12~13세기에 산후안이 직접 지은 성당이다. 그리고 사후 그의 시신이 이곳에 안치되었다.

　산후안 오르데카 성당에는 '삼신할머니 전설'도 있다. 산후안의 무덤이 공개되었을 때 하얀 벌떼가 날아오르고 관 주변에 아름다운 향기가 감돌았는데 사람들은 그 하얀 벌떼가 아직 태어나지 않은 아이들의 영혼이라고 믿었다. 오랫동안 아이가 없던 카스티야 왕국의 이사벨 여왕이 이 이야기를 듣고 산후안의 무덤에 찾아와 왕국의 후계자를 내려 달라고 간절히 기도하고 아들을 낳았다. 여왕은 아이 이름을 '후낭'이라고 했는데 얼마 살지 못하고 죽었다. 여왕은 다시 이곳을 찾아와 한 번 더 기적을 바라면서 기도를 했고, 이번에는 딸을 낳아 '후아나' 라고 이름을 지었다. 감사한 마음에 여왕은 산후안 무덤 주변에 거대한 캐노피(왕좌나 침대 등의 윗부분을 가리는 것)를 만들어주었다. 이후로도 삼신할머니의 전설은 계속됐다.

　대리석으로 만들어진 산후안의 무덤에는 아직도 벌떼 신화를 비롯한 그의 일생이 그려져 있다. 믿음이 부족한 나로서는 도대체 이걸 믿어야 하나 믿지 말아야 하나. 신화나 전설들은 그냥 그러려니 하지만 성서에 나온 얘기는 좀 다르다. 어리석게 들릴지 모르지만, 성서 이야기는 그저 믿고 싶다.

물속에서 허우적대는 최후의 심판(영혼의 제단화)이라는 좀 특이한 제단

　6시가 넘어 리셉션의 여인이 날 방까지 데리러 왔다. 주문한 저녁 식사를 하라는데 배가 부르니 입맛도 없었으나 취소할 수도 없다. 마지못해 식탁에 앉았는데 토마토소스에 볶은 마카로니도 식어 맛이 없고 채소 샐러드는 시들하고 바삭해야 할 감자튀김도 축축하다. 와인은 별도 5유로라는데 억지로라도 먹어볼 생각에 주문했지만 먹히지 않는다. 역시 시장이 반찬이다. 잔반으로 미안한 마음 가득하다.

　오늘은 아침 7시에 출발하여 9시간 넘도록 길 위에서 있었던 날이다. 휴식 시간도 많았지만 1,000m가 넘은 고지대로 평균 시속 3.7킬로로 25킬로를 걸었다. 내일을 위해 편안한 잠자리가 되길 기대하며 바*린으로 자가 발 마사지하고 침상에 든다.

오로데카 아침 햇살에 비친 소용돌이 돌 파문

➡ 1,000m가 넘는 고지의 오르데카 알베르게는 난방시설이 안 되니 실내라도 춥다. 벗어둔 겉옷이 너무 축축하여 새벽에야 침낭 안에 넣어 두었는데도 찬 기운이 가시지 않는다. 침낭 속에서 껴입고 몸과 함께 다시 녹인다. 새벽 6:30분에야 일어나 아침을 먹지 않고 주섬주섬 챙겨 순례를 준비한다. 산후안이 만든 중세 돌다리를 지나니 마을 끝 등 뒤로 새날이 밝아온다. 순례길 시작 때마다 기다려 온 풍경이다. 아아~ 좋다. 마을 길을 빠져나오면 비포장 솔숲길이 이어진다. 누군가가 만들었을 둥근 돌 파문은 어떤 의미일까? 내 생각은 콤포스텔라(중심)를 향하는 순례자 발길이 돌이라는 맘에 내 발길도 하나 얹어 놓는다. 주변에 풀로 쌓인 걸 보니 꽤 오래된 듯해 파문이 멋스럽다. 서리 낀 봄기운 가득 안고 하늘 향해 열 팔 벌린다. 나란히 서 있는 고목이 나를 환영하는 듯 용기를 준다. 그래 거문고선녀야~ 오늘도 파이팅~ 하자.

출발점에서 4킬로 걸어서 나온 Ages 마을 뒤 아래로 또 다른 마을이 보인다. 주인장의 솜씨가 돋보이는 폐통 재활용한 화분 장식과 대롱대롱 매달린 조가비가 순례자를 응원한다. 마을 광장에 표시된 산티아고까지 518킬로 남았다는 사인, 복사꽃 활짝 핀 성당 앞을 지나 이른 아침이지만 순례자를 위해 문을 연 처음 만난 바에서 간단하게 아침을 해결한다. 다시 차도 옆으로 난 작은 오솔길 따라 순례를 시작한다.

순례길에도 여러 종류의 길이 있다. 구르는 자갈길, 박힌 돌길, 뜨거운 아스팔트길, 딱딱하게 굳은 흙길, 부드러운 흙길, 잔디밭 길, 나뭇잎 숲길 등등 평지 길도 있으나 오르막과 내리막도 있다. 내가 제일 두려워하는 길은 구르는 자갈길의 내리막길이다. 순례길에서 자갈길의 내리막을 만나면 공포에 떨 정도로 오른쪽 무릎에 통증이 있다. 그나마 오늘 길은 그저 평탄한 길로 이어진다. 부르고스까지 많이 걸어야 하는 날이라 지루하고 힘들 걸 각오해야 한다. 세계 3대 선사 유적지가 있다는 아타푸에르카 (Atapuerca) 마을 입구의 심상치 않은 거석을 지나 마을 안으로 들어선다. 선사시대 유적지가 있어 유네스코 세계문화유산이 된 곳이다.

내 앞에 나헤라에서 만났던 다리 장애가 있는 서양 여인이 걷고 있다. 그녀는 배낭을 손수레에 끌고 다니기에 포장도로에서 만날 수 있다. 동행이 있어 함께 기념사진도 찍었다. 그녀보다 천천히 걷다가 주변의 나무 그늘을 찾아 휴식 중 오카리나를 한바탕 불어댄다. '바라보는 것도 사랑, 기다리는 것도 사랑, 그리움에 가슴 저린 것도 내겐 사랑입니다' 의 노랫말을 가진 잔잔한 고백의 노래 '나를 살게 한 사랑'이다.

마을 안쪽을 둘러본 후 완만한 오르막길 따라 아타푸에르카 돌길 정상에 닿았다. 1,080m 높이에 나무 십자가가 보이고 순례자들은 너나없이 기념사진을 찍고 지나간다. 이런 곳에서는 서로 찍고 찍어 주며 모르는 사람끼리 말문이 터지는 곳이다. 홀로 걷는 사람들도 자동으로 사진이 나온다. 애써 부탁하기 전에 서로 위로하며 마음으로 다독여 주는 곳이다. 이런 따뜻함이 절절하게 가슴에 와닿는 길이 순례길이다.

시골 마을 폐차에 5유로짜리 알베르게 광고판에 여덟 개의 국기 중 한가운데 태극기가 그려져 있다. 순례길에 한국인이 얼마나 많은지 짐작이 간다. 지나는 스페인 여인은 지금이 비수기인데도 한국인 순례자가 왜 이리 많냐며 지금 한국이 휴가 기간이냐 묻는다. 내 생각이지만 TV 예능프로 영향도 있고, 정(情) 문화와 인내와 끈기라는 정서가 맞아서인지도 모르겠다. 한국인 순례자 수가 현재 세계 9위이며 동양권에서는 1위를 차지한단다.

완만한 내리막을 걸어 Cardenuela Rio pico 마을에 왔다. 마을 입구엔 알베르게나 카페 안내판이 있고 마을 유적 약도와 설명하는 간판이 있어 이곳에서는 무엇이 볼거리인가를 알 수 있다. 어서 가자며 서둘러 오늘의 목적지 부르고스를 향한다. 어느 집 담벼락의 벽화가 재미있다. 자신은 가리비 조개가 달린 커다란 배낭에 우산도 꽂고 냄비, 카메라, 비상약, 물컵에 다리미까지 지고 있으며 손에는 지팡이와 심심풀이용 라디오가 들려 있다. 하지만 상상 속 자신은 훌러덩 벗긴 상태로 안락의자에 앉아 있다. 이 길을 지나는 사람이면 누구나 이 벽화에 공감해서 사진 한 장을 남겼을 법도 하다. 맨 처음 만나는 바에 들러 생맥주 한 잔과 애플파이로 점심을 해결한다.

넓은 도로와 철길 위 구름다리 넘어 도심으로 들어오던 중 22킬로 지점에서 아직 6킬로 넘게 남았다. 차가 씽씽 지나는 도심의 아스팔트 길은 걸을 맛이 안 난다. 아직 4킬로 남은 곳에서 시내버스(1.2유로)를 타고 부르고스 구시가지에 도착했다. 종일 걸어서 힘들다는 생각이 한순간에 사라지니 세상 이리 좋을 수가 없다. 부르고스 대성당을 찾는데 멀리에서도 첨탑이 눈에 띈다. 어느 광장 반대편 위로 뾰쪽한 고딕 양식이 보이자 안도의 아이스크림을 찾는다. 멀리 있는 성당의 삼각 종탑보다 지금은 가까이 있는 소프트아이스크림 삼각뿔이 반갑다. 부드럽고 달콤한 아이스크림을 먹지 않으면 목에서 쓴 물이 넘어올 거 같았다. 광장 가운데는 스페인 부르봉 왕조의 왕 카를로스 3세의 동상으로 스페인 국기를 처음 만든 사람이다.

드디어 부르고스 대성당 앞에 나만큼 지쳐있는 순례자 동상이 있다. 달려가 어깨동무도 하고 포옹도 하며 서로 다독여 준다. 그의 허벅지와 어깨가 반질반질하다. 당신이 얼마나 힘든지 내가 잘 알겠소!! 반가운 맘에 사진 한 컷 후 성당 뒤편에 있는 공립 알베르게를 뱅뱅 돌아 어렵게 찾았다. 순례자 동상을 바라보며 성당 오른편으로 돌아야 했다. 내가 찍어놓은 사진을 보니 오른쪽으로 225m만 가면 알베르게가 있다는 표시가 있음에도 왜 그땐 안 보였는지. 늦은 도착이지만 다행히 순례자가 그리 많지 않아 잠잘 곳이 정해졌다. 그런데 지금까지 거쳐온 알베르게 중 가장 싸고(6유로) 시설도 좋은 공립 알베르게다. 모든 게 애들 말로 삐까뻔쩍한 걸 보니 아마도 지은 지 얼마 되지 않은 듯하다. 문이 없는 복도식으로 칸칸이 4인실이나 내게는 행운의 2인실 아래층이 배정됐다. 번잡하지 않아서 좋고 칸마다 세면대가 있고 가열기는 없으나 욕실과 화장실 시설도 현대식으로 매우 좋다. 부르고스 공립 알베르게 왕 짱~이다!

도심 가운데 스페인의 상징인 소 동상을 보며 어찌 인간과 소가 싸울 생각을 했을까? 투우는 소와 투우사가 피 흘리며 목숨을 건 대결이다. 투우의 시초는 황소를 제물로 바치는 의식에서 유래했단다. DANZANTES Y TETINES 동상 아래 설명 글을 보고 이게 뭘까 검색하니 일종의 축제 퍼레이드에 참가하는 무용수와 테틴(댄스 마스터?)이란다. 엘시드의 기마상을 보고 여행사에 들러 도심 약도를 구했다.

걷다가 갑자기 통닭이 먹고 싶어 들어선 식당. 내부에 터키 이스탄불의 블루모스크와 술레마니아 모스크 대형 사진이 걸렸다. 주인에게 터키인이냐 물으니 파키스탄 사람이란다. 무슨 사연이 있기에 파키스탄 사람이 이곳 스페인까지 오게 됐을까? 74%가 가톨릭 신자인 스페인에서 이슬람교도로 살까? 하는 엉뚱한 생각이 든다. 여유롭게 길을 지나다 마트를 만났다. 내일도 부르고스에서 쉬어갈 생각인데 장보기를 안 할 수 없다. 생오렌지를 즉석에서 주스로 만드는 과즙기. 길거리 실물 크기의 노부부 동상과 불 쇼를 구경했다. 저 턱수염의 상투한 쇼맨은 언젠가 TV에서 봤던 사람이다. 전 세계를 여행하면서 불 쇼를 하는 직업인인 듯.

장보기 한 것으로 첫날부터 만나고 헤어지기를 반복한 한국인 순례자들과 함께 늦은 저녁 식사를 했다. 오랜만에 푸짐한 채소 샐러드와 바게트와 하몽, 신선한 즉석 오렌지 주스를 맘껏 마시던 날이다. 저녁 산책으로 부르고스 대성당의 야경과 카를로스 황제 5세를 기리는 산타마리아 아치문을 지나 도심을 흐르는 아를란손 강과 다리를 감상하며 멋진 가로수길을 걷는다. 다리 위 군밤 장수 아주머니 동상은 또 뭐지? 도시 안에 블론즈 동상이 많다. 부르고스는 '성 아래의 도시, 요새'라는 뜻을 가진 카스티야 왕국의 수도로 매우 큰 도시다. 내일 아침 바로 순례길에 들 생각을 접고 잠시 더 머물러 갈 생각이다. 일부러 그런 것도 아닌데 순례길 안에 대도시에 들면 볼거리가 있어 머물게 된다. 도시 전체가 궁금증을 자아내게 하는 부르고스!! 함부로 쓰지도 못하고 쉽게 먹지도 못한 귀한 것을 나만 아는 안주머니에 꼭 감춰둔 기분이다.

[부르고스 대성당의 낮과 밤]

순례한다고 부르고스를 그냥 지나치고 싶지는 않았다. 느지막하게 일어나 느긋하게 짐을 쌌다. 차라리 부르고스를 좀 더 둘러보다가 오후쯤 온타나스까지 버스로 점프할 생각이다. 게다가 오늘 목적지까지 그늘 한 점 없는 메세타 평야 31.3킬로를 걸어가고 싶지 않다. 알베르게에서 어제 장을 봐 온 것으로 푸짐한 아침을 해결했다. 일반적인 호텔 숙소의 체크아웃 시간 오전 10시나 11시와 달리 알베르게는 대부분 아침 8시에 체크아웃이다. 그리고 특별한 경우를 제외하고 보통 1박 이상을 허용하지 않는다. 오전에 부르고스에 머물 생각에 배낭을 챙겨 알베르게에 맡겨두는데 곧 문을 닫고 오후 2시에 문을 열겠다 한다. 오후에 이동할 생각이니 맡아두는 것만으로 다행이고 그 시간까지 차분하게 부르고스 도시와 성당 등을 둘러볼 생각이다. 영어로는 단 한마디도 소통이 안 되는 안내 스페인 할머니와 손짓 소통으로 이뤄지고 쫓겨나듯 알베르게를 나왔다.

부르고스 성당 앞 Viva La Pape에 들어 카페콘라체를 주문했다. 와이파이를 연결하여 온타나스(Hontanas)까지 가는 버스 시간표와 탑승 위치를 알아야 하는데 검색이 어렵다. 어쩌든 부르고스 성당 문 열리는 9:30분까지 앉아 있다가 성당 문은 열리고 난 65세 이상의 시니어 티켓(6유로)을 끊어 입장했다. 나중에 안 사실은 순례자 여권을 보이면 4.5유로라는 것을 알았다. ㅋㅋ 성당 안으로 들어와 보니 네 개의 성당 통합권도 8유로에 판매한다. 이렇게 순례길엔 순례자에게 특별한 혜택이 있다.

부르고스 대성당은 13세기에 착공(1221년)했지만, 200년간 중단되었다가 15세기 중반에 재개되어 100년 이상 계속되었다. 그러니까 1567년에 완공된 셈이다. 화려한 고딕 양식의 대표적인 건축물이며 부속 예배당이 15개 딸려 있다. 시작은 카스티야의 페르난도 3세와 부르고스의 영국인 주교 모리스가 세웠다. 작업인력은 프랑스 건축가를 비롯하여 국제적인 조직으로 구성되었다. 역시 부르고스 대성당에 관한 자세한 건내 능력의 한계가 있다. 대신 내가 봤던 것들을 사진으로 정리했다. 나 역시 가이드 없이 이곳을 방문한 사람이라 그 이상은 알지 못한다. 사진의 배열은 가로세로 크기가 달라 순서대로 정리되지 못한 부분이 있다. 웬낙 크기가 커서 폰 렌즈를 어떻게 들이 대야 할지 모를 정도였다. 하지만 영어 음성 가이드가 있어서 감상하는 데 조금이나마 도움이 되었다. 입구 안으로 들어서자마자 보이는 것을 오디오 번호에 따라서 리모컨의 버튼을 누르고 플레이를 누르면 된다. 번호순대로 가면 될 텐데 진수성찬을 눈앞에 두고 무엇부터 먹을까? 행복한 고민에 빠진 심정이다.

오디오 순서대로 모두 둘러보고 마지막에 가우디 기록관에 들었다.

스페인에서 세 번째로 크며 마우리시오 주교에 의해 건립된 부르고스 대성당 내부 감상이다. 10번, 화려하고 아름다운 스테인드글라스 장미창 오른쪽 위에 매 시각 울리는 벽시계 빠빠모스카. 오디오 가이드를 들고도 장미창의 화려함에 가려 이렇게 구석에 있을 줄 몰랐다. 오른쪽 위를 확대해보니 Papamoscas 맞네. 솔직히 현장에선 하염없이 찾았다. 웬만해서 놓칠 리가 없는데 내 눈에 안 보였을까? 참나~

11번, 아름다운 장식용 창살 안에 수평으로 설치된 파이프 오르간(1519년)이 있는 성 테클라 예배실.

12번, 힐 데 실로에와 디에고 데 라 크루스(Diego de La Cruz)가 합작으로 만든 성 안나 예배실의 제단 장식벽

13번, 황금 계단으로 유명한 에스칼레라 도라다(Escalera dorada)는 디에고 데 실로에(Diego de Siloe)의 작품이다. 프랑스의 건축가 가르니에(Garnier)는 이 황금 계단에서 영감을 받아 파리 오페라 극장 앞의 계단을 만들었다.

14번, 산 니콜라스 예배실과 안치실

자연광을 이용한 천장의 별 장식으로 기발한 지붕은 후안 데 바예호(Vallejo)와 후안 데 카스타네다(Castaneda)가 1567년에 완성한 것으로 고딕 시대 최후의 걸작.

오디오 번호 15번(Tumba del Cid Y dona Jimena), 16번(Retablo Mayor), 17번 (Coro), 화려한 조각이 장식된 성가대석은 펠리페 데 보르고냐(Felipe de Borgoña)의 작품이다. 나무로 조각된 성가대석과 악보 거치대, 수평으로 설치된 파이프 오르간. 우아하고 화려한 아름다움이 있으나 오르간의 연주에 맞춰진 성가대의 웅장한 울림은 상상만 한다. 직접 소리로 듣지 못하여 아쉬움이 남는다.

대성당의 바닥 평면은 유쾌한 비율의 라틴십자 형태를 기반으로 했다. 3층으로 높이 시공한 점과 둥근 천장 공사, 창문의 트레이서리(tracery, 창문 윗부분의 장식) 등은 동시대의 프랑스 북부 지방 양식과 밀접한 관련이 있다.

23번, 화려하고 아름다운 Sacristia Mayor

11세기 레콘키스타(Reconquista)[3]의 영웅인 로드리고 디아스 데 비바르(Rodrigo Díaz de Vivar)의 묘지로 유명하다. 부르고스 출신으로 '엘시드(El Cid)'라는 별칭으로 영화가 제작되어 더 잘 알려졌다. 그의 유해는 1919년 아내인 도냐 히메나(Doña Jimena)의 유해와 함께 성당 중앙, 플라테레스크(Plateresque) 양식의 금속 세공으로 장식한 돔 아래에 안치되었다.

중세 유럽의 성당들은 신과 인간을 연결해주는 장소이고 천국을 체험할 수 있는 곳이라 생각했다. 속죄와 참회를 위해 나선 순례길 도시마다 성당이 있는 이유도 거기에 근거한다. 부르고스 대성당의 계단 밑이나 회랑에는 이곳에서 성직 생활을 하신 주교님들의 시신조각과 관이 안치되어 있다. 내가 그동안 여행하면서 보았던 대부분 성당

---

3) 이슬람교도에게 점령당한 이베리아반도 지역을 탈환하기 위한 11세기 기독교도의 국토회복운동

에는 이런 시신을 안치한 곳이 많았다. 성당의 바닥이 대부분 대리석으로 비문이 새겨 있고 지하 분묘로 가득한 곳도 많았다. 당시엔 성당이 신앙생활과 공동체 생활하였고 오랜 세월이 흘러 박물관이 되기도 하고 기념관이나 공동묘지가 되기도 한다.

내 맘에 쏙 들었던 몽생미셸 수도원 식당의 스테인드글라스와 형색과 파스텔의 은은한 색감이 비슷하다. 예수의 생애나 성서 내용을 예술적으로 표현한 것도 좋으나 햇살 받은 한식 창호와 같은 이런 연속되는 문양과 색감이 좋다. 이 성당을 지을 때 프랑스 건축가들의 영향을 받았을 것이라는 생각이다. 더욱 놀란 건 성당의 첨탑이 조각이 아니라 이렇게 틀에 찍어냈다는 사실이다. 부르고스 성당 건축가 중 가장 유명한 후안 데 콜로니아(Juan de Colonia)와 그의 아들 시몬(Simon)은 탑들과 파사드의 외부 첨탑, 원수(元帥)의 예배실, 성 안나 예배실 등을 만들었다. 이렇게 정리해도 찍은 사진을 반도 못 올릴 만큼 볼만한 자료들이 많았다. 입장료가 아깝지 않은 어마어마한 부르고스 대성당과 나오는 길에 둘러본 박물관 관람은 영어 오디오의 도움받았다.

　박물관 특별 전시실의 가우디 영상(Gaudi Y la Sagrada Familia en la Catedral de Burgos)은 실로 놀라웠다. 성당을 둘러본 후 부르고스 성당 건너편에 있는 여행자 안내소를 찾았다. 안내소에서 온타나스행 버스 시간과 탈 곳을 알아보던 중 참 설명하기 어려운 상황이 벌어졌다. 언어에 어설픈 나를 위해 종이에 메모까지 해 주는 친절한 사람들이다. 평일이라면 아무 이상이 없을 일인데 토요일이라 온타나스행은 13:30분 한 번밖에 없고(평일에 15:30분 한 번 있음) 내일은 일요일이라 운행하는 버스조차 없단다. 요즘은 지역에 따라 조금 달라지긴 했지만, 우리 사고로는 요일에 따라 배차가 달라지지 않은데 유럽은 주중과 주말의 상황이 다르다. 버스 시간뿐 아니라 관공서 개관이나 공연 시간도 다르니 이점 미리 알아뒀어야 했다. 특히 프랑스의 루브르나 오르세의 경우 주중에 야간개장 시간 연장하는 요일도 있다. 설마설마하면서 다시 버스 터미널을 찾아가 알아보았으나 내용은 안내소에서 들은 내용과 똑같다. 전혀 예상치 못한 날벼락이다. 아이고 이를 어쩌냐? 머리가 텅 비고 온몸에 힘이 빠진다. 배낭을 찾으려면 알베르게는 오후 2시에 문을 열어준다니 13:30분 버스로는 갈 수가 없게 되어 이를 어쩌란 말인가. 오전 반나절만 머물 생각이었는데 하루를 머물러야 한다. 그뿐만 아니라 내일은 일요일이니 버스 운행이 없어 그냥 순례길 위에 서 온타니스까지 걸어야 한다. 어디든 도움을 청해야 하는데 마땅하게 청할 데가 없다. 최선을 다해보자는 마음으로 알베르게 앞의 동키 서비스를 하는 바에 찾아가 상황설명을 했다.

바 주인은 "너에게 큰일이 일어났구나" 하며 걱정하지만 날 도와줄 방법을 찾지 못한 채 자신 일에 전념한다. 마침 점심때라 손님이 너무 많다. 나도 생맥주 한 잔과 조각 피자를 시키고 자리에 앉았다. 차분하게 정리해 보았다.

1 안. 바의 주인은 나의 배낭과 신발을 동키로 보내 주겠으니 버스 타고 가란다. 하지만 오늘의 동키는 끝나고 내일 도착할 거라는 데 참 의미 없는 제안이다.

2 안. 택시로 이동하는 방법이 있긴 한데 택시비용이 만만치 않다는 인포의 설명이 있었다. 택시 아니면 히치하이크인데 하루 벌겠다고 꼭 그럴 이유는 없다.

3 안. 차라리 이곳 알베에서 하루 더 머물고 낼 아침 두 발로 걷는 순례길에 들어서는 일이다. 아꼈던 하루가 사라지긴 하지만 맘 편하게 생각하기로 했다.

계획한 대로 이뤄지지 않으니 좀 애석하긴 하지만 아예 바에 앉아 맥주와 훈제돼지고기 요리를 더 시키고 차분하게 와이파이를 즐기며 시간을 보냈다. 2시에 알베르게가 문을 열면 하루 더 머물겠다고 말해야 한다. 지금은 그다지 바쁜 성수기가 아니니 이틀 머무는 일이 허락되리라고 긍정적으로 생각한다. 그리고 낼 아침엔 좀 더 서둘러 32킬로 온타나스까지 순례길을 걷자며 애써 위로한다.

오후 2시. 알베르게 앞에는 긴 배낭 줄이 생겼다. 이곳에서 지금까지 한 번도 보지 않았던 한국인 젊은 여성을 만났다. 그녀는 내게 전날 자신의 숙소에서 도난사건이 일어났다며 조심하란다. 스마트폰이며 현금 지갑까지 털렸다며 아주 자세하게 설명한다. 함께 기다리던 중 예상대로 정확하게 알베르게 문이 열린다. 하루 연장을 해야 한다니 그럴 줄 알았다는 듯 흔쾌히 허락한다. 성수기였다면 어림없는 일이다. 어제 머물렀던 침대를 그대로 달라니 역시 "No-problem~"문제없단다. 이마저 얼마나 다행인가.

　3안으로 맘을 결정하고 오늘 밤 잠잘 곳에 배낭을 던져두고 다시 부르고스 시내를 어제와 반대 방향으로 둘러본다. 이 도시는 한때 카스티야 레온 지방 부르고스 주의 주도였던 도시로 1506년에 210킬로 떨어진 마드리드로 수도가 이전하는 바람에 쇠퇴했었다. 18세기가 되어 다시 발전했으며 1936년 스페인 내란 때는 프랑코 장군의 본거지가 된 곳이다. 역사가 있는 도시에서는 그 역사를 알아야 제맛이 난다.

　이동할 계획이 내 의지대로 되지 못해 찜찜할 만도 한데 선선한 날씨 탓인지 맑은 공기 덕인지 걷기에 딱 기분이 좋은 시간이다. 여행 일정이 하루 늘어진다 생각지 말고 아름다운 부르고스에서 하루 더 머문다 생각하자. 끝없이 이어지는 플라타너스 가로수 길. 부르고스 성당 뒤로 예술인학교와 기숙사, 산 니콜라스 성당이 나오고 아바 부르고스 호텔이 보인다. 그 옆으로 카스티야 왕의 딸인 페르난 곤잘레스 (Fernán González)의 도움으로 무어인을 물리친 전설적인 이야기의 아치문이 나왔다.

그 길에서 언덕 위 공원길을 따라 부르고스 전망대(parque del castillo)에 오른다. 정상에는 이미 많은 관광객과 시민들이 들어차 있었고 공원 중심 바닥에는 방위표시와 세계 도시 이름이 새겨져 있다. 전망대 난간에는 전망 지도가 동판에 새겨있다. 이렇게 360도 도시 전체를 동판에 새겨 볼 수 있게 한 전망대는 처음 본다. 아를란손 강변 따라 플라타너스 가로수가 끝도 없이 이어진다.

전망대에서 내려오는 길에 Museo del Retablo를 들어갔다. 입구에 촬영금지 표시가 있는데도 다들 사진찍기에 나도 3층에 올라서 몇 장 찍었다. 하지만 사진을 **빼앗기**는 창피함을 당할까 봐 맘이 불안했다. 그건 2006년도 이집트 여행 중 촬영금지구역인 지하동굴을 관람했을 때 일이다. 나에게 너무 신선한 충격으로 다가온 지하동굴에 홀려서 몰래 촬영하다 들켰다. 관리하던 이가 조심스레 내 곁으로 와서 돈을 요구한다. 물론 그 당시엔 뒷거래하는 것이 합당치 않아 그가 본 자리에서 사진을 삭제해 그대로 흐지부지됐다. 솔직히 찍어도 무방 안 찍어도 별 상관없는 사진인데 찍지 말라하면 더 찍고 싶은 청개구리 심보가 아니었을지. 하지만 당시엔 뭔가 엄청 위엄있어 보이고 이것들에 대한 호기심이 발동했었다. 그런데 이곳에서는 참 설명하기 모호한 상황이 벌어졌다. 하지 말라는 일을 하면 이런 사고가 벌어진다. 착각인지, 노인성인지 자랑할만한 일은 아닌 부끄러운 일(?)이다. 그냥 없었던 것처럼 태연하게 지나가도 될 일이지만 고해성사하는 맘으로 고백한다. 이야기인즉슨 이렇다.

드디어 내게도 올 것이 왔다. 귀신에 씌운 듯 지금 생각해도 어처구니없고 참 별스러운 날이다. 부르고스 산꼭대기 전망대까지 올라 구경을 마무리하니, 춥기도 하고 피곤함이 한꺼번에 몰려오는 저물녘이다. 그런 중에도 레타블로 뮤지엄(Museo del Retablo)에 들어서서 찍지 말라는 사진을 남들이 찍는다. 대부분의 전시물은 성당의 중앙을 장식하는 제단들로 아주 오래된 중세의 유물들이다. 찍지 말라는 곳의 사진을 찍었다고 뭐라 할까 봐 조바심 났다. 천벌을 받은 것일까?

뮤지엄을 나와 부르고스 성당 뒤쪽으로 걸어 내려왔다. 부활절을 앞두고 길거리 밴드 연주 소리와 함께 온 동네가 북적거리고 술잔을 든 젊은이들도 많았다. 내가 계단을 따라 내려오는데 낯선 청년이 '곤니찌와' 하면서 말을 걸어온다. 난 일본인이 아니라면서 '안녕하세요'로 맞받았다. 이 청년이 내게 몇 걸음 다가서더니 계속 말을 걸어온다. 대꾸 없이 빠른 걸음으로 내려가는 날 보고 더는 쫓아 오지 않았다.

난 저녁 먹거리를 사려고 가게를 향하다 골목에서 한 무리의 악대를 만났다. 잰걸음으로 쫓아가 사진을 찍으려고 스마트폰을 찾았다. 그.런.데. 허리 쌕과 주머니들을 차곡차곡 다 찾아보아도 없고 바지 지퍼 주머니를 뒤져도 스마트폰이 없다. 아무리 샅샅이 뒤져도 내 폰이 없다. 순간 온몸에 소름이 끼치며 드디어 올 것이 왔다 싶었다. 스마트폰을 잃는다면 보름 넘게 다닌 여행과 순례길 사진, 피곤해도 밤잠을 설쳐가며 적어 놓은 일기들이 몽땅 사라지는 순간이다. 조금 전에 만났던 술 취한 청년이 순간 의심되어 그곳을 찾아가는데 앞에서 날 향해 걸어오는 현지 경찰 둘이 눈에 띈다. 난 순간 경찰들에게 스마트폰 도난당했다며 더듬거려 상황설명을 했다. 어설픈 설명을 하며 함께 그 계단까지 동행해 달라고 했다. 처음엔 두 경찰이 자신의 업무상 자리를 비울 수 없다며 경찰서 주소를 적어주며 택시를 타고 가서 신고하란다. 난 온몸에 힘이 빠져 걸을 수도 없고 그곳에 찾아가기도 어렵다 말했다. 자초지종 다시 얘기해 보라기에 성당 뒤로 계단을 내려오는데 술 취한 사람의 행동이 제일 의심스럽다고 말했다. 이건 나보다 부르고스에 하루 늦게 도착해 처음 만난 아가씨의 도난에 주의하라는 말의 잔상일 수도 있다. 핑계가 아니라 그녀가 전전 도시 등에서 도난 얘기를 해서 내게도 일어났다고 생각했다. 이런 와중에 며칠간 순례를 함께한 지나가던 한국인 청년들이 나를 걱정하며 적극적으로 돕는다. 경찰과 나 사이를 통역도 하고 자신들의 전화기로 내 폰에 전화를 여러 번 해보지만, 상대가 받지도 않고 음성을 남기라는 말만 한다. 이렇게 열 번도 넘게 전화를 걸어보지만 받지도 않고 반응도 없단다. 난 서 있을 힘조차 없는 상태로 경찰에게 서툰 영어로 도움을 청했다. 애석해하던 경찰 아저씨는 주머니에서 메모지를 꺼내더니 이 상황을 쪽지에 자세하게 적어주며 경찰서에 가서 그대로 신고하란다. 내용은 보험 보상을 받기 위한 일종의 스마트폰 도난신고다. 그 자리에 함께한 경찰 둘과 나. 한국인 남자 둘까지 한참 심각한 상황이지만 도난신고로 끝낼 문제는 아니었다. 나도 온몸에 힘이 다 빠지는데 순간 배가 만져진다. 어어~~ 하며 한국인 청년 둘에게 사인을 보냈다. 그리고 경찰들과 이야기가 끝난 상황이라 감사의 인사를 하고 헤어졌다.

결과는 내가 허리 깊이 복대에 스마트폰을 넣어 둔 것이다. 이것이 사건을 만들려고 그랬는지 배터리까지 꽝이 나서 아무리 전화를 해도 벨이 울리지도 않았다. 세상에 이런 일이~~ 이런 황망한 일이~~ 진심으로 걱정해 준 경찰에게 찾았다고 말하고 가려 했지만 망설여진다. 정말 머쓱한 상황이라 뒤가 구린 상태로 그냥 알베르게로 돌아왔다. 부끄럽다. 그런데 더욱 신기한 일이 또 벌어졌다. 알베르게의 어제 묵었던 침대에 오늘 그대로 다시 들었다. 어제는 열어볼 생각도 하지 않아 몰랐는데 오늘은 배낭을 정리하려고 내게 배정된 보관함을 열어보니 이거 참 무슨 조화인가? 올리브 통조림 두 개와 1리터짜리 와인 한 병이 트지도 않은 채 있다. 뭐 이럴 수가 있을까? 신앙을 가진 사람들은 이런 경우를 신의 조화라 하지 않을까? 아니 신의 섭리? 그냥 우연이라 말하기엔 아닌 상황이지만 뭐라 설명할 길이 없다. 난 피자 한 판을 사 들고 와인과 올리브를 가지고 알베르게의 홀로 나왔다. 조금 전 자기 일인 양 나를 도왔던 한국인 남자 둘과 감사의 한잔을 했다. 세상에 어찌 이런 일이~~

부르고스 대성당 정면

어둠이 채 가시기 전에 하루가 시작된다. 아직 가로등이 켜진 부르고스 성당의 첨탑 사이로 초승달이 걸려 있다. 중요 유적인 듯 세 개의 석탑을 뒤로하고 아치 문을 지난다. 중세의 건축 흔적들을 그대로 유지 관리하고자 애쓰는 사람들, Arco de San Martin, 우유 장수 아주머니 청동상, 공원도 크지만, 부르고스 대학교의 규모에 놀라고 또 놀란다. 대로 로터리 중앙에 부르고스 대학교 상징물 뒤로 아침 해가 떠오른다. 순례길 위의 큰 도시는 도시를 빠져나오는 데도 많은 시간이 걸린다.

내 두 발은 발동기를 단 것처럼 내 의지와 상관없이 노란 화살표를 따라 굴러가는 듯했다. 이제 걷는 일이 몸에 익숙해진 것이다. 특히 도시 내에서는 여러 갈래 길이 있으니 순례길을 알리는 조가비나 노란 화살표를 잘 찾아 걸어야 한다. 오늘도 예전에도 앞세웠던 홀로 걷는 순례자 뒤를 따라 걷는다. 도시를 빠져나오니 밀밭을 좌우에 두고 비포장 순례길이 시작된다. 나무 둥지든 차도 난간이든 보물찾기하듯 노란 화살표를 따라간다.

어디서부터인지 모르겠는데 내 앞에 두 여인이 총총 잘도 걷는다. 부르고스에서 출발했는지는 모르나 어제까지는 보지 못한 여인네다. 쉬지 않고 걷는 내내 몸에선 땀이 나고 겉으로는 새벽이슬 때문에 어깨가 무너질 듯 시큰하게 내려앉는다. 900고지의 한기에 손이 시리고 온몸이 오들거린다. 그나마 아침 기운으로 힘을 얻어 10킬로를 걸어 10시가 되어서야 첫 마을이 나타났다. 중간 8킬로 지점에 비얄비아 데 부르고스가 있었지만 지나쳤다. 순례 열흘이 넘어가니 10킬로 걷는 건 문제없지만 배가 고프고 힘이 빠진다. 무조건 보이는 첫 집에서 아침 식사를 할 생각이다. 스페인 지형을 돌로 만들어 붙인 따르다호스(Tardajos) 마을 입구에도 돌 십자가가 우뚝 서 있다.

마을 귀퉁이의 알베르게 겸 바에 들었다. 바 내는 순례자가 꽉 들어차 있고 방금 내 앞을 걷던 두 여인도 자리 잡고 앉아 있다. 카페에 진열된 음식 중 스페인식 오믈렛 또르띠아. 바게트와 카페콘라체. 피클 꼬지. 내 가방 속의 오렌지 주스와 사과까지 푸

짙한 아침 식사를 했다. 잘 먹어야 잘 걸을 수 있다는 생각도 잠시뿐. 어떨 땐 입안이 꺼끌꺼끌해 꼼짝도 하기 싫고 물도 안 넘어갈 때가 있다. 그럴 땐 먹을 것을 권하는 주변인에게 정말 미안하다.

두 번째 마을. Rabe de las Cazalas의 길 안내 지도가 좀 특별하다. 길바닥에 박힌 조가비도 입체 도자기다. 회색 벽돌로 만들어진 성당의 종탑도 특이하다. 작은 교회 모양의 공동묘지. 'Para ti es mi musica, Senor' 당신을 위한 음악? 이해하기 어려운 벽화. 지친 순례자가 아니라 경쾌한 모습의 순례자가 신을 찬양하는 건가? 순례자를 위한 담벼락의 햇살 좋은 벤치에 앉아 쉬어간다. 캘리그라피의 'camino de santiago'가 매우 균형 있고 색감도 멋지게 그려져 있다.

계속되는 평지에 비단결 같은 하늘 구름. 길에서 좀 벗어나긴 했지만, 동네 휴식 공간 같은 곳에서 또 휴식이다. 아침에 만났던 두 여인이 계속 내 앞장서서 가는데 정말 잘 걷는다. 더욱 신기한 것은 무슨 할 말이 그리 많은지 쉬지 않고 이야길 하며 걷는다. 수다쟁이 두 여인은 끝도 없이 이어지는 메세타에서 내 사진 속 모델이 된다. 가도 가도 끝이 안 보이는 카스티야 길. 언젠가는 끝나겠지 하며 걷는데 계속 이어진다. 뭔가에 속은 듯한 찝찝한 기분으로 우울해진다. 내가 왜 이 길 위에 있지? 죽을 것 같은 인내심으로 걷지만, 종아리가 불날 거 같다. 휴식 간격이 급격히 짧아지나 또 앙상한 나뭇가지 아래 쉬어간다. 길 양옆으로 돌무더기는 죽은 자의 것이나 산 자와 함께 한다. 내게 감정의 변화가 있다는 것은 아직 내가 살아있다는 증거다. 34일간의 순례 계획 중 아직 반도 못 왔는데 지친다. 무소의 뿔처럼 혼자서 내가 이 길을 과연 다시 걸어 완주할 수 있을까?

HORNILLOS DEL CANMINO, 469킬로 남았다는 사인이다. 성당 앞 닭 형상의 높은 탑이 우뚝 서 있다. 이건 분명 닭을 추앙하는 마음일 것이다. 지난 순례 9일 차에서도 말했듯이 도둑 누명으로 처형당한 순례자가 죽지 않고 살아난 가톨릭교에서의 닭의 전설은 이곳에서도 추앙되고 있다. 지금까지 스페인의 프랑스 길을 순례하면서 지평선 끝에 나열된 풍력발전기를 많이 봤다. 특히 이 동네에는 우리나라에 흔히 있는 태양열 집열판은 하나 없고 수백 개의 풍력발전기만 끝도 없이 가득하다.

　오늘 이 길을 지나오는 중에 어느 집 벽면에 Denise라는 이름과 함께 네 개 나라 언어로 적혀 있다. 'Love the Lord your God / with all your heart and…. and love your neighbour as yourself.' 내가 홀로 쉬어 있으면 내 옆을 지나는 순례자들은 걷던 걸음을 멈추고 꼭 괜찮냐고 묻는다. 이렇듯 나는 혼자인 거 같지만 순례길 위에서 모두가 친구가 된다. 신기하게도 어려움에 부닥친 상황을 보면 모른척하지 않을 거라는 믿음이다.

　끝없이 이어지는 허허벌판 카스티야에서 뜨거운 태양 볕에 쓰러진 순례객이 많아서인지 유난히 길가에 십자가가 여러 개 꽂힌 돌무더기 옆을 지난다. 지금이야 순례자를 위한 시스템이 잘 갖춰져 그나마 맘 편히 순례길에 오를 수 있다. 중세부터 20세기 후반까지는 길 위에서 사망한 사람이 아주 많았다고 한다. 낸시 여사의 산티아고 순례 이야기 148쪽을 보면 카미노의 바람 속에 흩어지고 싶다는 그의 마지막 바람은 카미노가 누군가의 삶과 죽음에 얼마나 깊이 관여하고 있는지 잘 보여준다. 가톨릭교회는 순례 중의 죽음을 다음과 같이 설명한다. '**헤어지는 슬픔은 크지만, 산티아고로 걸어가는 도중의 죽음은 기독교도의 위안입니다.**' 우리 같은 일반인이 보기엔 허무맹랑한 부분도 있지만 이런 경우 자동으로 가톨릭교회의 전도사가 주어지며, 산티아고에서 고인을 위한 미사가 집전된단다. 아무리 그렇다고 나라면 순례길에서의 죽음을 영광으로 생각할 수는 없을 것 같다. 어렸을 적에는 몰랐는데 나이가 들면서 주위 사람들이 하나씩 세상을 떠날 때 '아! 죽으면 끝이구나' 하는 생각을 부쩍 많이 갖는다. 천국에서 영원불멸한다느니 하는 종교적 관점에서 보면 매 맞을 일인지도 모르겠다. 하지만 지금 내 머릿속엔 죽으면 그냥 끝이다. 지천명이라 했지만 아직은 아니다.

순례자를 위한 알베르게는 많지만, 목적지까지 가야 할 거리가 아직 남아있다. 산티아고 순례길을 걸으면서 걷는 길 사진밖에 없을 줄 알았다. 사실 진짜 길 사진밖에 없다. 그런데 어느 길도 예쁘지 않은 길이 없고 향기 그윽하고 평화롭다. 모두가 자연풍광이니 하루도 같은 모습이 아닐 것이다. 이런 아름다운 길이 아니었다면 순례를 대충 했을지도 모르겠다. 의외로 일행 없이 혼자 걷는 사람이 많다.

끝없이 이어지는 풍력발전기를 지나 온타나스 마을 입구의 El Puntido 알베르게(6유로)에 투숙했다. 1실 8인실에서 8인이 함께 자는데 그중 세 사람은 자전거로 순례 중이다. 나도 31.9킬로를 걸었는데 발렌시아에서 자전거로 하루에 145킬로를 달렸다니 참 대단해 보였다. 내가 한국인이라니 합기도 얘기를 하며 자신의 합기도 사부와 함께 찍은 사진을 보여준다. 당시엔 몰랐는데 일본의 합기도와 한국의 태권도는 미묘한 차이가 있다. 알베르게 부엌에서 카레 라이스 만들어 먹던 중 혼자 다니는 스페인 여인을 만났다. 인덕션 사용에 도움 주고 마른 과일을 나누며 내가 알아들을 수 있도록 온몸의 액션과 함께 천천히 단어로 말해주는 친절한 대화가 이어졌다.

기록 앱을 보니 아침 7시 반부터 걷기 시작하여 저녁 5시 반 경에 온타나스에 도착했다. 31.9킬로를 속도 4.1 km로 10시간 넘게 걸렸는데 두 시간 이상을 휴식했다.

정의를 상징하는 심판의 두루마리 (El Rollo) & Santa Maria de la Asuncion

3월이 지나고 잔인한 달 4월의 첫날이다. 순례길 나서는 엄마를 위해 작은 아들이 챙겨준 동전 파스를 오른 무릎에 다닥다닥 붙였다. 스틱은 큰아들이 챙겨준 건데 내 생애 처음 사용하는 스틱이다. 웬만한 등산이나 밀퍼드나 몽블랑 트레킹에도 사용하지 않았는데 장거리 걷기라니 염려가 됐나 보다.

힘내서 잘 걷자며 라면에 밥 말아 먹고 알베르게 El Puntido에서 출발한다. 지팡이를 든 중세 순례자의 모습과 남은 거리의 약도와 노란 조가비와 화살표에 산티아고까지 457Km 남았다는 벽화를 보고 순례를 시작한다. 무심코 뒤돌아보니 산언덕에 새날의 태양이 서서히 떠오른다. 구름에 갇힌 하늘 아래 내 앞에도 그 앞에도 홀로 걷는 순례자들이다. 자갈길 산허리를 돌아 2.5킬로 지점부터 쭈~욱 뻗은 아스팔트 가로수길을 3킬로 정도 더 걸으면 통행로에 걸쳐있는 산 안톤(San Anton) 성채가 나타난다. 이 유적은 배고픈 순례자를 위해 식사 시간 이외의 음식을 제공하고자 비밀 찬장을 운영한 곳으로 유명하다. 지금은 뼈대만 남아 중세의 웅장함만 흔적처럼 남았다.

　산꼭대기에 또 다른 무너진 성채와 교회가 있는 첫 번째 마을 카스뜨로 헤리스 (castro Jeris). 처음 만난 바에 들러 바케트와 카페콘라체를 먹던 중 어제부터 내 시선을 끄는 두 여인을 다시 만났다. 가까이 보니 여인이라기보다는 백발에 굵은 주름으로 매우 나이는 들어 흔히 말하는 완전 할머니다. 알아들을 수 없는 불어로 잠시도 쉬지 않고 이야길 해서 내가 수다쟁이 할머니라 정했다. 다부진 체격에 레깅스가 퍽 잘 어울리는 씩씩한 할머니들이다. 오늘 아침에도 어느새 먼저와 같은 바에 앉아 아침 식사를 주문한다. 일어서면서 할머니에게 다가가 인사하며 궁금한 점을 물었다. 실례인 줄 알지만 두 분이 너무 잘 걷는다며 도대체 연세가 어떻게 되느냐? 어설픈 단어이긴 하지만 질문이 통하고 답도 알았다. 부르고스에서 출발했다는 레깅스 차림의 두 여인은 프랑스 나이 79세, 69세로 둘은 열 살 차이지만 친구 사이란다. 79세 할머니는 프랑스어밖에 하지 못하지만 69세 할머니는 어느 정도 영어 소통이 가능했다. 난 내 나이도 알려주며 대단하다며 진심 어린 박수를 보내고 기념사진도 한 컷 했다. 크고 무거운 배낭을 등에 지고 어찌나 잘 걷는지. 참 단정하고 꼿꼿하게 나이 들어가는 건강한 여성들이다. 아니 같이 늙어가는 나로서 이 두 분을 할머니라 하면 안 되겠다. 그렇다고 언니라 부르긴 좀 뭐해 우린 서로 친구가 됐다.

식사 후 바를 나와 성과 요새가 있는 언덕을 감고 돌았다. 말을 탄 순례자 기념비가 있고 그 아래로 마을이 내려다보인다. 마을 광장(Plaza del Fuero)에 순례자를 위한 쉼터와 기념비, 식수대(San Esteban Refuge) 둥근 형상에 헤리티지라는 사인이 보인다. 1220년 아주 오래된 교회 중세 건축물로 산타마리아, 산토도밍고, 산 에스테반과 산후안까지 헤리티지 타운이라는 나름대로 해석해본 팻말이다. 문화유산의 흔적은 많은데 정적이 감도는 마을이다. 지나가는 사람도 동네 사람도 눈에 띄질 않으니 물어볼 수가 없다. 마을 입구에 있을 설명 판은 이미 지나와 버렸다.

무섭다기보다는 한적한 고요함. 느릿하게 걸어도 내 쉴 곳은 있으리라는 여유. 스치며 만나는 사람과 사람이 귀하게 여겨지는 이 시기다. 마을을 벗어나 낮고 긴 나무다리 중앙에 ROMANOS라는 표지석이 있다. 이 다리를 지나 경사가 있는 꼬불꼬불한 오르막을 따라가면 1,040m 고지에 작은 조가비 탑과 쉼터 철제 십자가가 나온다. 고도의 넓은 평지를 한참 걷다 보면 다시 급경사의 직선 내리막 이후 끝도 없는 메세타 평온이 이어진다. 급경사 오르막길도 완경사로 보이고 완경사임에도 평지로 보인다.

그늘 한 점 없이 비포장 길을 걷다 지쳐갈 무렵 멀리 작은 나무가 보인다. 키 작은 앉은뱅이 꽃 노랑 민들레와 보랏빛 무스카리가 바람에 살랑인다. 폰 안의 램블러가 '17킬로 이동하였으며 4시간 48분 경과 하였습니다.'라고 알려준다. 목적지까지는 아직도 12킬로 이상이 남았다. 후~우우~~~ 피오호샘 쉼터에 어디서 나오는지 모를 물이 흐른다. 순례자들은 씻기도 하고 먹기도 하지만 난 우두커니 바라보고만 있다. 나를 톡! 건들면 픽! 하고 쓰러질 것 같다. 순례길 끄트머리에 돌로 된 건물이 있어 마을인 가 싶어 반가웠다. 하지만 옛 병원 자리라는 문패에 조가비와 누군가에게 알리는 순례 자의 소통 쪽지만 나풀거린다. 이 병원은 16세기 초 안토니오 데 로하스가 가난한 행 인에게 피난처와 안식을 제공하기 위해 설립되었다. 무심코 배부른 돌다리(Puente de Itero del castillo)를 건넌다. 하늘이 손에 잡힐 듯하다.

오후 2시 직전에 작은마을이 나타나 구멍가게에 들었다. 아침부터 내 앞에서 순례 하는 아주 젊은 처자도 와있다. 그녀 역시 혼자서 순례 중이다. 주인은 문 닫을 시간 이라며 서두른다. 한발 늦었으면 점심 요기도 못 할 뻔했다. 마을 쉼터에서 간단 점심 을 먹었다. 그런데 어찌 쉼터에 화장실이 없는 건지 이해할 수가 없다. 마을에 지나가 는 사람도 없어 가정집에 도움을 청할 길도 없다. 이때 할아버지 한 분이 문밖으로 나 왔다. 난 배를 만지며 "토일렛(Toilet)~~" 했는데 그 할아버지는 내가 배고프다는 줄 알고 난감해하신다. 어어 그런 뜻이 아니라 해도 할아버지의 수심은 풀리지 않는다. 왜 이땐 바뇨(baño)나 WC가 생각이 안 났는지. 아무튼, 산티아고 순례길은 구조적으 로 길거리에서 실례할 수밖에 없다. 순례길 초반에 서양 여자가 길가에서 허연 엉덩이 내놓고 태연하게 실례한 것을 본 난 기겁했었다. 지금 생각해보니 웃음만 난다.

나뭇가지 사이로 구름과 햇살. 바람 소리와 새들의 후드득거림에 풀잎이 스친다. 지평선과 맞닿은 낮은 하늘. 가도 가도 끝이 없는 길 위에 앙상한 가지만 있거나 그늘 한 점 없는 메세타 구역이다. 수십 개의 스프링쿨러가 땅바닥에서 휙휙 돌고 비행기 날개처럼 양팔 벌려 길이가 어마어마한 스프링클러가 드넓은 평야에 물을 뿌린다. 반가운 마을 ITERO DE LA VEGA다. 걷기에 지칠 때마다 하늘을 가려 줄 나무가 나타나면 양말 벗고 발가락을 햇볕에 내놓는데 어쩌자고 구름이 낮게 깔린다.

끝도 없을 거 같은 언덕꼭대기를 깔딱 넘어서니 마을이 보인다. 램블러가 25킬로 걸었다니 목적지까지 가려면 4~5킬로는 더 걸어가야 한다. 지금은 순례자가 많지 않아 문 닫힌 알베르게도 많지만 잠잘 곳이 없지는 않다. 2킬로 남겨놓고 다시 자릴 펴고 하늘을 보고 길바닥에 누웠다. 잠시 쉬었다가 마지막 힘을 내서 다시 걷는다.

Boadilla del camino 마을 입구에서 만난 양 떼. 지독한 냄새는 나지만 이렇게 가까이서 이토록 많은 양 떼를 보기는 첨이다. 아기 양에게 젖을 물리는 어미 양이 본능적이겠지만 처음 본지라 내 눈엔 새롭고 사랑스럽고 정겹다.

순례길 마을이 대부분 그랬지만 이곳 보아딜라도 아주 한적하고 조용한 마을이다. 마을 가운데 광장에서 빈티지스타일의 멋진 오토바이를 탄 아저씨에게 뮤니시펄 알베르게가 어디냐 물었다. 공립은 문이 닫혀 있다며 다른 알베르게로 안내한다.

특별해 보이는 그림 벽화와 청동상, 석조 조형물, 아름다운 정원까지 입구부터 심상치 않은 알베르게다. 현대적 감각의 벽화와 철재 조각품과 꽃밭과 설치물 등, 마치 야외 전시장에 온 기분이다. 지친 순례자를 맞이하는 주인장의 멋진 모습도 전체 분위기와 닮았다. En el camino 알베르게 8유로. 샤워 후 동네 둘러본다.

성당 문이 잠겼으나 시간을 알리는 종소리는 우렁차다. 그 앞으로 척 봐도 심상치 않은 15세기 웅장한 고딕 양식의 탑이 동물과 작은 천사로 화려하게 장식되어 있다. 이 조형물 탑(Rollo Jurisdiccional de Castilla)에는 이것을 만든 이들의 이름이 각인되어 있다. 이러한 돌기둥은 단순한 탑이 아니라 정의를 상징하는 심판의 두루마리이다. 당시 법전의 형태로 죄인의 죄목을 알리는 기둥으로 땅에 박아 놓은 칼이라 한다. 순례길 위에는 그저 뭉텅한 돌기둥 모양도 있으나 이것은 매우 섬세하고 아름답다. 다섯 개의 기단 위에 고딕과 바로크 양식으로 만들어져 있는 돌기둥 뒤로 16세기의 교회 La iglesia de Santa Maria de la Asuncion가 있다.

이곳에 머문 순례자 모두가 알베르게 옆 카페에서 저녁 순례자메뉴로 단체 식사를 했다. 스무 명 정도. 1인당 10유로다. 첫날부터 함께 순례했던 한국인 순례자도 넷이나 보인다. 이곳에서 식사 중 낮에 내가 불던 오카리나 연주를 들었던 서양 여인이 다시 한번 들려주라는 요청이 있었다. 난 조금 당황스러워 다음 기회가 있을 때 순례 중 불러 보겠다 하고 정중히 사양했다. 솔직히 남 앞에서 연주할 만큼 잘하지 못해서 쑥스러웠다. 그런데 이때 한국인 순례자가 용서의 언덕에서 불렀던 나의 오카리나 모습 동영상 찍을 걸 보여주며 자랑한다. 엄청 쑥스러웠으나 기분이 좋았다. 국적 불문 남녀노소 모두가 친구가 되는 자리다. 이렇게 다국적 인들이 모인 자리라 건배사도 다양하다. 나라별로 간단 소개하며 샬루드! 치얼스! 상테! 간빠이! 건배! 이럴 때 쓰는 한국말이 뭐냐 묻는다. "지화자~~"라 설명하며 일상 "얼쑤""좋구나좋아(good or nice)"라고 알려줬다. 무한 제공되는 와인. 렌틸콩 수프. 병아리콩과 쇠고기 수프. 너무 맛나다. 난 주메뉴로 생선튀김과 후식으로는 달콤한 푸딩을 주문했다. 무한제공되어 많이 먹을 것 같지만 장시간 걸음이 힘들었는지 잘 먹히지 않는다. 난 충분히 배불리 먹었지만 남겨진 음식이 아까울 뿐이다. 특히 렌탈콩과 병아리콩으로 만들어진 수프는 정말 부드러우면서도 맛있었다. 입에 맞는 음식은 하루의 피곤을 눈 녹듯이 풀어준다. 무한 제공되는 와인을 즐길 수 있으면 좋으련만 난 와인 맛도 모른다.

숙소에서 8:30분 늦은 출발이다. 한적하고 아름다운 가로수 길로 이어지는 카스틸라 수로(Canal del castilla)를 따라 5Km를 한 시간 내에 걸었다. 사진도 찍으며 걷긴 했지만 그만큼 길이 좋고 힘내서 걸었다는 뜻이다. 마른 풀 냄새와 시냇가에 반영된 풍경과 등 뒤로 떠오르는 햇살이 온갖 새소리와 어울려 너무 아름답다. 빠른 걸음으로 걸으면서 순간 찍은 사진이지만 풍경 자체가 너무 좋다.

딱 5킬로 걸어오니 승객을 태우는 배가 있는데 사용료 1인 5유로다. 18세기에 지어진 카스티야 운하는 수송 수로로 수문을 여닫아 수위를 조절하는 에스끌루사 수로다. 이런 아름다운 길을 만나는 재미에 나와 같은 여행자는 계속 걷고 싶은 힘의 원천이 되는지도 모르겠다. 함께 걷는 순례자들과 새들까지 상쾌하기 그지없는 아침이다.

다시 고속도로 옆길로 계속 걷고 또 걸으면 제법 큰 도시 Fromista가 나온다. 나뭇가지가 둥근 모양의 플라타너스가 있는 이곳 산마르틴 교회(Church of San Martin)은 꽤 유명한 성당으로 역사적인 곳이라 관광버스에서 단체 여행자가 쏟아진다.

설명 판을 보니 11세기(1066년, 카스티야 백작 Dona Mayor 설립)에 지어진 것으로 전형적인 로마네스크 건축 양식이다. 외관으로도 아주 멋스럽고 온전한 성당으로 다른 곳과 달리 입장료 1유로를 받는다. 중세 이후 쇠퇴했다가 복원하여 1904년 이후 개방됐고 팔렌시아 지방의 유네스코 세계문화유산으로 지정되었다. 이 성당은 양 측면에 두 개의 원통형 종탑이 있다. 아치 속 상단(가로 두 줄)은 남부 커버(Portada meridional)로 이중 남쪽 덮개는 13세기의 프로토 고딕 양식이다. 교회의 입구는 천사, 성도, 성직자 및 악기가 있다. 내부에는 3개의 본당 안에 51인 인물로 장식되고 6개의 뾰족한 아키볼트로 구성되었다. 그 아래 아치형 문 두 개는 '더블 서던 커버'라는데 이쪽엔 문외한인지라 그저 그러나보다 하고 만다. 1000년 전 유적으로 온전하게 남았음이 그 자체만으로도 신기하고 완벽한 균형미와 단아한 아름다움에 반한다.

산마르틴 성당 안쪽으로 배 위에서 십자가를 들고 있는 구원자 산텔모(San Telmo, 1185~1246) 동상과 또 다른 산 페드로 성당(Iglecia de San Pedro)이 있다. 이 산 페드로 성당은 12~14세기에 지어진 것으로 이 성당도 문화유산으로 산마르틴 교회와 함께 카미노 데 산티아고의 중요한 이정표가 되었다.

계속 고속도로 옆길로 곧게 뻗은 직선도로는 끝이 보이지 않는다. 이런 길은 종교적 신앙심에 입각하면 모를까 나처럼 일반인의 경우 참 걷기 싫은 순례길이다. 하루 20 킬로가 넘어가면서 발목이 시큰거리고 발바닥도 통증이 전해진다. 카리온을 향하는 이 구간은 20킬로 이상이 고속도로와 인접한 직선 평지의 자갈길이다. 마을이 나오면 끝 날 것 같은데 다시 이어지고 또 이어지는 카스티야 메세타 구간이다.

영화 '가버나움(Capernaum)'이 생각난다. 12세 소년 자인이 아기를 데리고 아기 어머니를 찾아갈 때 스케이트보드를 타고 나타났던 장면이 떠오른다. 영화를 보는 내 내 안타까워 가슴 아팠지만, 이 장면에서 가슴이 터지는 폭소를 했다. 정말 스케이트 보드 하나 있었으면 순간에 도착할 것 같은 길이다. 자전거라도 타고 싶은 레벤가 데 캄포스(Revenga de Campos) 마을은 가도 가도 끝이 없다. 온갖 해찰을 다 하고 가도 지루하다. 울고 싶을 정도이고 도롯가라서 히치하이크의 유혹이 생긴다.

마을 안에 순례자 상이 있어 그 옆으로 다가가 앉았다. 지금 내가 얼마나 힘든지 알 아줄 거 같은 마음이다. 지팡이와 둥근 모자를 쓴 순례자 앞 테이블에는 'Pabro Payo Mesonero Mayor del Camino de Santiago'라고 적혀 있다. 짐작건대 파요 메소네데 시장이 순례자를 위해 쉬어가라고 만든 조형물인 듯, 이곳에도 아주 커다란 성당이 있는데 몸이 지쳐 다가서지 못하고 멀리서 사진 한두 컷만 담는다. 이곳에 산 타마리아 라 블랑카 교회(Santa Maria la Blanca)가 있고 그 앞에서 또 쉬어간다.

　얼마나 걷고 또 걸었을까? 길옆에 누워있는데 순례자 셋이 내게 다가오더니 오카리나 한 곡만 연주해 달란다. 어제 멀리서 너무 듣기 좋았다며 무슨 곡이냐 묻는다. "Arirang alone"이라 답하며 잘 부르지는 못한다고 말했는데 그래도 부탁한다. 나는 여행 중에는 다른 곡보다 우리 가락과 리듬이 있는 홀로 아리랑을 자주 부른다. 서양 사람들은 좀 과하게 'Wonderful~ Beautiful~'하는데 아이고 좀 쑥스럽다. 내가 오카리나를 좋아하는 이유 중 하나는 이런 것이다. 워낙 소박하게 생긴 데다 누구나 쉽게 청할 수 있고 그에 쉽게 답할 수 있다는 점이다. 쉰 김에 더 쉬어가자며 멍을 때리며 앉아 있는데 얼마쯤 지나 또 다른 순례자 한 사람이 내게 가까이 와서 자신이 동영상을 찍고 싶다며 다시 한번 불러 달란다. 오~메에~ 이러다 졸지에 유튜브 스타가 되는 거 아닌가? 그런데 낯선 이들의 격려가 큰 힘이 되고 위로가 된다. 내가 이 길을 걷는 이유를 깨닫게 되어 그런 나를 마주하려고 나를 찾아 다시 순례길 위에 선다.

순례길 표시 말뚝이 끝도 없이 이어진다. 드디어 가리온 데 로스 콘데스(Carrion de los Condes)의 산타클라라 수도원(Monasterio de Santa Clara)과 주변 박물관과 카리온 시청이 나왔다. 산티아고까지 405킬로 사인을 보니 이곳까지가 전체 프랑스 카미노 길의 절반 위치인 거 같다. 오늘이 순례 16일 차이다.

산타마리아 수녀원에서 운영하는 순례자(Peregrinos) 알베르게(5유로)로 정했다. 이곳은 2017년에 정의당 심상정 님이 다녀가신 후 한국인들에게 유명해졌다. 수도원의 모니카 수녀님을 비롯하여 노래하는 수녀님과 순례자들도 참여하며 예배드린다. 당시 나도 우연히 스치듯 이 프로(채널은 생각나지 않음)를 본 기억이 있다. 당시 TV를 본 내 느낌은 낙선한 대한민국 대통령 후보로 나를 찾아 순례길에 선 심상정을 나타내는 연출이었다. 하지만 당시 이 수도원의 부엌에서 순례자들을 위한 한국식 상차림을 하는 모습이 퍽 인상적이었다. 신기하게도 그때 TV에서 봤던 모니카 수녀님이 지금 내 눈앞에 있다. 한국인 순례자 외에도 여러 나라에서 온 순례자들과 함께 와인 파티한다. 난 이들과 섞이지 않고 식당 구석에 앉아 안 본 척 보고 있는데 분위기도 좋다.

다국적 순례자들은 누구에게나 친절하겠지만 한국인에 대한 인상이 퍽 좋은 편이다. 순례자라면 누구나 친구가 될 수 있는 이곳에서 와인은 술이 아니다. 이 산티아고 순례길에 젊은 한국 사람이 많아서 왠지 뿌듯하다. 만나는 한국 젊은이마다 매우 예의 바르고 품행도 단정하여 서양 어른들이 유난히 좋아한다. 이 길을 완주하고 나면 살면서 느끼는 웬만한 역경은 쉬이 극복하리라는 생각이 들었다. 평소 내가 나이 들어가는 것이 싫어 본 적이 없는데 이 순간은 젊음이 부럽기도 하다. 이 순례길을 통해 내가 살아가는 이유를 알게 되고 어떻게 살 것인가? 그리고 나 자신을 온전히 마주할 용기가 필요하다. 젊은 나이에 그걸 깨닫는다면 분명히 축복받은 인생이다. 자기 삶의 무게를 지고 걸어가야 하는 순례길은 이래서 보통 여행과 다른 점이다.

나의 순례 결과는 시속 4.1킬로로 걸었다. 종일 26.5킬로 걸었는데 왜 그리 힘들었을까? 8시간 40분을 걸으면서 제대로 먹지도 못하고 편히 쉬지도 못한 이유도 있지만 곧 나올 것 같으면서 쉬이 잡히지 않은 평지의 메세타 직선 도로 길이라서 더욱 힘이 들지 않았나 싶다. 200킬로에 달하는 메세타 구간이 주는 압박은 크다.

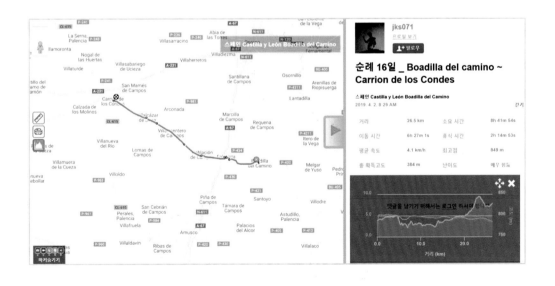

산타마리아 수도원에서 운영하는 '카리온 순례자 알베르게.'

아침 7:30분. 알베르게 앞 케이크 가게에서 아침 식사 대용할 치즈케이크를 샀다. 삼시 세끼를 꼬박 챙겨 먹어야 하는 내가 어제처럼 아무것도 없는 허허벌판을 굶주려가며 걷고 싶은 생각은 없다. 멀리 16~17세기에 지어진 벨렌교회(de Belen)가 보이고 긴 다리 아래로 흐르는 카리온 강을 넘어 걷기가 시작된다. 산 소일로 수도원 (Monasterio de San Zoilo)의 웅장한 입구가 나타나 사진 한 장 찍고 다시 걷는다.

이곳은 로마 시대부터 있었다는 로마길 칼사다 로마나의 시작점이다. 조가비가 새겨진 돌비석을 보니 사하군(사아군, Sahagun)이 멀지 않다. 지평선 끝 너머에 검은 구름이 떠오르는 해를 가려서 제법 싸늘하다. 걸어도 걸어도 아침을 먹을만한 바나 식당이 나타나지 않는다. 아스팔트가 끝나고 단단한 흙길 위에 자잘한 자갈들이 발바닥을 아프게 한다. 눈앞 풍경이 잔잔한 여유를 준다. 초록 풀잎이 찬 서리에 젖어 있지만 그대로 앉아 치즈케이크와 홍차를 마셨다. 이 홍차는 아침 숙소 출발 전에 다리 장애가 있는 순례 여인이 "Sunny~~"라 부르면서 일부러 챙겨준 그녀의 마음이다. 말은 서로 통하지 않으나 맘은 통할 수 있다.

끝없이 이어지는 순례길에서 이런 맘이면 안 되는데 맘도 눈앞의 풍경도 검은 먹구름이 가득하다. 이동식 쉼터라도 있으리라 생각했는데 아니다. 17킬로를 걷고서야 카페가 있는 작은마을이 나타난다. 이 길은 내게 뭘 말하려는 것일까? 내 안의 인내심 보따리는 몇 개나 될까? 있는 대로 다 꺼내 놓아도 속세의 맘이 그대로 드러난다.

칼자딜라 쿠에사(Calzadilla de la Cueza) 입구에 볏단(공룡알?) 장식이 그나마 날 위로하듯 웃게 해 준다. 노란 화살표와 함께 저기 볏단은 마을 사람들이 순례자에게 보내는 환영 인사다. 공립 알베르게가 있는 바에서 점심으로 모처럼 튀긴 닭 다리와 날개, 그리고 빵과 주스를 먹었다. 이 정도는 먹어줘야 뭘 먹은 것 같다. 흰색과 붉은 색의 튤립이 너무 쌕쌕하여 마치 조화 같다. 다시 어제와 같은 망망 대지의 끝없는 길이 이어진다. 해는 떴지만, 눈앞에 검은 구름이 가득하다. 곧 비가 올 것 같다는 생각과 동시에 우박이 내린다. 체온 유지를 위해 비옷을 챙겨 입고 계속 걷는다. 난 비포장 길을 걷는데 바로 옆 포장길 위에 장애녀가 홀로 걷고 있어 힘찬 박수로 그녀를 응원한다. 아침에 내게 홍차를 준 순례자다. 그녀는 어떤 마음에서 쉽지 않은 이 순례길에 걸을 생각을 했을까? 무슨 사연이 있을까? 산티아고까지 374킬로 남은 Ledigos 마을에 도착했다. 차도 위에서는 홀로 걷더니 마을 안으로 들어오면서 동행이 되어 내기분이 환해진다. 휴식은 다른 순례자들과 좀 떨어진 카페에 앉았다. 맘 같아선 함께차를 마시고 싶지만 선 듯 말을 못 건네고 홀로 앉아 카페콘라체를 마신다. 실내엔 순례자라기보다는 동네 사람들이 주로 많다. 내가 너무 자주 쉬어가는 건 아닌가 싶지만쉴 수 있을 때 언제든 쉬어가고 싶다. 순례는 다른 사람들과 발맞춰 걷는 것도 좋지만자신의 컨디션이나 몸 상태에 맞춰 걷는 길이다.

길고 긴 평온을 지나 드디어 목적지 Terradillos de los Templarios 알베르게 안내 간판이다. 마을 안에는 기사단 십자가를 안고 있는 철판 조각상도 보인다. 이곳은 첫 십자군 전쟁 이후 1118년 템플 기사단이 이끄는 9명의 프랑스 기사들이 세운 기독교군사단이다. 최초의 목적은 정복 후 예루살렘으로 순례를 한 그리스도인들의 생명을 보호하는 것이란다. 2차 십자군 원정으로 유대인 대학살을 자행했던 몹쓸 놈의 전쟁이다. 1291년까지 인류 역사상 195년간 최장기전의 실패한 전쟁이다. 그동안 내가 잘못 알고 있었던 십자군. 좀 더 자세하게 알아볼 필요가 있다. 그 전설로 언덕꼭대기에 황금알을 낳는 닭의 매장 장소로 유명하다. 테라딜로스는 황금알 암탉의 전설로 엄청난 양의 금 제조 등과 관련이 있는 사연이 있는 곳이다.

교회 앞에 앉은 순례자. 그의 모습에서 언뜻 나의 모습이 비친다. 그대로 한 폭의 그림이 된다. 숙소에 들어서 쉴 수도 있겠지만 그대로 길 위에 머물고 싶은 그 맘을 알 것 같다. 저 사람이 저 자리에 있지 않았다면 내가 저 자리에 머물렀을 거 같다.

내가 오늘 선택한 알베르게는 Jacques de Molay로 침대당 5유로다. 실내 화덕인 페치카 연통에 기사단 십자가 마크가 새겨져 있다. 진열된 소품 장식도 아름답고 친절하고 상냥한 주인의 안내에 따라 순례자메뉴를 선택했다. 바게트, 갈릭 수프와 채소 샐러드와 감자튀김, 송어구이, 오렌지와 요플레로 저녁 식사했다. 밥은 없지만 추천할 만하다. 그런데 순례 첫날부터 내 시선을 끌었지만 한 마디도 서로 묻고 답하지는 않았던 남녀가 있다. 두 남녀는 뭔지 모르게 깊고 슬픈 눈매와 순수함이 가득한 인상을 줬다. 아마도 인도(?)사람인 듯한데 이곳에서 다시 보다니 내심 반가웠다. 그녀도 날 보더니 싱긋 웃는다. 그들은 순례자이면서 가는 곳마다 알베르게의 일을 돕고 무료 숙식하는 듯 보였다. 내가 그렇게 본 이유는 순례자들이 사용하고 난 후 부엌을 청소하고 정리한다. 둘이면서 침대를 하나만 쓴다거나 어떨 땐 침대가 아닌 홀에서 지내기도 한다. 이곳에서 수다쟁이 프랑스 할머니도 만났다. 순례길에선 누구나 동행이 되고 만나고 헤어짐의 연속이다.

아침 8시 30분에 기록 시작하여 26.5킬로, 8시간 40분 소요. 속도가 시간당 4.2킬로가 됐다. 며칠 전만 해도 시간당 3.7~8킬로인데 언제부턴가 속도가 붙었다. 물론 평지긴 하지만 어느 정도 몸에도 익숙해졌다. 순례 전에는 날마다 20킬로 이상씩 연일 걷는다는 걸 상상도 못 했는데 실제로 걷다 보니 이게 된다는 것이 신기하다. 시작이 반이 아니라 실제 반 정도 온 거 같은데 과연 내가 이 길을 완주할 수 있을까? 맘만은 중무장이니 육체적 건강에만 이상이 없기를 바랄 뿐이다. 성 야고보의 순례길을 걸으며 새로운 삶을 만들기 위한 도전이 되게 하자. 나도 할 수 있다는 신념으로.

알베르게에서 바게트와 카페콘라체 3유로, 주스 추가하여 조식 후 출발한다. 압력솥 빙빙 돌아가며 쌀 익는 냄새부터 칼칼하게 입맛 돋우는 김치까지 집밥이 그립다. 마을 끝에서 8:05분 일출을 만났다. 낸시 여사의 책 산티아고 순례 이야기 295쪽을 보면 '카미노에서 순례자는 오전에는 자기 그림자를 따라 걷는다. 정오에는 그림자를 밟고, 오후에는 뒤로 끌며 걷는다. 그러다 해가 지면 일과가 끝난다.' 했다. 매우 현실적인 표현인데 여기에 내가 덧붙이고 싶은 말은 '순례자여~~ 가끔 뒤를 돌아보자.' 서쪽에서 동쪽을 향하는 프랑스 길 순례 중 특히 오전에는 앞으로만 걸어갈 것이 아니라 가끔 뒤를 돌아볼 필요가 있다. 길가 초록의 밀밭에 하얀 성애가 한가득이다. 길 끄트머리에 오늘의 태양이 서서히 떠오른다. 난 놓치고 싶지 않아 아예 뒤로 걷기를 한다. 매번 느끼고 싶은 순간을 만나니 기분이 상쾌하다. 날마다 이렇게 새 태양의 온기를 받으며 순례를 시작하고 싶다. 내 앞에 선 배낭 주인과는 한 번도 말을 붙인 적은 없지만, 본의 아니게 졸졸 따라다녔던 아저씨다. " 어이~~~ 여보시게~~"

프랑스 길 순례 중   '가끔 뒤를 돌아보자.'

　얼마쯤 걸었을까? 모라티노스(Moratinos) 팻말이다. 작은마을 전체에 와인 저장고와 양조장(Las bodegas de Moratinos)이 있다. 야트막한 언덕에 저장고 안으로 들어가는 문만 있는데 집마다 특색있게 지어져 있다. 순례 중 첫날부터 함께한 프랑스 할아버지의 뒷모습이다. 웬만해서는 말도 걸지 않는데 할아버지는 내게 "Madame~~ "하며 부드러운 미소로 먼저 가라며 길을 내주신다. 뒤뚱대며 뚜벅뚜벅 잘도 걷는 할아버지를 보며 그냥 지나치면 아쉬울 것 같아 기념사진을 함께 했다. 달콤한 사탕 하나라도 나누고 싶은 맘에 사시는 날까지 건강하시기를 염원했다. 프랑스 사람들은 이웃동네 들르듯 집에서부터 산티아고 순례길을 나선다. 그만큼 연로하신 프랑스 할머니 할아버지들이 많고 혼자서 묵묵히 다닌다. 뭔가 그리움이 가득한 표정. 왠지 저 할아버지 가슴속에 할머니가 영원히 살아 계실 것 같다.

작은마을 산 니콜라스 델 레알 카미노(San Nicolas del Real Camino) 안으로 들어서니 산 니콜라스 오비스포 교회다. 이 교회에서는 매년 9월 셋째 주에 산 니콜라스를 기념하는 축제가 열린다. 교회 앞 그늘진 벤치에 앉아 휴식을 취한 뒤 또 걷는다.

아주 작은 중세교회와 다리를 넘어 들판에 우뚝 선 두 개의 기둥이 보인다. 분명히 무슨 의미의 입상일 텐데 따로 설명글은 없다. 곡식과 포도 넝쿨, 그 안에 두 사람의 입상이다. 그 옆에 CAMINO DE SANTIAGO라 적혀 있다. 11시 넘어 사아군 초입에 로봇 형상의 순례자 입상 앞에서 사진을 찍고 휴식 시간을 가졌다. 마을 입구 Calzada del Coto에서 목적지 사아군까지는 아직도 5킬로를 더 가야 한다.

드디어 사아군(Sahagun) 팻말이 보이고 사아군의 거리엔 정교한 벽화가 시선을 끈다. 한 눈에도 유서 깊은 중세도시로 유적들도 다양하다. 이 도시는 13~16세기의 이슬람 양식의 영향을 받아 무데하르(Mudejar) 스타일의 건축물로 가장 오래된 몇 가지

가 있다. 산후안 성당. 산로렌스 성당. 트리니나드 성당. 시청사. 산티르소 성당. 산
베니토 아치문, 등등 사아군 역시 그냥 지나칠 수 없는 도시다.

❶ 아치 오브 산 베니토(Arch of San Benito)와 ❷ 무너질 듯 아슬하게 서 있는
산 파쿤도와 산 프리미티보 수도원(Ruinas Monasterio de San Facundo y San
primitivo), ❸ 아치형 창이 여러 개 있는 산티르소 성당(Iglesia de San Tirso)에는
작은 모형으로 만들어 놓은 미니어처와 성상들도 볼만하다. 멕시코 여행에서 봤던 ❹
'검은 피부의 마리아 과달루페'를 이곳 성당에서도 볼 수 있었다. 스페인의 신대륙 정
복자들이 멕시코 원주민의 선교 복음화에 얼마나 신경을 썼는지 보여주는 대목이다.

프레이 베르나르디노(Bernardino)는 1499년에 사아군에서 태어났으며 가톨릭 복음화에 참여한 프란치스코 신부이자 개척자이다. 그는 1529년에 멕시코(뉴 스페인)로 건너가 아즈텍 문화와 역사를 공부하여 최초의 인류학자가 되었다. 멕시코에도 그의 이름을 딴 '사아군'이라는 도시가 있다. 동명이인인지 모르겠지만 내가 아는 스페인 사람이라면 스페인 측에서는 개척자이지만 멕시코 측에서 보면 침입자다. 중세 종교개혁과 예수회에 대해서는 기회 될 때 다시 언급하고 싶다. 그리고 15~6세기 대항해의 지도와 탐험가들에 대해서도 궁금한 게 많다. 정신없이 유적들을 찾아다니다 보니 이렇게 저렇게 시간이 훌쩍 넘어가 버린다.

엘 부르고 라네로(El Burgo Ranero)까지 오후에 걸어야 할 거리를 목표대로 하기 어려운 상황이 됐다. 일단 점심을 먹고 생각해보자. 점심을 먹으려 메인 광장에 있는 레스토랑 루이스에 들어갔다. 나와 함께 걷던 동행인은 완두콩 수프와 깔라마레스(Calamares, 오징어튀김) 16유로. 난 순례자메뉴인 파스타와 비프스테이크로 9유로 주문했다. 후식 아이스크림과 치즈케이크. 와인 대신 맥주는 서비스란다. 내 느낌엔 순례자 식사가 더 좋아 보인다. 어쩌면 순례자에게 이런 특혜가 있다. 식사 후 엘 부르고 라레로로 가는 방법을 레스토랑 직원에게 물었더니 가는 시간과 방법을 검색까지 해서 알려준다. 더욱 확실하게 안내받으려면 건너편 시청에 들어가 물어보란다.

시청 여직원은 엘 부르고 라네로 행 버스는 이미 끊겼고 기차로 이동하는 것을 권유한다. 그리고 사아군역 가는 길을 알려준다. 메인 광장에서 큰길로 계속 걸어오니 아담한 사아군역이 나왔다. 역 안으로 들어서니 조용하기만 하다. 씨에스타 시간(14시부터 16시까지)으로 역무원은 4시에 나온다고 메모가 놓여 있다. 동네를 한 바퀴 더 둘러보고 역 바닥에 매트를 깔고 누어 휴식 시간을 보냈다. 쉴 때는 확실하게 쉬자. 라네로 가는 트램의 종착지는 레온 행으로 오후 5:43분에 있다. 점프할까 말까 갈등이 생기지만 카스티야 메세타 평온을 걷는 것에 지쳤으니 찬스라 생각하자. 엘 부르고 라레로까지가 아닌 만시야를 건너뛰고 레온까지 점프하자. 맘 변할까 싶어 역무원이 나오자마자 매표했다. 드디어 순례길에서 나에게도 반나절 첫 점프가 기록된다.

16:40경 기차는 11유로로 35분 소요되며 직행이다. 시간 여유가 있으니 시내 한 바퀴 더 돌아볼 맘이라면 다음 기차도 있다. 완행 17:43분 출발하여 18:25분 레온에 도착하는 표는 6.30유로다. 소요 시간은 42분으로 7분 차이가 나지만 가격은 60% 정도다. 첫 점프라는 여유인지 가격도 싼 완행을 선택했다. 내가 탄 기차가 엘 부르고 라네로역을 지나간다. 순례하지 못한 아쉬움도 있으나 점프가 탁월한 결정이라고 생각하자. 이렇게 순간의 결정이 여행 전체를 좌우한다. 레온까지 점프는 하루 반나절의 순례길을 단축한 것이다. 이대로라면 레온에 머물 시간도 벌고 산티아고 이후 포르투갈 여행 시간도 하루는 남긴 셈이 된다. 이럴 땐 순례자라기보다는 평소대로 여행자가 된다. 기온이 차가워진다. 세 개의 기차역을 지나 레온에 도착한 시간이 6:28분이다.

공립 알베르게를 알아보려고 역 내에 있는 경찰에게 Hospederia Monastica Pax이 어디쯤 있느냐 물었다. 역에서 나와 오른쪽으로 돌아 성당의 첨탑이 보이는 곳을 가리키며 그곳에서 다시 물어보란다. 경찰이 말한 첨탑은 레온 대성당이다. 지금 내가 찾는 건 대성당이 아니라 오늘 밤 머물러 잠잘 곳 공립 알베르게다. 시티투어를 하는 꼬마 자동차 앞에서 기사에게 물으니 잘 모르겠다며 레온 시티맵을 하나 준다. 가는 비가 오기 시작한다. 비옷이 비바람을 막아주고 보온 유지까지 한다. 걷다 보니 카미노 노란 화살표가 눈에 띈다. 화살표 따라 걸으면 알베르게가 나오려니 하며 빠른 걸음으로 걸었다. 그런데 내가 노란 화살표를 따라 걸은 건 이곳 레온에서 다음 순례길로 빠져나가는 길이었다. 휴~우~ 맥이 풀린다. 다시 뒤돌아 걸어 보지만 아무래도 못 찾겠다 싶어 어느 관공서 안으로 들어섰는데 고등학교였다. 서무실에서 세 사람이 함께 찾아주는데 참 지극정성이다. 인쇄해서 재편집하여 컬러 펜으로 길 표시한다.

근처다 싶을 때 내 눈에 다시 노란 화살표가 보인다. 화살표의 역방향을 찾아 들어가면 될 거 같은 생각이 번쩍 든다. '난 참 똑똑해'라고 주문을 건다. 화살표 따라 공립 알베르게에 도착한 시간이 저녁 7:46분이다. 결국은 한 시간 20여 분을 걸은 것이다. 하지만 배낭을 짊어진 카미노에게 친절을 베풀 줄 아는 레온 시민들을 만났다. 이들에게서 순례자가 어떤 존재인지 대충 짐작이 간다. 이렇게 돌고 돌다 보니 레온 시내 구경까지 해서 대충 지리가 파악됐다. 한 시간 넘게 알베르게를 찾으면서 적당한 호텔에 들어갈까 하는 맘이 여러 번 들었다. 하지만 결국 찾던 공립 알베르게에 잘 도착해 1베드 5유로와 시트커버 1유로로 오늘 밤 머물 곳이 결정됐다.

그런데 예상과 달리 대도시인 레온의 애써 찾은 알베르게가 베드버그(이나 벼룩)가 나올 것 같은 꿉꿉함이 있다. 땀 냄새와 파스 냄새, 훈기가 실내에 가득하다. 너무 지친 탓인지 피곤하기만 하고 그다지 배고프지 않아 저녁 식사도 안 하고 그냥 자려다 깼다. 아무리 힘들어도 다음 날을 위하고 소중한 내 발을 위해 바*린 듬뿍 바르고 다시 잠자리에 든다. 밥은 못 먹고 자도 발은 지켜야 할 것 같은 ㅎ.ㅎ;

그런데 문제는 엉뚱한 곳에서 생겼다. 밤새 무슨 일이…… 내 힘으로 어찌할 수 없는 일이 일어났다 할지라도 이만하길 다행이다 싶을 땐 감사하게 된다. (할 말 잃음)

레온 산타마리아 대성당(Catedral de Santa Maria de Leon)

배가 고파서 자다가 일어났다. 한밤중에 뭘 사러 갈 수도 없어 부엌에 있는 무료 음식인 바게트를 먹는 시늉 하듯 아주 조금 먹었다. 그게 배탈이 생길 줄 어찌 알았겠는가. 거의 밤잠을 못 자고 화장실을 들락거렸다. 아침이 되어서야 동행인이 준 지사제를 먹고 진정이 됐으나 온몸에 힘이 없고 춥다. 이런 내 속도 모르고 내 앞에 앉은 청년은 내게 자신의 아침 식사와 점심때 먹을 도시락을 준비한다면서 아주 열심히 채소를 넣은 샌드위치 빵을 만든다. 내가 호텔 검색하려고 폰을 들자 신이 난 청년은 포즈까지 취한다. 청년의 사진을 찍으려는 건 아닌데 ㅎ.ㅎ 거참 명랑한 청년이다.

아침도 못 먹고 걸을 기운도 없어 주변 호텔 폭풍 검색했다. 이곳을 찾을 때 알고 있던 Hospederia Monastica Pax로 검색하니 지금 머무는 공립 알베르게의 아래층이다. 배낭을 챙겨 호텔에 들어서면서 오후 2시에 체크인을 해야 한다면 어쩌나 걱정됐다. 리셉션 여인과 영어 소통이 가능했고 아주 친절하게 체크인해 바로 침실에 누울 수 있었다. 알베르게는 1박 5유로인데 이 호텔은 85유로다. 순례자에게 무시할 수 없는 가격 차이지만 바로 입실을 할 수 있었다는 것만으로도 감사할 일이다.

 오전 내내 적절한 휴식으로 배고픔이 느껴지는 걸 보니 뱃속도 안정된듯하다. 엎어진 김에 쉬어간다고 레온에서 하루 정도 머물 예정도 있었지만, 숙소를 깨끗하고 조용한 호텔로 옮기기를 정말 잘했다. 어쩌다 보니 순례길 중 대도시 로그로뇨, 부르고스, 레온까지 원하는 만큼 머물다 가게 됐다. 구시가지에 묵고 있는 호텔 주변 검색하니 다행히 호텔에서 10분 이내의 거리에 볼 것들이 집중되어 있다. 들어갈 땐 알베르게와 연결된 뒷문으로 들었는데 나올 땐 호텔 정문으로 나왔다. 호텔 앞에 아주 넓은 광장이다. 다시 찾아오려면 지리적 위치 파악은 필수다.

 빈 뱃속 상태로 먼저 레온주 중앙부에 있는 레온 산타마리아 대성당(Catedral de Santa Maria de Leon)에 갔다. 성당 전면은 보수 중인 듯 덮여 있다. 입구를 찾아 순례자 입장료(6유로)를 내면 오디오 가이드를 준다. 이곳은 로마제국이 에스파냐(=스페인)를 지배하던 2세기경에 로마인들의 대규모 목욕탕 자리이다. 에스파냐 건축가 엔리케(Enrique)가 1205년에 처음 건축을 시작한 이래 거의 400년이 지난 16세기 후반에 완성한 대규모 성당이다. 성당 내부로 들어서면 언뜻 봐도 심상치 않은 정면 대리석 조각과 유명한 수평 파이프 오르간과 섬세한 흑단의 목조 성가대 단상이 압도적이다. 성가대석도 정교하게 제작한 예술품으로 스페인에서 가장 오래된 성가대석 중 하나로 1844년에 스페인 정부가 중요 문화유산으로 지정했다.

　부르고스에 비하면 규모가 작으나 레온 대성당은 오늘날까지 13세기 고딕 양식의 건축물 가운데 걸작품 유리화로 손꼽힌다. 사방에는 화려한 스테인드글라스가 보는 이를 압도한다. 이 성당의 스테인드글라스는 가장 광범위하고 보관이 잘된 것으로 '유리화를 통해 신비로운 빛이 들어오는 집(Pulchra Leonina)'이라는 표현이 걸맞다. 웅장한 규모의 성당 내벽은 3단 이상으로 다양한 문양의 스테인드글라스로 장식되었다. 120여 개의 창문, 3개의 장미 문양 창문 중 정면은 공사 중으로 포장되어 볼 수 없으나 양쪽 두 개는 잘 볼 수 있다. 세 개 세트로 57개의 둥근 창문 등은 매우 아름답다. 석재보다 유리가 더 많은 부분을 차지한다는 레온 대성당이다. 이 창문들에 사용한 유리는 모두 13세기에 제작한 것이라니 더욱 놀라웠다. 화려함의 극치를 이루는 스테인드글라스는 누구의 말처럼 뭐라 표현할 방법이 없다. 문양 하나하나가 뭔가 의미가 있을 텐데 신화에 나오는 야수나 식물의 문양, 또는 성인의 일화나 성서 이야기일 거라는 추측 외엔 아는 것이 없어 안타깝다. 맞다. 유리화는 눈으로 보는 성경이다.

빛의 집 유리화 _ 레온 산타마리아 대성당(Pulchra Leonina)

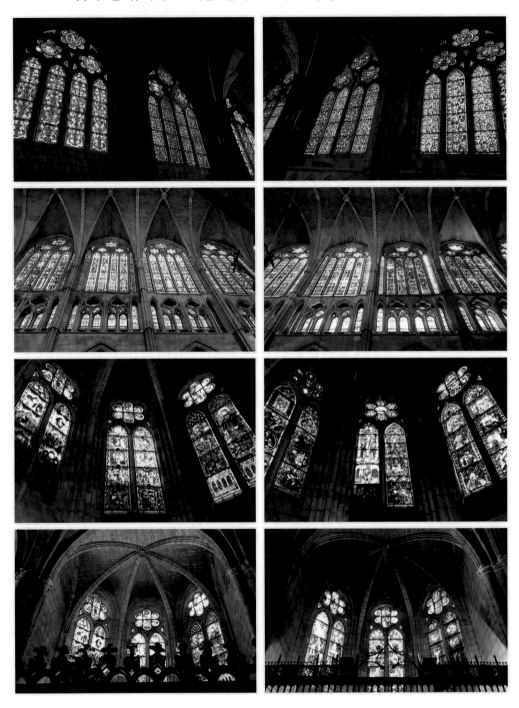

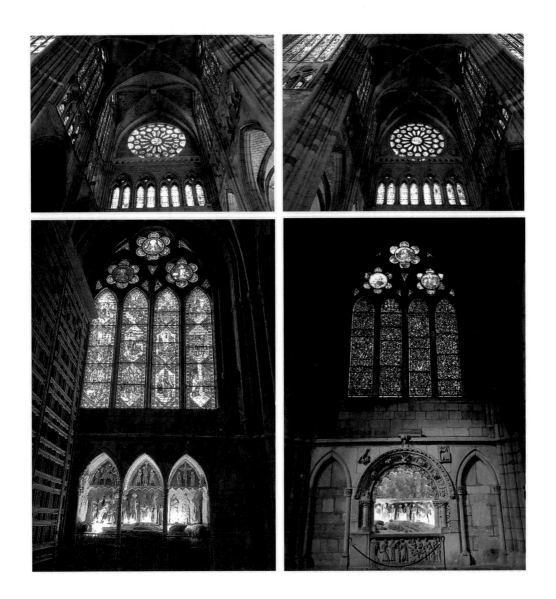

　양쪽 끝에 2개의 거대한 탑이 세워져 있는 성당 앞면에는 아치형의 대형 출입문 3개가 나란히 자리 잡고 있으며 각 각의 문 윗부분은 수많은 정교한 조각으로 장식되어 있다. 너무 거해 사진 찍기도 쉽지 않다. 성당 밖으로 나오려는데 그때야 내 눈에 띈 성당에 관한 설명 책을 볼 수 있었다. 성당 안으로 들어서자마자 만나는 이 경계문 부분이 뭔가 심상치 않아 보였다. 역시나!!

들어설 때 이 책이 눈에 띄었다면 좀 더 잘 관찰할 수 있었을 텐데 아쉽다. 카페에 들어 따뜻한 차와 쿠키를 먹으며 레온 대성당을 설명한 책을 보며 좀 더 깊이 이해했다. 원서의 내용을 다 알면 얼마나 좋을까마는 미련을 버린다.

　다음은 가우디가 설계한 카사 보티네스(Casa Botines)로 향한다. 회색 고깔 모양의 지붕은 중세 성과 같은 모습이다. 광장 앞에 쓸쓸히 앉아 있는 가우디 조각상과 마주한 그의 저택에 들어선다. 입장료 8유로인데 시니어라니 할인되어 5유로에 입장했다. 관광 수입으로 현재 스페인을 먹여 살리는 가우디는 정말 대단한 사람이다. 며칠 전 부르고스 대성당에서 특별초대전인 그의 작품과 그에 관한 영상을 봤었다. 여기선 그가 직접 설계하고 살았던 집이 역사박물관 형태로 관람객을 받고 있다. 1층을 관람 후 전시실 한편의 작은 문 안으로 들어서면 2·3층까지 안내를 받아 관람할 수 있다. 둥근 모양의 발코니. 가우디 시대의 유화 전시관. 가우디가 직접 디자인한 오리지널 생활용품들. 나를 안내해주는 해설자에게서 무한한 긍지와 자부심이 느껴진다.

꿈의 건축가인 가우디의 저택인 카사 보티네스 관람까지 마치고 나니 배가 고프다. 레온 시내 둘러보다가 우연히 눈에 띈 할리우드 레스토랑. 늦은 점심으로 아메리칸 스타일의 레스토랑에 들어 입이 찢어지는 크기의 햄버거를 먹어볼까 했다. 하지만 사진 메뉴를 본 순간 그릴에 맛있게 구워진 폭립과 샐러드로 결정했다. 초코브라우니에 아이스크림까지 곁들인 후식. 일 년에 한 번 먹을까 말까 하는 메뉴의 식사다.

맛있는 걸 먹었다는 정신적 위로였을까? 전날 일어났던 뱃속 이상은 거짓말처럼 사라진다. 저녁과 다음날 먹을 푸짐한 장보기와 레온시를 대충 둘러본 거 같다는 생각이 들 때 갑자기 콩알만 한 우박이 쏟아진다. 4월 초순인데도 밤이 되면 기온이 뚝 떨어져 몹시 춥다. 현지인들의 복장을 보니 완전 겨울옷을 입었다. 산마르틴 광장과 레온 박물관 앞에서 La Negrilla 조각상에서 머문다. 레온 구 시청이 시차를 두고 색깔 조명에 빛나는 마요르 광장을 지나 호텔로 향한다.

꼬마 자동차 옆에 산티아고까지는 309킬로가 남았다는 표시가 눈에 띈다. 호텔 옆 성당에 들러 7시 미사에 참석했다. 스페인어를 알아듣지 못해 뭔지는 모르지만, 사도 신경과 주기도문을 외우고 나왔다. 뭔가 마음이 후련하고 홀가분해지는 이 기분을 어떻게 표현해야 할지.

원 없이 보낸 하루. 이런 여유의 시간도 없이 레온을 건너뛰었다면 당시엔 몰랐겠지만, 나중에 알게 되었을 때 얼마나 아쉬웠을까? 순례자 알베르게를 고집하는 것도 좋지만 기분전환을 위해 호텔 방에 하루 묵어가는 것도 좋겠다. 오늘처럼 나에게 깨끗하고 따뜻한 호텔 방이 있다는 사실이 너무 좋다. 호텔 방에 들어 바게트에 하몽과 치즈를 넣고 과일과 함께 먹는 저녁 식사로 하루를 마감한다. 이쯤 되니 어젯밤 배탈이 난 것도 감사할 일이 된다. 어느 히피 여행자가 '나는 순례자이지만 넌 관광객이야'라고 한들 어쩌랴. Buen camino~~~

레온에서 산티아고 데 콤포스텔라까지는 약 300킬로 남은 구간이다. 이곳에서 순례를 시작하는 사람들도 꽤 많다. 신구 시가지로 나뉘어 있어 과거와 현재가 공존하고 있는 도시다. 구시가지 레온 길바닥은 다른 도시와 달리 순례자를 상징하는 표시가 유난히 많다. 심지어 도로의 물 빠지는 구멍까지 발자국 표시가 되어 있다. 하지만 골목이 많아 레온 도심을 빠져나가기가 어렵다는 말에 조가비 문양과 노란 화살표를 놓치지 않으려 긴장했다.

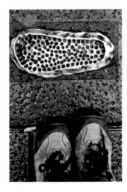  

좁은 골목을 지나다 광장이 보이고 기념 동상과 순례자상징들이 있다. 빠른 걸음으로 25분을 더 걷고 나서야 거리 측정과 소요 시간을 알려주는 앱을 켰다.

산마르코스 광장과 정원에 ❶ 페날바 십자가(la Cruz de Penalba)와 지친 순례자가 앉아 있다. 이 수도원은 12세기부터 순례자의 피난처로 병원 건물로 짓기 시작하여 우여곡절 끝에 산마르코스 수도원이 되었다. 보석처럼 아름다운 12세기의 르네상스식 건축물로 건축과 증축, 철거 복원 등을 반복해 스페인 르네상스 건축 중 가장 중요한 건축물이 됐다. 지금은 레온시에 헌납되어 1869년부터 호텔과 박물관으로 보수공사 중이다. 현재 ❷ 수도원은 파라도르 호텔로 개축 중이고 오른쪽엔 ❸ 산마르코스 박물관(Museo SAN MARCOS)으로 이용되고 있다.

오늘은 산마틴 델 카미노(SanMartin del Camino)로 간다. 베르네스가강(Rio Bernesga)을 건너는 다리를 넘었다. 도심을 빠져나와 도로 중앙선이 붉은 가로등인 마을에서 고가도로를 넘는다. 낮은 언덕에 환기 굴뚝이 있는 와인 저장고가 있는 마을로 들어서면서 본격적인 순례길이 시작된다. 49번지 담벼락에 내가 딱 갖고 싶은 타일 한 장을 만났다. 여행 끝에 이 타일을 여러 개 사고 싶어 찜해 두었다.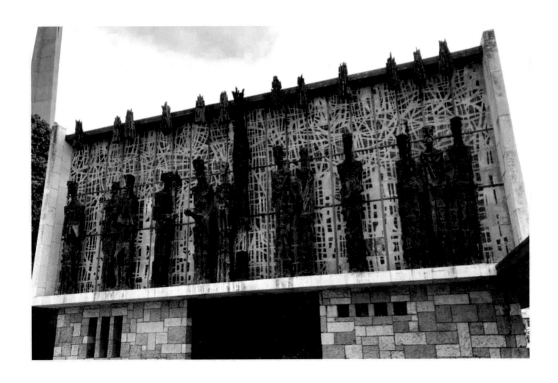

얼마쯤 걸었을까? 어느 교회 앞 철제문 장식이 특이하다. 돌아서 정문을 보니 좀 색다른 교회의 모습에 안으로 들어섰다. 16세기 성모가 출연했다는 SanTuario Vergen Del Camino. 1957년에서 1961년 사이 포르투갈의 건축가 프레이 코엘로 (Fray Coello)에 의해 지어졌다. 지금까지 봐 온 스페인의 중세 성당들과 달리 매우 현대적 느낌의 강단과 파이프 오르간. 옆면엔 창만 있고 강단과 마주 보는 뒷면(입구)에만 스테인드글라스가 있어 전체적으로 조화롭다. 성당 바깥 정면의 조각 작품은 Josep Maria Subirachs가 조각 장식대회에서 승리한 작품으로 6m 높이의 청동으로 만들어진 버진과 12 사도가 있다. 한 사람씩 조각을 살펴보면 신비한 느낌마저 든다. 이 부분이 현대적 감각의 스테인드글라스로 안쪽에서 보아도 아주 멋지다.

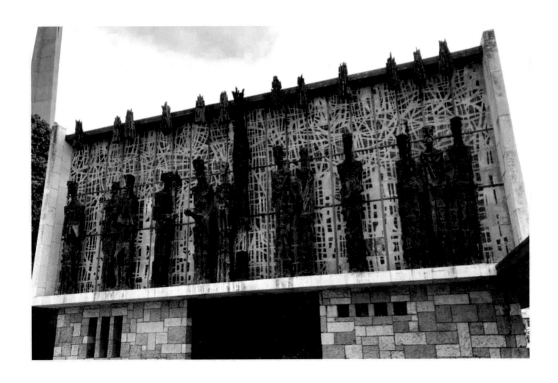

그동안 순례 중 중세의 성당만 보다가 갑자기 현대 건축물을 만나니 새롭고 반갑다. 입구부터 인상적인데 SEMANA SANTA 2019라는 안내 글로 2019년의 부활절 일정에 관한 내용이다. 제단 중앙에는 예수를 안고 있는 피에타 성모상이다. 내가 찍어 온 특이한 청동 문(Puerte de San Froilan)은 높이가 5m, 폭이 3m로 꽤나 큰데 자세히 보면 멋진 사람 형상의 조각이 새겨져 있다. 손잡이가 성상이고 손잡이 옆으로 SAN FROILAN 이라 새겨져 있고 그 옆에는 '처녀의 기쁨의 신비(?)가 드러났다'는데 성모상의 출현을 의미하는 듯. 이곳은 산 프로일란을 기리는 중요한 순례 중심지다. 매년 10월 5일이면 이 성소의 주변으로 San Froilan 축제가 열린다. 옆문에서 신부님이 나와 안내한 곳으로 들어가니 순례자 여권에 방문 스탬프를 찍어준다.

이곳에서 길을 건너면 Camino Alternetivo 갈림길 안내판이 나온다. 난 굵고 붉은 차도 N-120을 따라가는 오른쪽 길을 택했다. 차가 지나가는 도로 옆에 돌로 막아 놓은 작은 연못이 있는데 어디서 나오는지 물이 올라온다. 그 앞에 순례자 앞에 Fuente el Canin(캐닌 분수?)라고 쓰여 있다. 이곳이 무엇의 근원이라는 뜻인가? 맞다 나중에 알고 보니 아주 유명한 곳인데 특별한 설명은 없으니 정확하게는 알 수 없다. 분수를 배경으로 와인 저장고들이 늘어져 있다.

13킬로 걷고 지쳐갈 무렵 Colmado 마을 입구에서 만난 아주 작은 카페. 카페라기보다는 순례자를 위한 구멍가게처럼 보이는 아주 소박한 가게에 들었다. 싸늘한 아침 공기에 따뜻한 차 한 잔이 절실하게 필요하다. 수제 케이크가 눈앞에 들어온다. 하루 삼시 세끼 외의 것을 별로 먹지 않은 편이지만 부실한 아침 식사에 허전함이 생겼는지 달콤한 케이크가 먹고 싶다. 자기 아내가 손수 만든 거라며 자랑하는 주인장의 표정에서 아내에 대한 사랑과 자부심이 보인다. 뜻밖의 순례자 스탬프가 있다.

앞바람에 비까지 내리니 너무 춥다. 우박 구슬이 통통 튄다. 그저 내가 그토록 갈망하며 선택한 산티아고 순례길이라는 생각에 묵묵히 걷는다. 이런 뜻하지 않은 상황은 순례자에게 짐이 된다기보다 도전하는 소박한 기쁨이 된다. 길고 긴 옥수수밭을 지나 25킬로의 일일 한계가 왔다. 마을이 바로 눈앞이고 애써 걷고 있는데 계속 제자리에 서서 있는 것 같다. 표시의 기점 Trobajo에서 산티아고까지 298킬로가 남았다는 사인이다. 몸에서 땀이 차서 폰 렌즈에 하얀 김이 생겨 찍어놓은 사진들이 모두 흐릿하다. 어찌 내 기분까지 별로다. 지인이 알려준 격려의 주문 '여행자여 승리하리라!'를 왼다.

마을 입구에서 처음 나타난 알베르게가 여행기에서 추천하는 Vieira 알베르게다. 이 숙소는 4인실로 침대 하나에 8유로로 친절한 어머니와 딸 마리아가 운영하는 순례자 쉼터 같은 곳이다. 개방형 부엌에서 침샘을 자극하는 요리 중으로 순례자를 위한 저녁 식사가 10유로다. 내일 아침 식사를 4유로에 신청했다. 다른 순례자들과 함께 저녁도 먹고는 싶지만, 습관처럼 배낭에 남은 또르티아, 토마토와 귤이 있으니 흑맥주만 주문하여 간편 식사로 저녁을 해결했다.

저녁 식사를 하던 순례자들이 주인 모녀가 준비한 성찬에 엄지를 치켜세우며 극찬한다. 저녁을 순례자들과 함께 먹고 배낭의 음식을 다음 날 먹으면 좋았을걸. 그 이유는 이곳에 모인 순례자가 함께 먹자는 권유도 있고 매우 친절하고 표정도 밝아 동료애가 느껴졌기 때문이다. 게다가 어머니 여주인의 온화한 미소가 말없이 순례자를 위로한다. 그래서인지 다들 궂은 날씨에 힘든 길을 걸어왔을 텐데 표정들이 좋다. 이곳에서 만난 순례자들은 레온에서 시작한 건지 처음 본 얼굴로 쌩쌩한 표정이다. 나처럼 스무날을 넘긴 순례자와 초임자는 아우라가 다르다. 순례자 중 한국 사람들 빼고 동양인을 만나기는 어려운데 필리핀에서 왔다는 여인과 한방을 쓰게 됐다. 그러고 보니 처음부터 함께했던 일본인 가족이 부르고스부터 안 보인다.

우린 순례길에서 오며 가며 만나는 사람마다 "브엔 카미노(Buen camino)"라고 인사를 한다. '성 야고보의 길(Camino de Santiago)'을 줄여서 '카미노'라 부른다. 카미노(Camino)는 스페인어로 '길'이란 뜻이다. '산티아고(Santiago)'는 '성(Saint)과 '야고보(Diego)'의 합성어다. '이 길에 선 당신에게 야고보의 축복이 함께 하길' 이런 의미인 듯. 카미노를 하는 이유에 대해 누군가가 간단명료하게 정리해 둔 글이다.

동감하는 의미로 카미노를 하는 이유는
1. 동쪽에서 서쪽으로 땅끝까지 연결된 산티아고 길(프랑스길)은 유럽 전통·역사·예술·문화를 만나는 지름길.
2. 일상 속에서 누려왔던 많은 것들과 단절된 상태를 참고 견디며 여러 날 걷는 동안 몸이 자연과 교감하는 신비로운 경험.
3. 같은 길을 가는 모든 순례자와 인종, 문화, 언어, 종교, 나이를 뛰어넘어 친구.

비바람에 우박까지 섞여 절대 쉽지 않은 이 길을 걸으면서 이 순례길을 완주한다면 자신만이 느끼는 자부심과 만족감도 빼놓을 수 없을 것이다. 레온에서 빠져나오면서 긴장한 탓에 앱도 25분 늦게 열었다. 게다가 날씨가 그다지 좋지 못해 쉬어갈 상황도 안됐다. 훨씬 더 걸었지만, 기록 결과를 보니 약 26.5킬로를 6시간 30분 정도 걸었다. 그런데 휴식 시간은 고작 30여 분이다. 내가 오늘 얼마나 빠른 걸음으로 걸어 힘들었는지 앱을 보니 답이 나온다. Buen camino~~

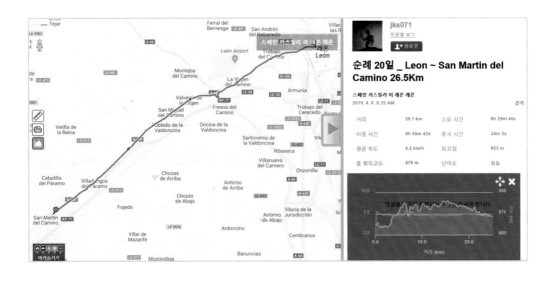

소문대로 Vieira 알베르게의 아침은 4유로로 가격 대비 내용이 너무 좋았다. 이곳에서 머문 순례자들은 식사 후 모두 양쪽 엄지를 치켜세운다. 과일까지 풍부하고 제공된 음식은 싸갈 수 있다기에 간식까지 챙겼다. 그녀의 식당 벽에는 대한민국 태극기가 펄럭이고 있다. 한국에서 소문이 아주 잘 났다는 내 말에 여주인은 매우 흐뭇해한다. 서로 고마워하며 부둥켜안고 기념사진을 찍었다. 출발 전 순례자들은 허벅지부터 발목까지 테이핑하거나 물집 제거 작업 중이다.

일행 중 서양 여인이 단체 사진을 찍자고 제안해 기꺼이 찍히고 오늘의 순례에 나선다. 낯선 얼굴들이라서 물으니 레온에서 순례를 시작한 사람들이었다. 나의 경우 순례 20일이 넘어가니 거의 무감각상태로 지금까지 물집 하나도 안 잡혔다는 사실에 스스로 놀랍다. 남들은 발톱도 빠지고 물집이 계속 생긴다는데 왜 난 이리 말짱하지? 중요한 건 미리 해 둔 발 마사지와 신발인 거 같다. 난 런닝화나 경량화를 신으려다 친구의 권유로 발바닥과 발을 보호하는 무거운 등산화를 신었다. 친구의 말을 듣길 잘했다. 내심 쓰리고 아픈 것을 나도 경험하고 싶은데 억지로는 이 또한 안 되는 일이다.

　순례자들은 혼자든 여럿이든 저녁에 모이고 아침에 흩어진다. 하룻밤을 함께 한 뒤 같은 방향과 목적지 임에도 각자 자기 길을 간다. 가족 또는 친구가 있거나 애인이 동행한다면 좋겠지만 없다고 한들 어쩌랴. 어제 나의 길동무가 다음 날엔 다른 사람의 길동무가 되기도 하고 어제 셋이 동행했어도 오늘 혼자 가지 말라는 법은 없다.

　오늘의 목적지는 아스토가(Astorga)다. 산마르틴 마을 안을 지나 고속도로 옆으로 난 직선 신작로 길을 12킬로쯤 걸어 지명으로 꽤 유명한 오르비고(Hospital de Orbigo) 마을 도착했다. 마을은 원래 예루살렘의 성 요한 기사단에 의해 설립된 병원 자리로 '오르비고의 병원'이다.

　다리를 건너기 전 뒤를 되돌아보니 오늘의 태양이 내 뒤통수에 있다. 하늘색이 참 예쁘다. 마을 안쪽으로 들어가려면 오르비고 강을 가로지르는데 19개의 아치가 연결된 한눈에 봐도 뭔가 있을 듯한 아름다운 다리다. 최근에 복원된 13세기 중세의 다리로 그전에 이곳은 456년 테오도리코의 지지자와 레키아리오의 사람들 사이에 충성을 보이기 위한 전투 장소였다. 세르반테스(Miguel de Cervantes Saavedra)의 돈키호테(Don Quixote)의 모티브가 된 역사적인 다리로 스페인에서 가장 오래된 중세의 다리 중 하나다. 이 다리에서 전해오는 전설이 있다. 1434년에 돈 수에로(Don Suero) 기사가 자신의 사랑을 증명하기 위해 한 달 동안 300개의 창을 부러뜨리고 수백 명(?)의 기사와 토너먼트로 싸웠다는 전설의 다리다. 24년 후 Don Suero는 토너먼트에서 이겼던 기사 Gutierre de Quijada에 의해 사망했다. 이를 기념하기 위해 매년 6월 첫 번째 주말에 기념 축제가 열린단다.

중세의 다리라 하기엔 너무나 깨끗하게 잘 정돈된 멋진 풍경을 보여주는데 그건 19세기 나폴레옹의 침략을 저지하기 위해 다리의 양쪽 끝을 파괴하여 진군을 늦추었단다. 실재 다리의 모습은 이어붙인 흔적과 표시가 원통 돌기둥에 고스란히 새겨있다.

넓은 농로를 지나 2킬로를 걸어 또 다른 '비아레스 데 오르비고'가 나온다. 아직 메세타 평온 지역으로 계속 새로 만들어진 흙길을 하염없이 걷는다. 오늘 목적지 아스토가까지가 메세타 지역이라니 이후 이런 망망 대지는 없으리라. 누군가가 만들어 놓은 돌 화살표와 커다란 돌에 '대한민국 국기와 오~ 필승 코리아' 사인이 있다. 나는 화살의 날개에 있던 필승 코리아 돌을 가운데 화살촉이 되게 옮겨 두고 다시 걷는다.

다음은 산티바네즈 데 발데이글레시아스(Santibanez de Valdeiglesias) 마을이다. 골목에서 만난 동키밴!! 괜히 반갑다. 순례자들의 무거운 배낭을 다음 목적지까지 배달해 주는 고마운 서비스 차다. 이동 거리가 멀다거나 전날 장을 봐서 배낭이 무겁다거나 순례길이 오르막과 내리막이 많을 땐 나도 가끔 이용한다. 어떨 땐 동키 서비스를 이용할 두 순례자가 합의하여 한 개의 배낭에 모아 맡기고 남은 한 개엔 순례 중 딱 필요한 것만 챙기기도 한다. 동키 서비스 비용이 한 번 이용 시 무게와는 상관없고 지역에 따라 5~8유로다. 그다지 비싼 것은 아니지만 절약할 수 있다면 이런 방법도 추천할만하다. 어떤 순례자는 일부러 무거운 배낭을 메고 다닌다고 한다. 하지만 난 굳이 20킬로도 넘는 배낭을 꾸역꾸역 등에 지고 다녀야 순례가 된다는 강박에서 벗어날 필요가 있다고 생각한다. 누구에게나 걷는 순간의 순례가 고통이 아니길 바랄 뿐이다. 걷기에 지쳐갈 즈음 순간 긴장감이 도는 장면이 나왔다. 선 채로 꼼짝하지 않은 히피 스타일의 남자 마네킹과 십자가가 멀리서도 눈에 띈다. 이곳을 지나는 순례자의 말에 의하면 이 장소는 중국계 미국인이 살해된 장소로 도난과 위험이 있는 소문의 길이다. 알아서 조심하라는 의미이니 머물기보다는 얼른 스쳐 지나간다. 순례자가 많이 있는 시기라면 몰라도 사방 둘러봐도 인적이 없어 긴장되는 곳이다. 솔직히 이럴 땐 강심장이라도 등골이 오싹한다.

　카미노 노란 화살표를 따라 오르막 이어 내리막 자갈길이다. 하트 문양과 간판이 있고 돌 소용돌이 문양도 있다. 쉬어갈까 하는 맘도 없지 않으나 먼저 와서 쉬고 있는 사람들이 있어 망설인다. 누군가 쉬면서 애써 만들어 놓은 화살표 위에 돌 하나를 더 얹는다. 뭔가 느낌이 야릇한 히피 스타일 가게 앞을 역시 그냥 지나간다.

"Sitio" Tengo Sed. Autor Sendo

　소나무 숲길이 계속 이어지고 휴식할만한 장소가 나온다. 목적지 아스토가를 전망하는 산토 토리비오 십자가(Cruceiro de Santo Toribio) 이후 내리막이고 조롱박의 물을 마시는 순례 기념상이 나온다. 그의 발아래엔 "Sitio" (Tengo Sed) Autor Sendo 라고 적혀 있다. 목이 마른 순례자에게 마실 물을 제공한다는 의미인 듯.

　힘들어 죽을 지경인데 철로길 위로 지그재그로 넘어가야 하는 입체 육교가 나온다. 이런 육교를 본 적도 들은 적도 없다. 계단이 아닌 경사로인 것은 장애인용 건널목이다. 차단기 하나 있으면 5초 만에 건널 곳을 육교를 따라가란다. 고개를 숙이고 한발 두발 걸으니 5분이 족히 걸려 마치 나를 시험하는 거 같다. 여기서 다시 아스토가(Astorga) 마을까지 또 저기만치 있다. 아이고~~~ 마을이 보여도 3~4킬로는 걸어야 함을 알고는 있었으나 입에서 쓴 물과 함께 절로 한숨이 나온다.

　가는 빗속에 알베르게를 찾는데 내 앞을 지나는 남자가 바로 앞의 알베르게를 추천한다. 책에서 봤던 알베르게가 어디냐 물었는데 자신의 팔을 열어 보이며 그곳에 베드버그(이나 벼룩)가 있다며 가지 말란다. 남들의 여행기를 보면서 베드버그에 물린 자국 사진을 본 적이 있다. 한쪽 팔, 한쪽 다리에 백 방, 이백 방의 붉은 자국들은 소름 끼칠 정도였다. 하지만 난 아직 베드버그를 경험하지 않았다. 솔직히 긴가민가하지만 감사한 마음으로 행인의 안내된 곳에 들었다. 그런데 리셉션에 한국 청년이 앉아 있고 나보다 먼저 온 손님을 영어로 안내한다. 내 순서가 되어 무슨 사연이냐 물으니 휴가 기간이 남아 무보수봉사 중이란다. 한국의 젊은 청년이 이런 곳에서 훌륭한 일을 한다고 생각하니 그저 기특하고 반갑다. 청년의 장래까지 밝아 보인다. 반갑게 청년과 인사하고 1인당 5유로짜리 침대와 세탁과 건조가 각각 3유로씩으로 안내한다,

알베르게를 정하면서 한국말로 입소하기는 처음이다. 주변의 볼거리와 즐길 거리를 물으니 가우디 박물관을 안내한다. 장보기 하려고 시청 앞 에스파나 광장 주변의 마트에 들었다. 번쩍 눈에 띄는 돼지머리 편육을 보니 지나칠 수가 없어 다소 많은 양이지만 덥석 샀다. 유럽 초콜릿의 발상지인 아스토가의 명물 유명세 초콜릿도 샀다. 순례 중 기분전환을 위한 준비다. 빗속에 장보기를 먼저 한 후 가우디 건축물 성당 두 곳을 보려고 했으나 문 닫을 시간이란다. 산타마리아 대성당과 레온에서 봤던 가우디 박물관과 비슷하게 생겼다. 가우디 건축물 '주교의 궁전(Palacio Episcopal, 1889년 착공 1913년 완공)'과 대성당 박물관을 우중 모습만 감상했다. 내부가 몹시 궁금하긴 하지만 겉모습만으로도 안정감 있고 품위 있는 아름다운 건물이다.

가우디가 건축한 아스토가의
주교의 궁전(Palacio Episcopal)

아스토가 시청까지 둘러본 것을 끝으로 숙소에 돌아왔다. 알베르게의 식당 벽 한쪽 전체에 순례길 그림 약도가 그려져 있다. 이곳 아스토가는 프랑스 길과 남쪽 세비아에서 올라오는 '은의 길'의 교차점이다. 벽의 그림 약도를 사진 찍어 놓을 걸 폰이 충전 중이라 안 찍어 둔 것이 조금 아쉽다. 이곳에서 그동안 아껴둔 기내용 비빔밥 국산 참기름과 맛소금. 겨자소스를 꺼내 돼지머리 편육과 구운 마늘, 토마토와 오이를 곁들여 폭풍 흡입했다. 이땐 산미겔 맥주보다는 한국산 소주가 그립고 집에 두고 온 묵은지가 간절하다. 이렇게 낯선 곳에서 돼지머리 편육을 먹게 될 줄이야. 엉뚱한 곳에서 새로운 힘이 솟고 작은 것에서 감동한다. ㅎ.ㅎ 아침부터 7시간 걸어 24.6킬로 걸었다. 이중 한 시간 넘게 쉬었으니 내겐 아직도 힘든 순례다.

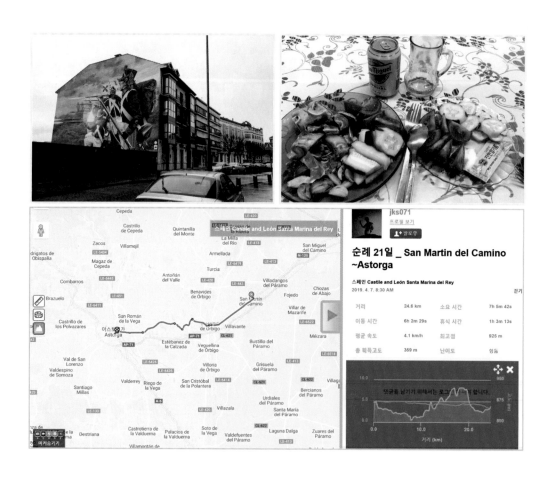

이른 아침 귀에 익은 멜로디 파송 음이 울려 퍼진다. 부엌 시설을 자유롭게 쓸 수 있는 알베르게에서 수프와 빵으로 아침 식사를 한 후 8:00 전에 순례를 시작한다. 목적지는 프랑스 길 중 가장 높이 있다는 폰세바돈(Foncebadon)이다. 거리도 만만치 않고 오르막길이 있다기에 동행한 순례자와 상의해 무거운 짐을 모아 큰 배낭을 동키 서비스를 이용한다. 폰세바돈까지 4유로로 이땐 굳이 등에 지고 힘들어할 게 아니라 동키 이용이 아주 현명한 결정이다.

어제 오후부터 비가 내린 탓인지 도시가 어쩜 이리 깨끗할까 싶었는데 시청 앞 광장에서 물 청소차가 쓸고 닦기를 이른 아침부터 한다. 작은마을이지만 크고 멋진 성당이 꽤 많다. 시청사 종 아래 시계와 두 인형이 눈길을 끈다. 정시에 뭔가 액션을 취할 것 같다. 뭔지 모를 사자와 독수리상의 기념탑. 스페인을 상징하는 음식인 하몽에 와인을 마시고 있는 벽화. 가우디가 디자인한 대성당과 박물관에 들러보고 싶으나 10:30분이 돼야 문을 연다. 레온에서 성당과 박물관을 봤으니 아쉬움을 남긴 채 발길을 재촉한다. 가는 비 내리는 아스토가의 아름다운 성당과 멋스러운 도심 사잇길을 걷는다.

아스토가 도심 밖으로 나왔다. 어쩌다 동행이 된 서른 살 아들과 함께 걷는 58년생 어머니와는 만나고 헤어지기를 반복한다. 이 어머니는 몹시 허약하여 인천공항에서부터 죽을 것만 같았는데 순례 중 신부님들의 축원으로 아주 건강해졌단다. 난 아들에게 아직 미혼일 때 많이 효도하라며 격려했다. 서로 의지하는 모자의 여행이라 부럽기도 하고 좀 특별해 보였다. 다시 끝이 안 보이는 자갈길 위로 순례가 계속된다.

Murias de Rechivaldo 마을을 지나고 양쪽 갈림길에서 난 오른쪽 카스트리오(왼쪽 산타 콜롬바) 방향 길을 택했다. Santa Catalina de Somoza 마을 순례자 마네킹이 있는 EL Caminante 카페에 들러 바게트와 카페콘라체 한 잔의 여유를 갖는다. 메세타 평온이 끝난 줄 알았는데 차도 옆으로 난 순례길이 오늘도 어김없이 이어졌다.

산티아고 안내 표지석에 무지개가 그려져 있다. 이곳은 비 갠 뒤 무지개가 자주 피어나는 마을이란다. 길 입구 양쪽에 노랑 화살표가 세워져 있고 나무 테이블과 의자가 있는 이곳부터 슬슬 산길이 시작된다. 너나없이 산길로 들어서기 전 신발 끈을 질끈 묶는다. 철조망 울타리엔 나뭇가지로 만들어진 십자가가 무한 연결되어 있다. 그 안으로 이름 모를 분홍 꽃나무가 한없이 이어지고 나무마다 등걸엔 이끼 옷을 입고 있다. 잔바람에 흔들리는 하얀 이끼가 여인의 비단 스카프처럼 나풀댄다.

아담하고 조용한 엘 간소(El Ganso) 마을을 지나 프라노 라바날(Plano Rabanal) 산악마을의 쉼터가 있고 그 앞의 풀밭에 자릴 잡았다. 눈 아래 전망 좋은 풀밭에 앉아 준비해 간 점심을 먹고 완벽한 휴식 시간을 가졌다. 해발고도 1,000m가 넘는데 눈앞의 산들이 평지로 보이고 내가 넓은 들녘에 앉아 있다. 시원한 산바람이 마른 잡풀을 쓰다듬는 듯 살랑살랑 풀 물결이 인다. 마냥 머물고 싶은 오후의 고즈넉함에 취한 듯 앉아 있다. 이 맛에 사람들은 순례길을 찾아오는 게 아닐지 싶다. 후~우우~~ 좋다.

큰 배낭을 동키에 보내서 심신이 가볍다. 시골 풍경과 아름다운 산길을 걸어서인지 오늘 길은 신기하게도 피곤하지 않다. 일행의 큰 배낭에 나의 무거운 짐이 될만한 것들을 보냈으니 나는 허리 색만 차고 걸으면 된다. 하지만 미안한 맘에 6킬로 남은 구간부터 내가 배낭을 짊어졌다. 괜찮다고 하지만 번갈아 가면서 지고 가는 것은 당연한 일이다. 산타 콜롬바 데 소모사(Santa Colomba d Somoza)에서부터 완만한 오르막 길이다. 이라고산(Monte Irago)에서 폰세바돈까지 가는 길은 좌우로 꽃들이 매우 많이 피어있어 걷는 내내 즐겁다. 자갈길에 발목이 삐지 않도록 주의해야 한다.

멀리 설산의 아름다움도 좋고 촉촉하게 젖은 흙길도 좋다. 게다가 차가운 듯 시원한 바람과 지천으로 깔린 꽃들이 어찌나 아름다운지 황홀경에 빠져 사뿐하게 26.8킬로를 걸었다. 드디어 폰세바돈 마을로 주변 모든 것들이 발아래 놓인 완전 산악마을이다. 한때는 번성했었을지 모르나 지금은 순례자들만을 위한 폐허처럼 작은마을이 형성되어 있다. 잔설이 남은 1,410m 높이의 마을 입구에 커다란 십자가가 있다. 초입의 알베르게 10유로에 짐을 풀고 이 산골 마을의 가장 높은 곳까지 올라가 보았다. 내가 머문 사립 알베르게는 특별한 친절함보다는 조용하고 반듯한 알베르게라는 생각이 든다. 와인은 무제한 제공되고 전채요리 스파게티와 소고기찜과 감자칩, 후식으로 아이스크림콘이 제공되는 순례자를 위한 정찬이다. 1,426m 고지의 산행까지 8시간 동안 시속 3.9킬로로 26.8킬로를 걷고 한 시간 20분 휴식했다.

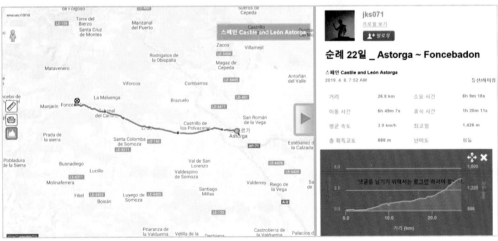

스페인 시각 한밤중에 '여행은 또 다른 삶'이라는 어느 여행사 광고문구가 톡으로 들어온다. 평소 나의 여행을 흠모(?)하고 인문학자 낸시의 책을 내게 선물한 서울 사는 한의사 제자다. 제자와 톡 하다가 갑자기 드는 생각이 있다. 여행은 또 다른 삶이라니 다를 게 뭐 있나. 삶 자체가 이 세상에 잠시 왔다 가는 여행인걸. 사실 이번 순례 시작 전에도 어렴풋이 느낀 거지만 '산티아고 순례길' 세상에 이토록 단순하고 쉬운 여행이 있을까 싶었다. 지금 난 계획한 순례 일정 후반에 들어가면서도 그 뜻은 변함없다. 순례에 큰 의미를 뒀다면 믿음이나 신앙에 근거한 고통과 희생이 따른다고 할 수 있다. 나의 경우 종교적 의미의 순례라기보다는 그냥 정갈한 맘가짐으로 남은 세상을 내 의지로 살아가고 싶은 맘이다. 더한다면 조금의 변화를 기대하면서 사고의 시간을 갖기 위해 이 길을 선택했다. 내가 그동안 다녔던 다른 여행과 비교한다면 오로지 걷기만 잘하면 되는 여행이다. 예를 들면 투어를 예약한다거나 이동 교통편을 알아본다거나 도시마다 잘 곳을 고민할 필요가 없다. 걷다가 힘들면 쉬어가고 체력이 바닥나지 않게 적절히 안배하여 순례자를 위한 숙소를 결정해야 한다. 어떤 경우 12~13킬로를 걸어도 마을 하나 없는 적도 있으니까. 연결편 교통수단 걱정하지 않아도 되고 시간 맞춰 어딜 꼭 가야 하는 부담도 없고 호텔이나 알베르게는 마을마다 있으니까 어디서 묵을까를 신경 쓰지 않아도 된다. 지금이 비수기라 잠잘 곳이 없지 않으니 파란 하늘 예쁜 구름, 새소리 바람 소리 풀 냄새, 작은 풀꽃의 흔들림, 앙상한 나뭇가지가 만들어 놓은 자연을 감상하며 즐길 일이다. 빨리 걸어갈 필요도 없고 길 위에 있어야 더 좋다. 내일은 무슨 옷을 입을까 걱정하지 않아도 되고 설령 씻지 않아도 뭐랄 사람 없다. 아무것도 하지 않아도 되는 자유도 있다. 날마다 동행이 바뀌고 밤마다 동숙자가 바뀌어도 그러려니 하면 된다. 서로 언어가 다르니 딱히 말할 필요도 없고 소통이 필요하다면 조용히 웃기만 해도 전 세계인이 친구가 된다. 흔히 산티아고 순례길을 나를 찾아 떠나는 여행이라 하지만, 살 만큼 살아서인지 도대체 뭘 더 찾겠다는 거지? 그냥 아무 생각 없이 걷다 보면 시나브로 뭔가가 달라진다. 걷다가 적당히 쉴 곳이 있으면 쉬어가고 아름다운 풍경에 감탄하고 배고프면 요기 정도 한다. 너무 힘들면 서둘러 갈 것이 아니라 양지바른 곳 찾아 양말 벗고 발가락을 말리고 어루만져 준다. 아마도 세계적이고 공식 루트가 있는 길이라 그런지 안정적이고 값싼 숙소와 순례자메뉴라는 기본 음식이 있어 이 먼 곳까지 오지 않았나 싶다. 모자간, 부녀간, 친구, 연인, 부부간 등등 짝지어 오는 순례자들도 많지만 단연코 홀로 길 위에 선 이가 대부분이다. 맞다. 순례길은 혼자가 답이다. 누구에게든 혼자서 출발하라고 권하고 싶다. 현재 6인실의 네 명의 나그네도 제각각이다. 찢어진 청바지가 잘 어울릴 거 같은데 독서를 즐기는 20대 소녀. 주먹만 한 헤드셋을 목에 걸고 들어선 장대 크기의 80대 서양 할아버지. 밤새 이를 갈고 코를 고는 중년의 아저씨까지 모두 홀로 나그네다. 하지만 지금 난 코 고는 소리 때문에 한잠도 못 이루고 있다. 그렇다고 코 고는 소리를 탓할 수는 없다. 견딜 수 없다면 당사자가 개인실을 요구하거나 호텔로 숙소를 옮기면 된다. 이것이 산티아고 순례길이다. 순례든 여행이든 또 다른 삶이라기보다는 삶 자체가 순례이고 여행이다. 여기까지 잠을 잊고 뒤척이며 적어 놓은 글이다.

비몽사몽 조각 잠에서 일어났다. 몸은 개운치 않지만, 머리를 맑게 하는 창밖 풍경
이다. 와~아~~~ 4월 중순인데 밤새 내린 눈으로 온 세상이 하얗고 출발부터 펑펑 눈
내리는 산길에서 감탄을 연거푸 한다. 눈뜨자마자 폰세바돈 마을을 다시 한번 둘러보
았다. 이런 폭설의 순례길을 볼 수 있으리라 상상도 하지 못했는데 순례 첫날 생장에
서 나폴레옹 루트를 타지 못했던 아쉬움이 순식간에 사라진다. 눈길 상황이 어찌 될지
몰라 아침도 거른 채 배낭을 메고 순례에 나선다. 가다가 눈 속의 카페를 만나면 그곳
에서 배를 채울 생각이다. 눈꽃 세상이라 길바닥의 노란 화살표는 찾을 수 없다. 대신
나보다 먼저 출발한 사람들의 발 도장을 따라가면 된다.

2킬로 정도를 걸으면 만하론(Manjaron) 마을 바위 더미 위에 우뚝 선 '철의 십자가
(1,504m, La Cruz de Ferro)' 교차로가 나타난다. 11세기에 가우셀모 수도원장에 의
해 이곳에 세워졌을 것으로 추정되는데 선사시대부터 신을 모시는 제단이 있었단다.
이곳은 순례자들의 성소로 5m 높이의 떡갈나무 기둥 끝에 작은 철의 십자가가 있다.

그 십자가 아래에서 기도하는 많은 순례자는 눈물의 참회를 하며 작은 돌을 쌓아 올려 죄 사함을 받고자 한단다. 이곳에 묻히기를 소원하는 망자의 유해를 이 먼 곳까지 가져와 흩뿌리기도 한다. 그리고 죽은 이와 산 자의 소원이 함께 한다. 돌에는 자신의 기도문을 적어두고 기둥에도 다다닥 붙어있고 그 위로 흰 눈이 덮여 있다. 일종의 관습이나 전통이겠지만 어찌 돌을 던져 죄를 사함을 받을 수 있는지 내 머리로는 이해하기 어렵지만 이건 이해의 문제가 아니다. 아스토가 성공회의 최초 십자가를 복제한 맨 위의 십자가를 도난당한 일도 있었다. 최근 다시 복원되어 순례자에겐 중요한 이정표가 됐다. 철의 십자가 옆으로 아주 자그마한 교회 '에르미타 데 산티아고(Ermitage de Santiago)'가 너무나 소박하여 엄숙함을 더 한다. 당시 내가 이곳을 지날 땐 눈이 너무 많이 내리고 쌓여 교차로라는 인식을 못 하고 상념에 빠져 지났다. 그런데 가도 가도 아침 식사할만한 카페나 바가 나오질 않는다. 카페가 없는 것이 아니라 문을 연 카페나 바가 없다. 무너진 집터들이 더욱 황량해 보인다.

멀리 스페인 기가 펄럭이고 그곳이 순례자가 지나면 종소리를 울린다는 유명한 만하론 산장(2,562m)이다. 배고픔을 해결할 수 있으리라 잔뜩 기대했으나 음식 재료가 없단다. 어쩐지 종소리가 안 나더니. 그럼 밥 삼식이 난 어쩌라고. 아쉽지만 사진 한 장 남기고 돌아서 눈길을 다시 걷는다. 그런데 길을 걷다가 문득 드는 생각은 내가 차도를 걷고 있다는 것과 내려가야 하는데 포장도로를 오르고 있었다. 이상하다. 아무래도 잘못 든 거 같다. 아니나 다를까 난 엉뚱한 길을 걷고 있었다. 갈림길에서 화살표를 안 보고 무작정 걸은 것이다. 그러니까 산꼭대기에서 인도로 내려와 다시 차도를 따라 산꼭대기로 올라가고 있다. 배도 고프고 짜증 날 만도 한데 지금이라도 알았으니 얼마나 다행이냐 싶어 또 감사하다. 펑펑 함박눈이 소복소복 내리니 좋다.

어제 보고 올라왔던 분홍 꽃, 노란 꽃들이 모두 흰 눈에 덮여 눈의 무게에 가지가 축축 처져 있다. 간밤에 내린 눈으로 얼마나 놀랐을까? 이렇게 이른 아침부터 11킬로를 펄펄 내리는 산속 눈길을 걸었다. 마치 영화를 만들어내듯 동영상을 찍었다. 눈 속에 든 노란 화살표 따라 자갈길 따라 산 아래로 내려가는데 눈 앞에 펼쳐지는 황홀한 광경에 숨이 탁 멈춘다. 앞산 꼭대기 하늘이 빠끔 열리면서 구름안개 속에 파란 하늘이 무지개처럼 나타난다. 아니 일곱빛깔무지개보다 더 아름다운 성에 낀 새벽 유리창이고 하늘이 주는 희망의 히든카드다. 이곳에서 만난 스페인 젊은 여성은 영어가 조금 통해 서로 눈인사로 말문을 트고 함께 사진 찍으며 감탄한다.

좁은 계곡과 울퉁불퉁한 산길을 빠져나와 스페인 전통가옥이 있는 작은마을 엘 아세보(El Acebo)에 들어섰다. 그제야 작은 레스토랑이 보이고 치킨 덮밥을 판다니 어찌나 반가운지. 이곳 역시 장사하려고 문을 연 식당이라기보다는 순례자에게 따뜻한 밥 한 그릇 대접하려고 문을 열어 놓은 기분이 들었다. 아마도 나뿐 아니라 이 시간 이곳을 순례하는 사람들은 모두가 추위와 허기진 배를 안고 이곳에 도착했으리라. 스페인식 페치카에 젖은 발을 녹이고 국적도 이름도 모르는 사람들과 같은 테이블에 앉아 아침 겸 점심을 먹었다. 내 앞의 장대처럼 키가 큰 남자는 메뉴를 2인분씩 시켜 놓고 폭풍 흡입한다. 누가 먼저랄 것도 없이 눈동자가 마주치자 휘~ 굴리며 웃는다.

　이곳에서 향기로운 풀꽃 냄새에 흠뻑 취하고 다시 순례길을 이어간다. 12세기 순례자를 위한 병원이 있었다는 전통 마을 리에고 데 암브로스(Riego de Ambros, 920고지)다. 주변의 언덕 전체가 산 꽃들로 가득하여 붉게 불타고 있다. 마치 우리나라 제주도의 오름 같은 풍경이 이어지며 산야에 핀 철쭉처럼 산이 꽃바다를 이룬다.

　산언덕으로 내려서니 식물의 자생 경계선이 달라졌는지 야생 라벤더 물결이 출렁댔다. 은은한 향이 넘실대는 라벤더 물결에 감탄사 연발이다. 여행 중 라벤더 농장을 본 경우는 많지만 이렇게 넓은 산언덕에 야생으로 자유롭게 출렁대는 건 처음 본다. 라벤더 농장의 경우 대부분 향수나 비누, 오일, 쿠키 등등 기념품 가게가 있는데 이곳에는 그런 것도 없다. 보랏빛 꽃들이 초롱초롱 맺혀 순례객들을 황홀경에 빠지게 한다. 라벤더는 종류가 다양한데 4월에 피는 라벤더는 꽃 끝머리가 두 귀 쫑긋한 토끼 머리 모양이다. 화무십일홍일진대 적절한 시기에 이런 길을 만나다니 행운이다. 함박눈과 만개한 꽃을 동시에 만날 수 있는 곳. 추위를 잘 견뎌낸 라벤더의 꽃향기에 취해 지그재그 걷는다. 계속되는 내리막 자갈길은 두 다리를 더욱 긴장시킨다.

　마을 안으로 들어서면 곧 겉모양새로는 쓰러질 듯한 고택이 암브로스 펜션이다. 집집이 대롱대롱 화분들로 어찌나 예쁘게 장식해 두었던지 절로 셔터가 눌러진다.

이름 모를 나무의 열매와 야생화가 가득한 계곡을 지난다. 수석 아니 괴석이라 해도 될만한 검은 바위들이 오가는 길에 박혀있다. 발목 접질리지 않게 조심하여 한참을 내려오니 포장길이 나온다. 몰리나세카스(Molinasecas)라는 아름다운 마을이다. 깔끔하게 정리된 마을 텃밭과 아름다운 교회 앵거스티아스(las Angustias)를 지나 맑은 메루엘로 강물이 흐르는 푸엔테 데 로스 프레그리노스(Peregrinos)를 건넌다.

아침부터 눈 속 산길을 헤치고 나와 야생화 길을 걸어 힘을 입은 건지 의외로 지쳤다기보다는 새 힘이 난다. 아름답고 조용한 마을 몰리나세카스의 다리 위를 건너는 기분은 중세 기사의 승리감이다. 최종 목적지 콤포스텔라까지는 약 200여 킬로 남았다. 그리고 조금만 더 가면 오늘의 목적지 폰페리다라는 희망도 있다. 가끔 구토증이 있긴 하지만 어려운 수술 후라는 것도 잊게 된다. 이렇게 잘 걷게 될 줄 몰랐는데 꽤 잘 걷는다고 스스로 칭찬한다. 쓰담 쓰~다~암~~.

캄포(Campo) 마을을 지나 폰페리다(Ponferida) 입구다. 폰페리다 로마나 다리를 건너 알베르게 GUIANA 안으로 들어선다. 29.6킬로를 10시간 27분 동안 평균 시속 3.4킬로로 걷고 도착한 시간은 오후 6시 30분이 넘었다.

4월 중순임에도 너무나 아름다운 눈 오는 산속 풍경 길을 11킬로나 걸었던 하루. 폭설의 한겨울 폰세바돈(1,505m)에서 봄 들꽃으로 가득한 폰페리다로 내려오는 순례 길을 오래도록 기억에 남을 행운의 기회였다.

오늘 내가 쉬고 묵어갈 기아나 알베르게는 건물과 내부구조가 최신형이다. 그동안 알베르게 중 가격도 1인당 15유로로 비싸다. 사설 알베르게로 시설도 너무 깨끗하고 좋았지만, 몸이 녹초가 되니 아무 소용없는 상황이 됐다.

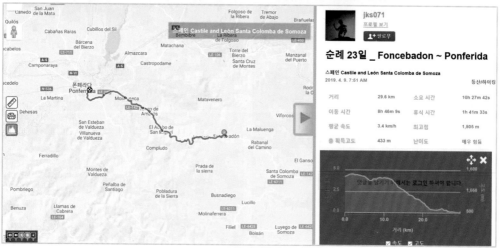

아침부터 비가 내린다. 알베르게에서 제공하는 5유로 조식을 먹었다. 조식 5
유로라면 최고급인 셈인데 챙겨 먹을 것은 많지만 먹히질 않아 케이크 두 개와 사과
하나를 챙겨 순례를 시작한다. 편도선이 부어 침 삼키기도 어렵다. 그래도 걸을 힘이
생기는 것이 신비하다. 책에는 폰페리다Ponferida 라고 적혀 있으나 현장의 표기는
Ponferada이다. 이뿐만 아니라 '카미노'가 맞는지 '까미노'가 맞는지 중요한 건 아니
지만 통일감은 줘야 하는데 쓸 때마다 헷갈린다.

비옷을 입고 폰페라다 성(Castillo de los Templarios, Burg von Ponferrada)과
교회를 지난다. 다시 언덕을 깔딱 넘으면 나타나는 십자가 탑이 특별해 보이는 산 안
드레스 교회(Kirche San Andres)를 거쳐 마을을 빠져나왔다. 12세기 중세 성 폰페라
다에 들렀다 가고 싶으나 아직 문을 열려면 한참을 기다려야 한다. 어제 조금 일찍 들
어와서 둘러봐야 했는데 너무 피곤하여 그리하지 못했다. 오늘 나의 목적지는 현재 방
영 중인 TV프로'스페인하숙'의 빌라프랑카 델 비에르조(Villafranca del Bierzo)다.

　메인 광장 중앙에 성상이 있는 바실리카 교회 안에 들어가 기도로 하루를 시작한다. 교회 벽면에 기사단 십자 마크가 선명하다. 상황이 될 때마다 하루의 시작은 기도로 시작할 수 있어 좋다. 딱히 뭘 바란다거나 기도할 이유가 있어서가 아니라 그저 묵념으로 맘을 다잡는 정도의 잠시 여유다. 아니 기도가 목적일 때도 있지만 쉬어가고 싶을 때 예배당이나 절 방에 앉으면 편안하다. 나만의 해방구이자 안식처가 된다. 난 유년 시절부터 '이거 해 주세요. 저거 해 주세요.' 하는 기도를 무척 싫어했다. 그때마다 기도한 척 잠을 잔 기억이 있다. 그냥 조용히 앉아 있기만 해도 맘이 편안해지는 예배당이나 절간이 좋을 뿐이다. 딱히 특별한 기도문도 없어 그냥 기도하고 싶을 때마다 주기도문을 한다. 세례까지 받은 사람이니 매 맞을 일인지도 모르겠다. 어찌 보면 사이비 세례교인일지도 모르나 이마저도 내 방식대로 한다. "하나님 땡~큐~우~~" 내 삶을 빛나게 하는 범사에 감사할 뿐이다.

초등학교를 지나 공원 강변 따라 걷는다. 도로 곳곳에 여러 가지 모양의 노랑 화살표와 가리비를 보며 잘 빠져나왔다. 내 영혼의 구도자 같은 노란 화살표는 볼 때마다 반갑다. 난 산티아고 순례길에 조가비보다 노란 화살표에 매력을 느낀다. 어디서든 갈 길을 안내하는 노란 화살표! 흐려도 감사하다. 그 안에서 알 수 없는 사람의 큰 사랑이 느껴진다. 이 마을은 조가비를 든 지팡이에 집게손가락으로 갈 방향을 가리킨다. 색다른 화살표를 볼 때마다 하나씩 사진을 찍어 놓았다. 단순한 이미지가 아니다. 그뿐만 아니라 순례길 위에는 마을의 고도 표시와 주요 유적, 그리고 그 유적마다 자세한 설명글이 있다. 가이드 없이 혼자선 순례길에도 웬만한 궁금증이 해소된다. 이처럼 친절한 산티아고 순례길. 프랑스 길 말고 다른 순례길도 이런 상황이라면 어디든 다녀볼 만하다. 이 길을 서겠다 했을 때 다음 '북의 길'에 함께 하자는 지인도 있었다.

폰페라다에서 5킬로를 지나면 이 지역에서 가장 오래된 정착지 중 하나라는 콜럼브리아노스(Columbrianos)가 나온다. 중세교회 앞 보랏빛 라일락이 만개해 있다. 앙상한 가지에 분홍 꽃을 잔뜩 달고 있는 이름 모를 나무, 회색 건물 앞에선 어떤 색의 꽃이라도 잘 어울린다. 하얀 꽃이 길게 늘어진 길을 지나면 푸엔테스 누에바스(Fuentes Nuevas) 마을에 들어선다. 쓰러질 듯한 스페인 전통가옥이 나타났다. 집마다 문 앞에 놓인 물병은 뭘 뜻하는지 모르겠으나 자주 보게 된다. 함께 순례길에 든 동행이 바에 들러 따뜻한 카페콘라체와 바게트를 먹자는데 아무 생각이 없어 문밖에 앉아 있다. 편도선이 부어 침 넘기기도 어렵다. 토할 거 같아 혼자 앉아 있지만, 함께하지 못한 마음은 미안하다. 알베르게에서도 주문한 아침을 제대로 먹질 못했는데 추위에 시작부터 지친다. 사실 어제 좀 무리해서 걸었다. 이번 순례길은 세상 태어나 하루 30킬로 넘게 내가 걷다니 이게 진짜인가 싶다. 내가 이대로 목적지까지 잘 걸어갈 수 있을지 나도 모르겠다. 이런 내 모습이 이상했는지 동행이 사진 한 장 찍는다.

콜럼브리아노스에서 끝도 없이 이어지는 포도밭 길로 6킬로 걸어서 캄포나라야(Camponaraya)에 들어서니 거리에 사람 몸체보다 큰 석조 포도송이가 눈에 띈다. 알고 보니 캄포나리아 주변은 9~12세기에 지어진 중세 정착지로 포도 주산지다. 이 마을이 포도 농사와 와인 제조로 유명한 마을이다. 다시 걷기 시작하여 와인 모종과 제조 장비들이 전시된 와인 박물관(? CIVI) 앞 벤치에 앉았다. 너무 허기져서 알베르게에서 챙겨온 빵과 과일을 먹었다. 이때 바로 앞을 지나던 한국인 젊은 남녀가 놀라며 반가워한다. 내가 케이크를 건넸는데 순례길 시작 때 봤던 그 동행남이 아니다. 순례 시작 때 젊은 처자 홀로 길을 나섰다기에 조금은 걱정했는데 만나고 헤어질 수 있는 동행이 있어 다행이다. 일상에서 보는 자유분방(?)의 파트너 교체가 아니라 순례길에서는 이처럼 모두가 친구가 되고 동행이 된다.

　　화사한 사과꽃이 핀 넓은 농장 앞에서 순간 내 가슴이 환해진다. 나의 주말 쉼터인 석가헌(夕佳軒)에도 해마다 피고 지는 사과꽃은 내가 평소에도 무척 좋아하는 꽃이다. 이 꽃을 처음 알게 된 계기는 30여 년 전 남의 집 담 너머 화사하게 핀 사과꽃을 보고 나도 저런 나무를 가지고 싶다고 할 만큼 황홀했었다. 당시엔 사과꽃인지도 몰랐는데 지금 나의 석가헌에 그 사과나무가 여러 그루 있다. 사과를 바라는 것이 아닌 아기 사과나무로 꽃을 보고자 함이다. 개화 정도에 따라 진한 분홍빛에서 서서히 흰색으로 변하는 사과꽃은 바람에 눈처럼 흩날릴 때 향기마저 달콤하다. 순례길에서 만난 아름다운 사과밭은 나의 석가헌을 생각하기에 충분하다. 나의 석가헌의 사과꽃향이 이 먼 곳까지 날아와 나를 위로한다.

그 앞에 푸드트럭이 있지만, 그냥 스쳐 지나간다. 여느 때면 들어갈 판인데 오늘은 몸 상태도 별로이고 완전히 식욕을 잃은 날이다. 가지만 앙상한 포도밭이 이어지고 어느 집 앞엔 배꽃인지 모를 하얀 꽃나무에도 만개해 있다. 이름 모를 야생화들이 담벼락 너머로 가지를 뻗어 순례자를 반긴다. 매번 그랬던 것처럼 길마다 황홀하다. 내가 겪은 신기한 체험은 몸은 만신창이가 된듯한데 머리는 맑아진다는 것이다.

캄포나라야(Camponaraya)에서 다시 6킬로 걸어서 카카벨로스(Cacabelos)다. 상표에 강아지 발자국이 그려진 와인 가게에 이끌려 들어갔다. 포장도 예쁘고 와인 가격도 그다지 비싸 보이진 않아 사고 싶은데 순례 중이라 구경만 했다. 이 마을을 걷던 중 그토록 맛보고 싶었던 문어 요리 가게를 만났다. 이곳에 들어가 문어 요리를 먹는다면 왠지 힘이 날 것 같은 생각에 가게 'Pulperia Compostela' 안으로 들어섰다.

단품으로 뿔뽀(pulpo)와 화이트와인에 샐러드 주문했다. 아주 부드럽게 삶아 양념한 문어와 백포도주, 신선한 샐러드가 23유로다. 먹고 싶은 것을 맘껏 먹으면 좋으련만 습관적으로 절약하게 되고 절제하게 된다. 가난한 학생이 아니고 퇴직 후 연금생활자가 누릴 수 있는 여유를 갖자며 다독인다. 그래 먹고는 가지만 사서 들고 가지는 말자. 맛있는 화이트와인과 뿔뽀 요리에 만족해 다시 걸을 힘을 낸다.

18세기 퀸타 앵거스티아 교회에 부활절 축제를 알리는 플래카드가 걸려 있다. 검은 네 사람이 그려진 벽화와 부서진 나무 조각 문에 작은 간판이 있다. 'Bodega del Vino Natriorio del bierzo'라는 허름하나 확실한 뜻을 모르니 더욱 호기심을 자극하는 간판이다. '보데가 델 비노'라면 와인 저장고인데 컴컴한 실내로 들어서니 진짜 포도주를 익히는 참나무통이 늘어져 있다. 포도주 제조장에서 한 잔술 판매하는 가게다.

먼저 와 있던 손님 일행이 이방인 나를 반가워하며 와인 한 잔을 권한다. 좀 뻘쭘한 분위기로 이내 홀짝 한 잔 마시고 벽의 표기대로 0.5유로를 냈다. 이미 내게 권하던 덩치 큰 남자가 계산을 끝냈단다. 와인 맛이 좋다며 소개한 것인 줄 알았는데 졸지에 낯선 이에게 레드와인을 얻어먹게 됐다. 아마도 스페인 현지인인듯한데 순례자에게 용기 주는 뜻이려니 감사하며 이래저래 없던 힘이 생긴다. 길거리에 커다란 나무로 만들어진 18~19세기에 와인 짜는 기계가 있다. 박물관에나 있을 법한데 순례길 위에 있다. 마치 우리나라의 디딜방아처럼 생겼다. 이름도 예쁜 카카벨로스는 진짜 와인 도시답다. 카카벨로스에서 목적지 빌라프랑카까지는 8킬로를 더 걸어야 한다.

너른 들녘의 포도나무 허리에 하얀 띠가 묶인 걸 보니 이곳은 전에 본 것처럼 휘묻이한 포도나무가 아니라 접붙인 포도나무밭이다. 끝없이 펼쳐지는 앙상한 포도밭인데 여름엔 초록 잎을 가을엔 알록달록 단풍이 물든 포도나무일 거라는 생각이 드니 포도밭의 가을풍경이 상상된다. 상황만 된다면 가을에 순례를 한 번 더 해보고 싶다. 중세의 종교, 역사와 문화도 중요하지만, 순례길 풍경이야말로 다시 오게 만드는 아름다움이 있다. 많은 성당을 지나고 마을을 벗어나니 다시 포도밭 길이 이어진다.

노란 화살표와 조가비가 그려진 작은 돌 위에 빌라프랑카가 3.3킬로 남았단다. 멀리 포도밭 언덕 위에 소나무 사이의 하얀 집이 보인다. 마을에 일찍 도착하는 것도 좋은데 서두를 게 뭐 있냐 싶어 오카리나로 한숨 토해내고 또 쉰다. 오후 6시 조금 넘어 마을 초입의 햇살 좋은 공립 알베르게(6유로)에 들었다. 마을은 멀리 발아래에 있다. 구석진 곳의 내 침대에 짐을 풀어놓고 꼬불꼬불한 내리막 동네 둘러본다.

빌라프랑카 델 비에르조(Villafranca del Bierzo)에는 마르케스 후작의 성과 산프란시스코 성당이 마주 보고 있다. 폰페라다와 마찬가지로 이는 스페인 중세도시의 전형이다. 마을 안으로 들어서면 거대한 바울 아버지의 수녀원(Convento de Padres Paules)이 있다. 그 앞으로 마요르 광장 골목 안의 디아 마트가 있다. 순례 시작 때 한국의 지인들이 '스페인하숙'드라마 얘길 했다. 도대체 뭐길래 많은 이들이 얘기하는지 궁금했다. 스페인하숙의 장소가 이곳이라며 찾아가라는데 드라마를 한 번도 본 적도 없고 너무 피곤해서 첫 공립 알베르게에 묵었다. 사실 찾기도 귀찮고 반가워할 것 같지도 않았다. 게다가 순례 중 대한민국 연예인들의 집에 든다는 것도 왠지 맘에 걸린다. tvN 김대주 작가는 [스페인하숙]의 촬영지를 선택하기 위해 산티아고 순례길을 직접 걸었다고 한다. 순례길을 걸으면서 그리고 스페인하숙을 찾아온 많은 순례자를 만나면서 그는 깨달았다. "길은 어디에나 있다. 그러나 천년의 건축물들이 영혼을 위로하는 길은 오직 산티아고에만 있다." 맞다. 나 역시 직접 걸어보니 지당한 말이다.

"세상에서 가장 길고 아름다운 박물관은 산티아고 순례길"이라고 이야기하는 김대주 작가의 생각과 같다. 그런 마음으로 만들어낸 작품이니 성공하여 많은 사람의 입에 오르내릴 만하다. 친구에게 내가 순례길에 있다니 한국 내에서 인기 상승 중인 이 프로를 통해 간접 경험 중이란다. 마트에서 장보기 후 다국적 인들과 직접 음식을 해 먹는 재미도 쏠쏠하다. 그런데 장보기 하여 숙소를 눈앞에 두고도 골목 하나를 찾지 못해 헤맸다는 사실이다. 바로 눈앞에 숙소가 있는데 숙소와 내가 서 있는 사이에 어마어마하게 깊은 '부르비아 계곡'이 있다. 웬만하면 길이 아닌 곳도 헤집고 건너갈 텐데 그럴 수 없을 만큼 깊고 험하다. 고지대의 알베르게가 석양에 곱게 물들고 있다.

집에선 먹지도 않던 어묵 포장 속의 분말 가루를 챙겨와 감자와 양파. 마늘을 넣고 국을 끓였더니 별미다. 뭔들 맛나지 않겠냐마는 흰쌀밥과 채소 샐러드, 맑은 채솟국으로 저녁 만찬이다. 식사 중 우연히 보게 되는 이곳 숙박 영수증에는 산티아고 아포스톨 교회의 '용서의 문'이다. 용서의 문은 교회의 북문으로 13세기 로마네스크에서 고딕 양식의 예술로 전환 시기의 건축물이다. 부족한 상상일지 모르나 진정한 용서란 무조건적 용서가 아니라 선제적으로 잘잘못을 뉘우치는 회개가 함께하길. 그래도 무조건 용서해야 한다면 누구를 위한 용서가 아니라 나를 위한 용서가 되자.

빌라프랑카 델 비에르조의 산타마리아 교회(Colegiata de Santa Maria)를 돌아 나오니 지팡이에 조롱박을 들고 있는 석조 순례자 동상이 멀리 보인다. 오늘도 편안한 순례길이길 바라며 부르비아 다리를 건너 빌라프랑카 옛 마을을 빠져나온다. 발카르체강 옆으로 난 좁은 길을 따라 걷다가 되돌아보니 아침 햇살이 떠오른다. 햇살이 마리아 교회 종탑의 어둠을 조금씩 벗겨낸다. 붉고 노란 꽃들이 만발한 낮은 언덕과 수량이 풍부한 계곡 사이를 걷는다.

순례길을 안내하는 곳의 남은 거리 표시가 조금씩 다르다. 대충 그러려니 하며 산티아고까지는 187킬로 남았다는 사인 앞을 지난다. 순례 25일 차에 전체의 4분의 3을 걸은 셈이다. 내가 600킬로를 걸었다고? 가끔 상식이나 머리로 안 되는 일들이 현실이 될 때가 있다. 우왕!! 이게 된다는 것에 스스로 놀란다.

국도를 오른쪽에 두고 5킬로 걸어 나온 첫 마을 페레예(Pereje)다. 입구부터 무성한 나무 그늘 사이로 회색빛의 오래된 집들이 올망졸망 모여 있다. 찻길과 순례길을 엄격히 구분해 놓은 곡선 도로다. 포장도로 옆으로 길게 난 길을 따라 걷다 보면 다시 4.5킬로 걸어 두 번째 마을 트라바델로(Travadelo)가 나온다. 햇살 좋은 찻집에 들러 카페콘라체와 바게트로 아침을 먹었다. 바로 옆 초록 차양이 있는 집에서 한국 라면을 먹을 수 있다는데 문 앞에 오후 1시에 문을 연다며 한국어로 '이 집 라면 진짜 맛있다'고 적혀 있다. 라면 맛이 다 그렇고 그러겠지만 순례길에서 만난 한국 라면은 좀 더 특별한 맛이 아닐까?

다음 세 번째 마을은 암바스메스타스(Ambasmestas)를 지나 네 번째 마을 발카르세(Valcarce) 입구 석조 순례자 동상 앞에서 자세히 보니 산티아고까지는 190킬로가 남았고 거꾸로 론세스바예스까지는 559킬로를 가야 한단다. 아침 출발 때 187킬로 남았다고 했고 기껏 걸었는데 3킬로가 더 남았다. 쩝. 그래도 힘내서 야호!!

순례길에 있는 마을 이름이 너무 길고 비슷비슷하고 발음도 어려워 헷갈린다. 아무 생각 없이 정말 무작정 걸었던 길이다. 그나마 도로길 옆으로 시냇물이 흐르고 가축을 기르는 목가적 분위기의 풍경이 위안이 되는 곳이다. 어느 지점에 산티아고로 가는 사라신 성이 있다는데 내가 지나고 있는 이 길이 아닌가 싶다. 멀리 산꼭대기에 성곽의 흔적도 보인다. 눈앞에 도로를 가로지르는 무지하게 높은 입체 교가 이중으로 놓여 있어 차와 기차가 지나간다.

초원 위에 말 농장, 양 목장까지 전형적인 목가적 풍경이 잔잔하고 평화롭다. 노란 화살표가 안내한 대로 걷다 보니 작은 개울가 다리 아래 종이에 소원을 적어 매달려 있어 쉬어간다. 개울의 물 흐르는 소리가 좋아 앉았을 뿐 주변 환경이 그다지 좋지 않다. 해가 지난 소원 종이는 소각했으면 좋을 텐데 삭고 낡아 주변까지 지저분하다.

오후 2:40분을 지나 라 파바(La faba)표시 이후 산길로 접어든다. 낙엽이 수북이 쌓인 산속 길을 걷다 보니 밤껍질이 수북하다. 우연히 보게 된 알밤을 주어 까먹는데 그 맛이 완전 꿀밤이다. 엎어진 김에 쉬어가자며 앉았는데 쥐 알밤 천지다. 가을도 아닌 봄에 밤을 주워 먹다니 횡재한 기분이다. 가던 길을 멈추고 한참을 쭈그리고 앉아 밤을 허리 쌕에 주워 담았다.

노랑 풀꽃 프리뮬러도 산바람에 살랑거리며 손짓하는데 어찌나 사랑스럽던지 마치 노랑나비 날갯짓이다. 쥐 알밤은 금세 쌕의 작은 주머니에 가득 차 나의 간식거리로 충분하다. 목적지를 향해 그저 힘들게 지나가는 순례자들. 다시 걷는데 낯선 한국 젊은 여성이 지나간다. 꿀밤이니 주워 먹어보라 하지만 앞서 걷느라 정신이 없다. 꽃도 보고 밤도 먹지 왜 그냥 가. 정신없이 걷는 사람들 보면 괜히 안타깝다. 눈 덮인 산이 내 발밑인데 가도 가도 끝이 안 보이는 길. 힘들긴 하지만 그나마 지천의 야생화가 있어 좋다. 어쩜 이리도 예쁜 봄 야생화가 마을 곳곳에 깔려있고 낮은 담벼락 돌 틈 사이와 길섶에 옹기종기 모여 있다. 바람에 살랑댈 때는 환영인파로 착각을 일으킬 정도다. 넓은 텃밭이 주인을 닮아 단정하게 정리되어 있다.

풍채 좋은 황소 다섯 마리가 내 옆을 지난 후 미국 서부 극에서 나올만한 건장한 남자가 말을 타고 지나간다. 그런데 한 마리는 타고 한 마리는 끌고 간다. 누군가를 데리러 가는 모양인데 이곳에서는 사전 예약을 하면 당나귀나 말로 이동해주는 서비스가 있단다. 앞에서 4.7킬로 남았다기에 죽을힘을 다해 걸어왔는데 아직도 2킬로 남았다. 다 왔나 싶은데 아직 갈 길이 남아 울음보가 터지기 일보 직전이다. 카스티야 레온주의 에스쿠엘라 마을의 마지막 호스텔 La laguna cafe에서 따뜻한 차 한잔하며 휴식을 취한다. 다시 나서려는데 주인 남자가 따라 나와 자신의 알베르게에서 자고 가란다. 호의는 고맙지만 노탱큐다. 힘들긴 해도 내 목적지가 아니니 가던 길마저 떠난다. 선명하게 채색 단장한 갈리시아주 경계석(Wegstein)이 나타난다. 대부분 순례자는 이곳에서 기념사진을 찍는다. 너도나도 번갈아 가면서 사진도 찍고 쉬어간다.

1,320m 고지 오 세브레이로(O cebreiro)에 오르는 길

산티아고까지는 160.9킬로로 오늘의 목적지까지는 아직도 한참을 더 걸어가야 한다. 산꼭대기를 돌고 돌아가는 멋진 풍경이 없었더라면 걷기 힘든 하루 30킬로 순례길이다. 갈리시아주의 첫 마을 오 세브레이로는 두 개의 산맥 사이에 있으며 지금 난 1,320m 고지 산꼭대기에 있다. 정상에는 청동 여인상과 순례자 야고보 성상이 있다.

전망 좋은 세브레이로에 도착하니 아무리 피곤해도 바로 알베르게에 들어가고 싶지 않았다. 풍경도 좋고 공기가 너무 맑고 주변이 아름다워 그냥 그 자리에 앉게 된다. 배낭 하나를 동키로 보낸 상황이라 난 배낭 없이 걸었던 하루다. 기진맥진 지쳐 있는 내게 동행자는 배낭을 메어 보라더니 이런 사진을 찍는다. 이런 모습을 찍어 준 이가 고맙다. 서로 조금씩 다른 모습을 석 장이나 찍었는데 모두 내 맘에 든다. 주변 풍경도 좋고 표정도 좋아 감사의 맘으로 요긴하게 쓸 생각이다.

이곳의 중요한 유적은 로마 이전의 로마인들이 살았던 산악주택 ①팔로지스(Pallozas)는 마치 우리나라 초가지붕처럼 생겼다. 얼마 전까지 거주했으며 현재는 민족지학 박물관(The ethnographic museum)으로 개조되었다.

9세기 석조 건물의 산타마리아 교회(Iglesia Santa Maria)가 있는데 대부분 파손되어 최근에 재건되었다. 이 도시가 유명한 이유는 이곳에서 중세에 성체의 기적이 일어났기 때문이다. 그 전설은 1300년경, 비바람과 추위에 미사를 이어갈 수 없을 정도로 힘든 피난처에서 빵과 포도주가 피와 살로 바꾸는 기적이 행해진 곳으로 ②세브레이로 산타마리아 교회 안에 기적의 성배와 파테나가 있다. 나처럼 믿음이 부족한 자는 이해하기 어렵지만, 빵과 포도주의 기적은 성서에 여러 차례 나온다. 교회 입구에 '순례자의 시' 중에 이런 글귀가 있다. 내가 동과 서를 이르는 모든 길을 걷고 산과 골짜기를 걷는다 해도 나 자신에 이르는 '자유'를 발견하지 못한다면 나는 아무 곳에도 도착하지 못한 것이다. 바람처럼 자유를 따라 걷는 길이다! 'Freedom!!'

오 세브레이로 공립 알베르게에 오후 6:10분에 도착했다. 운동장처럼 넓은 방에 참 희한한 침대 배치로 날 어리둥절하게 한다. 한 공간 안에 80여 개의 침대인데 낯선 이와 아무런 경계도 없이 딱 붙인 개인 침대가 8개 단위로 붙어있다. 내 침대 번호는 33번으로 위로는 40대 남자. 옆에는 70대 할아버지와 나란히 있는 침대다. 나도 할머니지만 이건 아니다 싶어 방을 둘러보니 구석진 곳에 아직 순례자가 들지 않은 빈 침대가 있다. 관리하는 여인에게 재배정을 요구했으나 떨떠름한 표정으로 그거 뭔 소리냐며 단호히 거절한다. 이런 경우도 대수롭지 않게 받아 들여야 하는 순례자 숙소다.

게다가 공립 알베르게는 80명 가까운 수용인원에 부엌은 크지만 거의 부엌 도구가 없다. 사용할만한 냄비나 그릇이 몇 개 안 되는 것으로 밥도 짓고 고기도 구웠다. 훈제 삼겹살을 사 놓고도 먹지 못할까 걱정했는데 대부분 사람이 매식하기에 이게 가능했다. 같이 부엌을 있던 아프리카 케냐에서 온 소녀가 자신이 사용하고 남은 병아리콩과 케첩을 준다. 병아리콩을 넣은 밥과 삼겹살 마늘구이로 저녁을 해 먹었다. 여행 나와 처음 먹는 구운 삼겹살이 오지게 맛나다. 한국산 소주를 부르는 안주가 됐다. 소주가 딱 좋은데 이가 없으니 잇몸으로 맛도 모르는 와인을 준비했다. ㅎ.ㅎ 마늘과 삼겹살의 힘일까? 시금치 먹은 뽀빠이처럼 힘이 솟는다.

저녁 식사 후 동네를 산책 중 눈 덮인 산 정상에서 매력적인 노랫가락에 끌려간 곳은 고깔 지붕의 산동네 매점이다. 노랫소리에 끌려 들어왔다며 매점의 여주인과 인사 후 노란 화살표가 그려진 목 버프를 샀다. 이 순례길을 위한 건배를 안 할 수 없다. 호기심에 처음 본 '1906 맥주'를 한 병 사니 바게트와 하몽은 서비스란다. 솔직히 난 술맛도 모르고 맥주 맛을 구별할 줄도 모른다. 이럴 땐 그냥 폼생폼사가 된다.

차가운 산바람이 정신이 확 깬다. 바로 옆 와인바에서 새로운 한국인 여행자들과 담소 중에 잠깐 합석하게 됐다. 내가 밤을 주울 때 스치던 여인도 있고 어디서부터 함께 한 줄 모르는 젊은 남자와 연로한 어른도 이 자리에서 만났다. 모두 한국 사람들이니 대화는 순조로웠다. 젊은 남자와 연로하신 분은 부자간인가 싶었는데 순례길에서 처음 만난 사이란다. 전혀 어울릴 거 같지 않지만 참 잘 어울리는 분위기다. 조용히 앉아 이야기를 들어보니 공통점은 가톨릭 신자라는 점이다. 나의 경험에 의하면 서로 모르는 사람끼리 여행지에서 만나면 예의를 차리고 조심하느라 끈끈해 보인다. 여행이나 순례를 마치면 다시 남남이 될지라도. 아니 그렇게 그렇게 오래도록 우정이 이어질 수도 있으니 사람과의 인연이란 참 묘한 것이다.

저녁 9:30분 넘어서도 석양 노을이 남아있다. 내일 있을 순례를 위해 알베르게에 들어왔더니 관리하던 여인이 그때야 침대 위치를 바꿔주겠단다. 그러든지 말든지 이미

세팅해 놓은 침상에 눕고 싶었다. 너무 피곤하여 안내원의 말을 무시하고 싶었지만 이대로는 밤새 내내 힘들 것 같다. 그나마 잊지 않고 챙겨준 것에 감사의 마음으로 재배치한 방 맨 가장자리로 옮기니 내 침상의 번호가 80번이다.

램블러 기록을 보니 10시간 20여 분 동안 평균 시속 3.5킬로로 29.6킬로를 걸었다. 두 시간 정도 휴식 시간이고 10여 킬로 정도는 경사가 있는 산행을 했으니 1,300m 높이까지 하루 30킬로 걸었다는 건 내 일생일대의 기록이 되지 않을까? 다시 말하지만, 일상에서는 상상할 수 없는 일이 순례길에서는 가능하다.

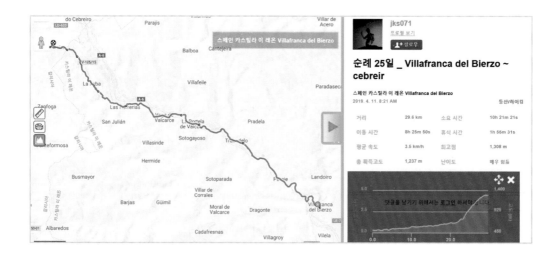

며칠간을 30킬로 전후로 걸었다. 오늘 목적지 트리아카스텔라(Triacastella) 까지 거리가 20킬로 정도니 시작부터 맘이 편하다. 평소엔 20킬로 걷는 일도 엄청 대단한 거리인데 가볍게 느껴지다니 스스로 놀랍다. 벌써 순례 26일 차이고 600킬로 넘게 걸었다. 일찍 일어나 동숙자들에게 피해를 주지 않게 최대한 조용히 살그머니 방을 빠져나온다. 구석진 곳이라 다행이다 싶은데 나보다 먼저 서둘러 출발하는 사람들도 많다. 일출을 찍으려다 밝아오는 여명만 시차를 두고 찍고 배낭 챙겨 새날의 길을 걷는다. 어둠의 장막이 서서히 걷힌다. 1,300고지라 날씨도 춥지만, 알베르게가 산의 정상에 있어 사방을 둘러봐도 전망이 너무 좋다. 눈으로 꽁꽁 언 산길을 조심조심 내려간다. 조금씩 밝아오는 하늘빛이 계속 되돌아봐지고 더 머물고 싶은 산 풍경이다.

갈리시아 지역부터는 순례자상징도 큰 눈에 두 귀 쫑긋한 모습이다. 숙소 출발하여서 눈 덮인 산길의 내리막이 계속되고 농기계가 가득한 마을이 나왔다. 오늘도 누구의 눈치도 볼 거 없이 자유를 만끽하며 걷는다. 내 마음처럼 하늘은 맑고 푸르다.

  한 시간 정도 더 넘어가니 1,270m의 산 로케(San Roque) 고개다. 대부분 순례자는 숨 가쁘게 걸어와 몸에서 김이 모락모락 피어난다. 가난하고 병든 자를 위해 헌신한 산 로케 순례자 기념 동상 앞에서 사진 한 장 찍고 계속 걷는다.

  순례 시 복장에 대해 언급한 기억이 없는데 나의 경우이랬다. 짧은 기간이라면 몰라도 한 달 이상을 계획한다면 최소 두 계절을 맞는다. 난 3월 18일에 순례를 시작했으니 아침엔 너무 춥고 낮에는 땀이 흐른다. 그러니 가볍고 세탁하기 좋은 것으로 여러 벌 끼어 입고, 한 장씩 벗으면서 체온조절을 해 준다. 상의는 아웃도어 안에 패딩 점퍼나 조끼를 입고 그 안에 래시가드를 입었다. 하의 바지도 이중으로 안에는 레깅스가 좋고 겉은 긴바지에 지퍼가 달려 반바지로 변신하는 옷도 좋다. 양말은 발가락 양말 신은 위에 도톰한 양말을 덧신는다. 장갑도 이중으로 챙기는 것이 좋다. 스마트폰 사용자라면 속 장갑은 반 장갑을 사용함이 편하다. 우중이나 보온을 위한 비옷은 필수다. 각자 알아서 할 일이지만 내 몸이 아프면 만사가 귀찮고 힘들면 맘도 우울해진다.

갈리시아 지역에 들어서면서 갈림길마다 노란 화살표가 돌비석에 새겨있다. 그리고 그 안에 콤포스텔라까지 남은 거리가 표시되어 있다. 9:40 분 경 호스피탈 마을. 문을 연 첫 번째 바 앞 눈덩이 위에 스틱들이 꽂혀 있다. 대부분 순례객의 아침 식사 장소다. 이때 아니면 언제가 될지 모르는 식사니, 끼니는 거르지 말자는 맘으로 나도 바에 든다. 다시 말하지만, 서양 사람들은 작은 바게트 한 조각과 커피 한잔으로 어떻게 아침 식사가 되는지 신기하다. 놀라울 만큼 깡마른 할아버지 할머니가 자전거로 순례 중이다. 저 연세에 저런 몸으로 자전거 순례하다니 내 눈이 휘둥그레진다.

다시 걷기 시작한다. 꽤 경사가 있는 언덕에 올라 아래를 내려다보며 경치 좋은 곳에서 쉬어간다. 힘들게 고갯길을 올라와선지 쉬어갈 겸 오카리나를 불고 싶다. 멋지고 유창하진 않지만 듣는 이가 싫어하지 않았으면 좋겠다. 우리나라 전통민요인 아리랑 한 곡을 정성껏 토해냈다. 가냘픈 멜로디가 눈 덮인 계곡 사이사이로 켜켜이 박힌다. 이어서 누구의 인생이라 할 것 없는 '어느 60대 노부부의 사랑 이야기'를 불렀다. 멜로디가 아련하여 내가 이 노래를 연주할 때는 오카리나를 부른다는 생각보다 그냥 한숨을 토해낸다는 표현이 맞다. 부르고 나면 속이 후련하다.

　이 길을 오던 중에는 납작 돌을 쌓아 만든 비슷하게 생긴 교회가 여러 개 보인다. 출발점에서 10킬로를 걸어 올라 1,335m의 알토 도 포요(Alto do Poio)에서 점을 찍고 다시 내리막길이다. 찌릿한 오른 무릎 통증을 느끼며 언덕배기 당나귀와 소에게 아침 인사를 하며 걷는다. 이곳에서 오늘의 목적지 트리아카스텔라가 14킬로 남았다는 도로표시가 보인다. 쉴 때마다 새로 시작하는 맘으로 10킬로쯤이야 한다. 몸은 말을 안 듣지만, 정신이 말짱해서 다행이다.

　양지바르고 쉬기 좋은 곳을 찾아 양말 모두 벗고 발가락을 햇볕에 말린다. 내리막이 끝나는 지점으로 보이는 작은 하얀 꽃이 만발한 카페에 들렀다. 시원한 생맥주에 오믈렛 샌드위치로 점심을 주문했다. 음식을 기다리던 중 어찌나 큰 빵이 나오기에 내가 주문한 음식이 아니라고 말했는데 이것이 오믈렛 샌드위치란다. 우리 상식으로 사각형 식빵 사이에 어떤 재료가 들어가느냐의 샌드위치 이미지는 버려야 한다. 내 얼굴보다 더 큰 오믈렛 샌드위치를 들고 먹기도 전부터 흐뭇하다.

　맑은 날씨에 뭉게구름. 마을 양지바른 곳에 병아리를 몰고 다니는 어미 닭이 맘 애잔하게 다가온다. 동쪽에서는 자주 만나지 못했는데 중서부 특히 갈리시아 지방으로 들어서니 소농가가 유난히 많다. 소몰이 중 마지막 소 한 마리가 안 가겠다고 버팅 댄다. 소몰이 농부는 소에게 가자고 하지 않고 옆에 있던 개를 부른다. 주인의 명을 받은 개가 소에게 짖어대며 소몰이하는 광경을 보고 지나는 순례자들 탄성이다.

　길가에 작은 초가지붕의 집이 보인다. 사람이 살 것 같지는 않고 곡물 창고 같은데 예전에 스위스 전통 마을에서 만났던 주춧돌이 있다. 저 주춧돌은 쥐의 침입을 막기 위한 것이다. 여행 중 모르는 거 나타나면 답답하고 아는 거 나타나면 괜히 반갑다.

　멀리 마을이 보이고 트리아카스텔라가 2킬로 남았다는 목판의 사인이다. 마을 이름에서 어림짐작해 보기는 세 개의 성이 있다는 건데 지금은 하나도 남지 않은 옛 마을

이다. 마을 초입에 800년 넘은 고목(Castano)과 설명글이다. 산티아고 순례길 세월의 풍상을 이 한 그루 나무가 모두 끌어안고 있는 듯하다. 우리나라 시골 마을의 당산나무쯤 되어 보인다. 이 고목을 지나 잠시 후에 신기루처럼 나타나는 알베르게가 어찌나 반가운지 처음엔 긴가민가했다.

 계곡과 초원이 있는 마을 초입 트리아카스텔라 공립 알베르게에 1인당 6유로로 머문다. 마을과 외떨어져 주변 풍광이 아주 좋다. 와이파이 안되고 부엌 시설을 이용할 수 없다. 그동안 밀린 빨랫감을 모두 꺼내어 세탁기에 넣는다. 세탁기 이용(3유로)하는데 깜빡 잊고 세제를 넣지 않고 문을 닫아버려 두 번 돌려야 했다. 깨끗이 세탁된 빨래 옷도 햇살에 나부끼니 멋진 풍경이 된다. 내 마음도 덩달아 햇살에 나부낀다.

 동네 용품 가게(Deportes Castro)에 들러 산티아고 캡(10유로)을 샀다. 가게에서 Complexo Xacobeo 식당을 추천받아 순례자메뉴(10유로)로 풀코스 저녁 식사를 했다. 믹스 샐러드와 갈비 스테이크. 과일 칵테일과 트리아카스텔라 와인. 순례자메뉴라는 게 조금 뻔하지만 분명 순례자를 위한 식사라 생각하니 이만하면 푸짐하고 맛난 식사다. 순례 첫날부터 함께했던 사람들도 이곳에서 다시 만나게 된다. 오 세브레이로에서 봤던 한국인 여행자들은 이 식당 부근의 사립 알베르게에 숙소를 정했단다. 젊은 여자애는 남자애와 헤어졌는지 혼자 다닌다. 금세 또 새 친구가 생기리라 믿는다.

아직 내 양쪽 발이 말짱하여 기념사진을 찍는데 그저 신통방통하다. 남들은 물집을 트네, 발톱이 빠지네! 하며 순례를 마치면 병원부터 찾아가겠다고 한다. 어느 순례자는 발가락 사이를 칭칭 감거나 허벅지까지 압박 테이핑하는 등 난리인데 난 또 이리 말짱한지 모르겠다. 아프지 않고 온전하니 다행이기도 하지만 순례의 기분을 온전하게 못 느끼는 것 같다. 어찌 이상하게 순례는 뭔가 고통이 따라야만 할 것 같은 그런 바보 같은 생각이 든다. ㅎㅎ~~

오늘 걷는 길의 양은 21킬로 정도인데 어쩌다 7시간 50여 분이 소요됐다. 순례길은 거리가 멀다고 해서 시간이 오래 걸리고 짧다 해서 적게 걸리는 것은 아니다. 내리막 길이고 쉬운 길이라도 볼거리가 있거나 쉴 곳이 많으면 걷는 속도는 늘어진다. 특히 아침에 즐거운 비명과 함께 눈 속을 걷느라 평균 시속 3.6킬로 걸음의 결과다. 4월 중순의 눈 속 순례길이 오래오래 기억에 남을 것이다.

암담했던 처음 시작 때와는 달리 끝까지 완주할 수 있다는 자신감도 생긴다. 이쯤 되니 내가 나를 시험하고 그 시험에 당당하게 합격한 기분이다.

Foncebadon & O Cebreiro~~~ forever~~~

7시 40분 즈음. 산과 계곡이 있고 넓은 초원이 있는 숙소에서 서둘러 출발하니 새벽노을이 붉게 피어난다. 순례길 위에서 꼭 필요한 물건을 제외하고 짐의 무게를 줄이려면 겉옷 가짓수를 최소화한다. 겹겹이 입긴 했지만, 이번 여행에서 입고 벗고 두 세트 준비했다. 고산지역을 벗어나니 그동안 입었던 겉옷이 거추장스럽다. 30일 넘게 입은 겉옷을 벗고 새 옷으로 갈아입고 새 마음으로 상큼하게 출발한다.

4월 중순이니 날씨가 따뜻해질 거로 생각했는데 아침 공기가 의외로 춥다. 그래도 봄옷을 입은 기분이 새털처럼 가볍다. 이 옷은 작년 퇴직 때 제자이자 후배 교사가 선물한 옷인데 내 취향까지 잘 알고 선택한 아주 편한 옷이다. 안부 차 감사의 맘을 담아 그녀들에게 보낼 사진 한 장을 찍었다. 이심전심이었을까? ㅎ.ㅎ~ 뜻하지 않게 안부 문자와 사진 한 장이 톡~ 하고 들어온다. 내게 이 옷을 선물한 제자 선생님들의 안부다.

마을 끝에서 두 개로 갈라지는 길 Por Samos 왼쪽 평지 길로 가면 5킬로 더 걷고, Por Sanxil 오른쪽으로 가면 짧은 대신 산길이다. sanxil길로 진입하여 산행으로 오르막이 계속된다. 8킬로 넘게 걷도록 마땅한 카페나 바가 나타나질 않아 빈속으로 걷는다. sanxil로 가면 스페인에서 가장 오래된 수도원 중 하나인 사모스 수도원(8세기?)이 가까이 있다. 이제 27일째 순례길 마을마다 있는 교회 보는 일도 지쳤는지 마을에 있는 교회 사진을 찍는 일도 게을러진다. 꽤 넓은 식수대와 휴식 공간도 있지만 스쳐 지나간다. 별로 신경 쓰고 싶지 않은데 동행 중 엄청 신경 쓰게 만드는 한 사람이 있다. 이 좋은 길을 왜 이런 상대의 감정에 신경 쓰며 찝찝한 기분으로 걸어야 하는지 싫다. 자잘한 간섭도 싫고 꼬장꼬장 상대에게 신경 쓰는 것도 싫다. 그러든지 말든지 내 감정을 툴툴 털어버리려 애를 써 보지만 쉽지 않다. 순례길은 혼자 걸어야 맛이고 그게 정답이다. 이제라도 남은 112킬로를 정갈한 마음으로 걸어보고 싶다.

오전 11시가 넘어서 바에 들러 오렌지 주스와 바게트, 카페콘라체로 아침을 먹었다. 순례 기간을 금욕기간이라 해야 하나? 최소한의 식사도 좋지만 빵식을 좋아하지 않은 밥순이는 이 정도 먹어서는 시쳇말로 간에 기별도 안 간다. 난 평소에도 연명하는 식사를 하면 우울하다. 그래서 더욱 풍성한 주요리가 있는 삼시 세끼를 원한다. 간식을 잘 사지도 먹지도 않은 나로선 이 점에서는 조금 힘든 순례길이다.

봄 야생화 가득한 아름다운 사모스(Samos) 마을이다. 마을의 낮은 담벼락엔 작은 꽃들이 만발해 살랑대며 순례자를 위로한다. 그런데 유난히 소똥 냄새 진동하는 젖소 농가가 많은 지역이다. 어쩌면 이 길은 순례자의 길이 아니라 소가 지나가는 소의 길이라는 생각이 들 정도로 길바닥에 소의 오줌과 똥 천지다. 검은색의 질펀한 길은 소똥을 피해 걸을 수 없다. 냄새 지독한 외양간 앞에서는 그냥 숨쉬기를 참으며 눈을 딱

감고 물 흙만 피한다. 젖소 농가를 지나면 트리아카스텔라에서 사모스, 이어서 사리아로 가는 구간은 유난히 숲길이 많다. 질펀한 검은 흙길이고 습지가 많은 탓에 곰솔 같은 이끼류 식물이 많다. 숲길은 낙엽의 푹신함이 좋고 나무에서 품어져 나오는 향기가 정신을 맑게 한다. 햇살 가득한 들길은 살랑대는 풀꽃이 어찌나 사랑스러운지 나더러 이곳에서 쉬어가라 손짓한다. 아무리 강심장을 가졌더라도 그냥 지나칠 수가 없다.

사리아에 도착해 찾아간 첫 알베르게에서 뜻하지 않은 일이 벌어졌다. 순례 27일 만에 예약하지 않았다면 방이 없다는 말을 처음 들었다. 이곳 사리아(Sarria)는 산티아고 콤포스텔라에 도착하여 순례 증서를 받을 수 있는 최소거리다. 그래서인지 이곳에서 출발하는 사람들이 많다. 버스로 단체 관광객이 무더기로 옮겨 다니는 그동안 보지 못했던 현상이다. 다행히 리셉션의 여인이 다른 알베르게를 추천한다. 그녀가 안내한 곳은 이미 지나온 마을 초입의 'A Pedra'다. 친절한 주인은 한국인 손님을 매우 좋아했다. 부엌을 자유롭게 쓸 수 있으며 5인실로 베드당 10유로다. 모든 게 타일로 장식된 월풀욕조와 발코니가 있는 깜짝 놀랄만한 호텔형 침실이다.

시냇가에 노니는 거위(?)와 백조, 천변으로 음식점과 바가 줄지어 있다. 나도 한가한 야외테이블이 있는 '이스탄불'이라는 가게에 앉아 콜라와 닭 날개 튀김을 주문했다.

　사리아의 상징적인 계단에 오르면 공립 알베르게도 나오고 산타마리아 성당도 있다. 이곳에서 세브레이로에서 담소했던 한국인 여행자 일행도 만났다. 그런데 그들이 묵는 공립 알베르게는 부엌 사용이 안 돼 매식할 거란다. 내가 머문 알베르게는 어떠냐 묻는데 자랑하지 않을 수 없다. 가격은 조금 비싸나 수공예 타일로 장식된 럭셔리한 실내 분위기와 욕조가 있음을 강조했다. 특히 단층 침대와 부엌을 쓸 수 있다는 말에 그들의 탄성이 나왔다. 순례길에 욕조 있는 숙소를 구하기란 쉽지 않기 때문이다. 이런 것이 복불복이라면 나는 확실한 복이다.

　난 평소에는 라면을 잘 먹지 않지만, 성당 앞 한국 식품점에 들러 믹스된 냉동 해물 한 팩과 라면을 샀다. 저녁 메뉴로 해물라면에 순례 일행과 함께하려고 드라이 진도 한 병 샀다. 사실 난 배부른 맥주보다 방울 술인 진한 위스키나 없으면 소주 쪽을 선호하는 편이다. 장을 보고 돌아오는 길 코너에 등산용품과 순례 용품을 파는 면세점이 있다. 구경삼아 안으로 들어갔다. 용품점 입구에 아주 커다란 전 세계 수도까지 거리가 적힌 팻말이 보였다. 이곳에서 서울까지 거리가 13,320Km다. 참 멀리도 나와 있다는 생각이 불현듯 든다. 그런데 나와 장보기 한 친구는 이곳에서 배낭까지 덮는 용도로 쓰는 비옷을 하나 샀다. 우리 돈으로 환산하면 5만여 원 정도의 것인데 인터넷 네트워크 오류로 면세점 영수증을 발급받기 어려운 상황이다. 주인은 매우 당황하고 미안해하며 숙소가 어디냐 묻는다. 숙소 이름은 말했지만, 내일 아침 일찍 출발한다며 안 되면 할 수 없지 않겠냐 말하고 나왔다.

숙소에서 해물라면을 끓였는데 지난 제주 여행 때 먹었던 그 맛이 생각날 정도의 맛과 향이다. 하기야 순례길에서 뭘들 맛있지 않겠는가. 냉동 해물 팩이긴 하지만 이 정도면 순례 중엔 아주 고급진 메뉴다. 맥주와 드라이 진의 환상궁합을 만들어 삶은 달걀과 해물 듬뿍 넣은 라면, 토마토와 오렌지까지 좋은 걸 더 좋게 만들어낸다.

세상에나~~~ 스마트폰에서만 확인했지 한 번도 컴퓨터로 인터넷 검색을 한 적은 없었다. 순례 26일 차에서만 이것이 나타날 리는 없어 확인하니 내가 앱으로 올려둔 자료가 PC 인터넷 화면에 모두 나온다. 한눈에 고도까지 표기되니 폰 화면과 다르다. 발길 닿는 여정을 기록하는 앱 램블러 결과를 PC로는 처음 보니 좋다. ^^;

아침에 침상을 보니 5인실이 꽉 찼다. 조용히 방문 앞에 나오니 어제 여행 용품점에서 산 면세서류 봉투가 놓여 있다. 공항에서 세금을 돌려받을 수 있는 서류 다. 설마 했는데 내 것은 아니지만 감동이 더하여 뭔가 가슴이 찌~잉~했다. 지금은 우 리나라와 1인당 국민소득이 비슷하다고는 하지만 이런 질서 있는 행동에서 고개가 숙 어지는 스페인이다. 욕조 욕을 마치고 부엌을 사용할 수 있는 숙소에서 아침을 준비한 다. 삶은 달걀, 크림수프와 푸짐한 바게트. 사과와 바나나로 아침을 먹었다. 오진 꼴에 즐거워하며 수선을 피웠을 텐데도 웃어 주는 주인장이 고맙다. 본의 아니게 사 놓고 트지도 않은 오렌지 주스 한 팩을 냉장고에 두고 나왔다. 유통기간 지나기 전에 잘 먹 어줬으면 좋겠다. 마을 입구의 위치가 구시가지의 성당과는 멀지만 'A Pedra Albergue'와 같은 숙소라면 열 번을 추천해도 좋겠다.

신도시를 지나 도심천을 따라가면 기다란 순례 벽화가 나오고 계속 걸어 계단에 오 르면 구도심 사리아 성당이 나온다. 성수기가 아님에도 불구하고 어제까지는 느끼지 못한 순례자가 갑자기 많아진다. 이곳 사리아에서 이런 이유가 뭐냐 물어보니 이 시기가 부활절 전 일주일로 스페인 휴가가 시작되는 점이란다. 어쩐지 순례자들의 모습이 활기차다. 이곳 사리아에서 콤포스텔라까지 거리는 약 120킬로로 100킬로만 걸어도 순례 인증서가 나오는 최소 지점이기도 하다. 비성수기도 이런 정도인데 성수기의 순례길은 얼마나 복잡할까? 꼬리에 꼬리를 무는 개미 떼가 연상된다.

성당 안으로 들어가 기도로 시작한다. 산 안톤 아바데 병원, 사리아 성당과 무너진 중세의 성벽 등을 둘러보았다. 사리아에서 나오는 길은 아름답지만, 그동안 보지 못한 풍경으로 특히 현지인 순례자가 많고 학생들도 순례가 체험활동처럼 단체로 다닌다. 나의 순례길도 어제까지는 서막에 불과하고 오후가 되어서야 그 이유와 개미 떼의 의미를 절실히 알게 된다. 왜 순례자들이 경쟁하듯이 급하게 걷는지를.

　도시 초입부터 걸어서 구사리아를 지나면 작고 아름다운 아스페라 돌다리(Ponte da Aspera)를 건넨다. 순례길은 어딜 가나 물이 맑고 흐르는 소리도 경쾌하다. 상쾌한 아침 돌 틈 사이로 피어나는 풀꽃의 흔들림이 싱그럽다. 철로와 찻길과 순례길이 함께 한다. 발걸음이 가벼운 새로운 순례자들을 만나니 내 기분까지 상큼해진다.

출발 후 두 시간쯤 지나 사리아의 크리덴시알 발급장소가 나왔다. 나는 생장에서 받은 순례자 여권을 잘 가지고 있으니 다시 발급받을 이유가 없지만 쉬어갈 곳이 마땅치 않을 수 있으니 피해 갈 이유가 없다. 맥주 한 잔 마시며 쉰다. 순례 후반부에 드니 맘의 여유가 생겨 더 느긋해지는데 그동안 경험하지 못한 일이 이날 밤에. ㅠ.ㅠ

산티아고 데 바르베델로(Santiago de Barbedelo)는 12세기 말에 지어진 로마네스크 양식의 교회이다. 직사각형 외형으로 화강암으로 만들어진 정교한 가족 묘지가 함께 있다. 이끼 낀 나무에서 풍기는 향내와 풀꽃들이 예쁜 숲길로 흙냄새마저 싱그럽다. 갈리시아 특유의 토끼 눈 캐릭터가 있는 샘물, 낮은 돌담으로 경계를 표시한 좁은 길은 제주 올레길과 흡사하다.

 길거리에 배낭 배달해 주겠다는 택시가 간간이 보여 유혹을 느낀다. 기사에게 직접 물어보니 전 알베르게에서 보내도 3유로인데 이곳부터가 4유로나 달라고 한다. 낱개니까 이해는 되지만 10킬로나 등에 지고 온 수고가 아까우니 참자. 배낭을 새벽에 동키로 보냈으면 될 걸 25킬로 걷는 구간이라 안 보냈더니 이 순간은 후회된다. 그런데 브레아 마을의 Mirallos 100.486킬로 남았다는 표시 다음에 몇 발짝만 걸으면 Jakobsweg 100km Stein이다. 산티아고까지 두 자릿수 거리만 남은 역사적인 장소다. 순례자라면 누구나 사진을 찍는 기념할만한 곳으로 이때 내 등 뒤에 배낭이 없었다면 참 폼 안 나는 상황이 될 수도 있었겠다. ㅎ.ㅎ 이렇게 위로하며 다시 목적지까지 힘차게 걷는다. 좀 웃긴 얘기지만 나에게 좋은 쪽으로 생각하는 구석이 있다.

　이곳을 지나는 순례자라면 Jakobsweg 100km Stein에서 기념사진 한 장 찍는다. 남은 순례길이 세 자릿수에서 두 자리로 바뀌는 순간이다. 가정집 문 앞에 기부제로 운영하는 순례자들을 위한 점심을 뷔페로 준비해 놓고 있다. 입안이 껄끄러워 먹고 싶은 마음은 없다. 온습도가 적당한 숲길을 걷고 또 걷는다.

하늘을 향해 쭉쭉 뻗은 키다리 나무와 이끼 옷 입은 낮은 돌담이다. 이런 길이라면 얼마든지 걷겠는데 노란 꽃과 하얀 꽃, 바위를 본 순간 여기서 쉬어가자. 아예 하늘을 향해 드러눕고 몸을 놓는다. 쉬어갈 땐 쉬자는 의미도 있지만, 어찌 몸이 내 뜻 같지 않다. 그동안의 버팀목을 내동댕이친 이 느낌이 오래 가면 안 될 거 같아 바로 일어선다. 길거리의 십자가 앞에 고개 숙인 서양 청년들을 보니 나름의 연고가 있는 모양이다. 사연은 각자 다르겠지만 순례길에는 이런 돌무덤이 많다.

수많은 크기와 모양의 가리비 조개를 가공해서 파는 상점. 하얀 목련이나 자목련은 들어 봤으나 난생처음 보는 노란 목련꽃이 핀 집. 어느 집 창가에 빗자루를 타고 하늘을 나는 마귀할멈도 보인다. 지친 심신을 시원한 맥주 한 잔과 감자 칩으로 기력을 회복한다. 그동안 눈에 띄지 않던 노랑 꽃잎을 가진 애기똥풀을 만났다. 흔하디흔한 야생초지만 담벼락을 만드니 예쁘다. 잡초든 들꽃이든 있어야 할 곳에 있으면 예쁘다.

두 개의 카미노 갈림길 안내표시인데 어느 길로 가도 산티아고 콤포스텔라까지 거리는 93킬로로 비슷하게 남았다. 이때만 해도 일찍 도착해야 한다는 생각이 없었다. 그냥 사람들 많이 가는 쪽으로 따라 걸었다. 오늘 걷기를 24킬로를 걸어왔는데 길고 긴 미오강(Mino rio)을 건너는 미오브릿지를 지났다. 한 발짝도 더 걷기 힘든데 생뚱맞게 둥근 다리와 높은 계단이 나타났다. 중세의 아치(Christinabogen)로 이 중세 계단을 건너야만 바로 포르토마린(Portomarin)이다. 이렇게 귀한 역사적 유물임에도 내 몸이 지치니까 만사가 귀찮다. '아이고 나 죽겠다. 살려줘~'라는 소리가 절로 난다. 이 때까지도 포르토마린이 날 반갑게 맞이하고 기다릴 줄 알았다.

본래 이 도시의 역사는 댐(벨레사르 저수지)을 건설하면서 강변의 마을이 강바닥에 수몰되고 사람들은 모두 산 위로 이주하게 되었단다. 그런데 문제는 사리아에 이어 이 곳에서도 일어난다. 순례 시작 후 27일 동안 한 번도 알베르게를 예약한 적이 없다. 사리아부터 순례자가 몰리고 단체로 사전 예약을 해버린 상태라 나와 같은 사람은 포르토마린에서 알베르게 찾기란 너무 어려웠다. 하늘에 잔뜩 깔린 먹구름이 가슴속으로 파고든다. 호텔이며 호스텔까지 온 동네의 마을 끝까지 갔는데, 가는 곳마다 풀(Pull)이라며 방이 없단다. 마지막 꼭대기의 알베르게에서 방이 없다는 말을 들을 땐 현기증이 나는 거 같았다. 신기한 것은 그런 와중에도 알베르게를 찾아다니면서 마을 유적들을 모두 살펴보았다는 것이다. 아니 살펴봤다기보다는 무심결에 사진이 찍혀 내 폰에 담겨 있었다. 산 니콜라스 교회(Igrexa San Nicolas)와 산 페드로 교회(Igrexa San Pedro), 시티타운 홀(Casa de Concello), 그리고 아름다운 공원과 강이 내려다보이는 전망대까지,

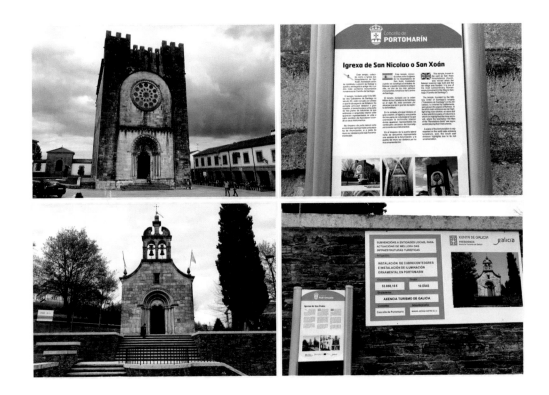

이때 맘은 정말 잘 곳이 없으면 공원 풀밭에라도 잘 각오했다. 그 풀밭 안에서는 한 순례자가 커다란 나무 밑에서 뭔지 모를 악기를 불고 있었다. 멜로디가 구슬프고 처량하다. 저 사람도 나처럼 하룻밤 머물 곳을 찾지 못한 건 아닌지. 뭔가 노숙이 무섭다는 생각보다는 그럴 수도 있겠다는 각오가 선다. 저 먹구름이 밤새 비를 몰고 올 것 같다. 하룻밤 묵어갈 곳을 찾지 못해 절망 중에 청소도 안 된 단체수련장 같은 공립 알베르게를 개방한다는 소식이다. 그나마 다행이라는 맘에 벌레가 나올 것 같은 알베

르게 구석의 침대를 차지할 수 있었다. 씻는 건 다음에 하자. 이런 스트레스를 받을 때 먹기라도 잘해야 스스로 위로가 된다. 큰맘 먹고 문어(뿔뽀)요리를 시켰는데 별로다. 바로 옆집으로 옮겨 닭 다리 요리도 더 시켜 먹었다. 먹고 산책하며 기분전환 시킨 저녁이다. 아무리 피곤해도 일회용 시트와 베갯잇을 씌우고 나의 침낭을 폈다. 씻을 맘도 없고 매사 불편하여 물티슈로 대충 닦고 잠을 청한다. 제발 베드버그만 나오지 말고 하룻밤 무사하게 해 주세요. 아멘~~ _()_

24.8킬로를 2시간 30여 분 휴식하며 7시간 걸어서 이동했다. 시속 3.5킬로로 짧지만 힘겹게 걸었던 하루다.

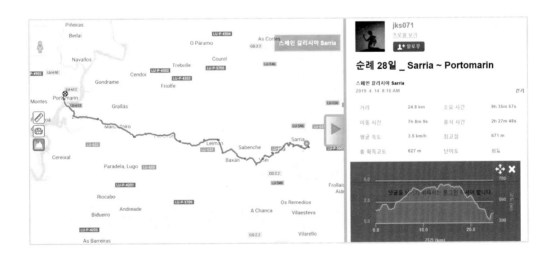

갈리시아 지방의 마른 곡식을 넣어둔 창고 '오레오(Horreo)'

찝찝함과 눅눅함을 떨쳐 버리려고 선잠을 깬다. 밤새 내내 버그 테러를 안 당한 것만으로도 감사하자. 오늘의 순례 목적지를 '팔라스 데 레이(Palas de Rei)'로 잡았다. 어제처럼 밀려든 순례객 때문에 알베르게를 구하기 어려울까 봐 일찍 출발했다. 예상했던 대로 새벽부터 주룩주룩 비가 내린다. 헤드 랜턴을 켜고 비옷까지 단단히 입고 어두운 새벽길 순례에 나선다. 동행 순례자도 사리아에서 산 등산배낭을 덮는 붉은색 비옷이 딱 안성맞춤이다. 어느 블로그를 보니 12킬로까지 설 만한 바도 없다니 마을 안에서 아침을 먹고 출발할까 했으나 입맛이 없다. 빗속에 오르막을 계속 걸었는데 곤자르 마을 7킬로 지나 뜻밖의 쉼터가 나온다. 8:50분 즈음 마침 비도 그친 상태라 따뜻한 차 한잔 없이 배낭 안의 빵과 오렌지로 허기짐을 간단하게 해결했다.

그런데 8, 9, 10킬로까지 1킬로마다 나타나는 카페 바가 있다. 15킬로 지점 Sierra Ligonde 720m 꼭대기를 넘어 Taberna de camino 바에서 휴식과 카페콘라체와 또르띠아를 먹었다. 춥고 배고프면 힘들 거 같아 일부러 잘 챙겨 먹는다. 언젠가 길거리에서 그런 글귀를 본 적이 있다. '힘들 때 우는 건 삼류다. 힘들 때 참는 건 이류다.

힘들 때 먹는 건 일류다.' 이대로라면 이래저래 난 일류가 된다. 딱히 일류가 좋은 건
아닌데도 맛난 거 먹으면 즐겁고 행복하다.

포르토마린 언덕마을에서 내려와 질척대는 오르막이 계속된다. 이전 마을에서는 보
지 못했던 것이 눈에 보이기 시작한다. 집마다 있는데 사람은 살 것 같지는 않으나 빗
살 벽으로 속이 훤히 들여다보이는 작은 집 모양의 공간이다. 집 안에 있는 것도 아니
고 길에서 보이는 곳으로 대문 위나 공중에 있다. 무슨 제각(祭閣) 같기도 한데 저게
뭘까? 지금도 사용할 수 있는 깨끗한 것도 있고 아주 오래 묵어 부서졌거나 이끼가
잔뜩 낀 것도 있다. 순례가 끝날 무렵에 현지인을 통해 알게 된 건데 아마도 마른 곡
식을 넣어둔 창고였을 거란다. 이름은 '오레오'라는데 굳이 길가에 둔 이유는 중세 때
부터 지나가는 순례자에게 뭔가를 제공하는 장소가 아닐까 지레짐작해 본다.

　　Ventas 마을 안으로 들어선다. 아주 작은 성당에서 스탬프를 받았다. 내 앞사람 남녀에게 무슨 축원을 하는 것 같은데 신부님은 시각장애인이다. 나에게 일본인이냐 묻기에 아니라며 한국 사람이라 답했다. 이 사람들의 후각엔 동서양인지를 구분하는 나름의 잣대가 있는 걸까? 사진을 찍고 나서 보니 신부님 뒤 단상에 'NO FOTOS'라고 쓰여 있다. 이미 찍어 버렸지만 미안하다는 생각이 들었다. 이곳이 특별한 교회인지 교회 앞에는 사람들이 많이 서성댄다. 신부님의 성축에 무슨 효험이 있는지도 모르겠다. 성축을 받은 순례자는 감사헌금을 한다.

종일 비가 내렸다 그치기를 반복한다. 추위에 지칠 거 같아 쉬어갈 겸 개미 형상이 있는 바에서 따뜻한 차 한 잔을 마시고 또 스탬프를 찍었다. 스탬프에 별 의미를 주고 싶지 않지만 어쩌다 보니 하나하나 늘어나는 스탬프가 묘한 기분이 들게 한다.

오후 두 시가 조금 넘어 마을이 나타나고 'Palas de Rei'라는 팻말이 보인다. 7시간 정도를 걸어서 28킬로 정도를 온 것이다. 주 표시가 있는 목적지에 도착했으나 모든 호텔. 호스텔. 알베르게가 예약 손님으로 다 채워져 방이 없다. 그다지 쉬지도 않고 빠른 걸음으로 달려오듯 왔음에도 불구하고 방이 없다. 커다란 나무 밑에 오레오가 있는 동네를 지난다. 마을 변방에도 오늘 밤을 지새울만한 알베르게가 없다.

　다시 도심으로 돌아와 곳곳에 들어가 잠잘 곳을 안내받고 싶었으나 허사였다. 이리 저리 뛰어봐도 이 도시 밖까지 걸었음에도 순례자를 위한 알베르게 뿐 아니라 호텔과 호스텔에도 방이 없다. 인터넷 검색도 모두 4~5킬로 밖의 것만 검색된다. 결국은 다음 순례길 첫 마을인 3.5킬로 떨어진 '산 쥴리안 두 카미노(San Xulian do Camino)' 마을까지 가 보았으나 이 마을에 한 개밖에 없는 알베르게도 이미 동이 났다. 나처럼 방을 구하러 다녔던 사람들이 나보다 먼저 왔다. 18개 침상밖에 없으니 역시 꽉 차서 손님을 더는 받을 수가 없단다. 어쩔 수 없이 그곳으로부터 다시 9.5킬로 떨어진 마을까지 가야만 했다. 도저히 더는 걸을 수 없어 15유로를 주고 택시를 탔다. 호텔에서 자느니 그 값으로 이동하는 쪽을 택했다. 기사에게 '멜리데(Melide) 뮤니시펄 알베르게'에 내려 달라고 했다. 내 몸은 이미 지쳐 손가락으로 톡 하고 건들면 풀썩 내동댕이쳐질 것 같다. 목적지에 도착했음에도 기진맥진 맥이 풀리는 순간이다.

이러던 중에 제자 선생님으로부터 뜻밖의 사진 한 장이 들어 온다. 현직 때 수업 중 학생들에게 스페인의 투우에 관한 이야기를 하며 자신만의 퀘렌시아(Querencia)를 만들라는 말을 한 적이 있다. 그러면서 퇴직에 맞춰 학생들에게 '너희들의 퀘렌시아가 되어줄 벤치'라며 네 개의 야외테이블을 기증하고 나왔다. 뜻밖에도 이 벤치를 학생들이 잘 이용한다며 사진을 찍어 보냈다. 후~우~~ 눈에서 멀어지면 마음에서도 멀어지는 것이거늘 이런 사진 보내는 일도 맘처럼 쉬운 일이 아니다. 답례로 순례길 사진을 보냈다. 울고 싶은 순간인데 내 마음을 안듯 기분전환의 한 장 사진이 참 고맙다.

광주 수피아여고 과학관 앞 추억의 살구나무

이곳 멜리데도 북의 길 순례자들이 합쳐지는 곳이라 갑자기 순례자가 늘어나는 곳이다. 조금 이른 시간이라 그런지 다행히 멜리데 공립 알베르게(6유로)는 넓고 깨끗하며 친절했다. 침상을 정리 후 이대로 자빠지면 낼 아침에 잘 일어날 수 있을까 싶다. 사리아 이후 지역 경제를 위해 알베르게에서 부엌을 사용할 수 없는 시스템이란다. 이

지방에서 유명한 생문어 요리(뽈뽀)를 먹을 생각이었으나 소문난 레스토랑인 Pulpera Ezequiel의 위치가 마을 입구에 있단다. 걸어서 들어왔다면 들렀을 텐데 지금은 그곳까지 찾아갈 맘도 힘도 없다. 사실 난 바다 스쿠버 다이빙을 해서 직접 전복과 소라, 멍게, 해삼, 문어 등을 채취한다. 사전 허락된 곳에서 잡을 수 있으니 기회만 된다면 언제든 자연산 문어를 먹을 수 있다. 지금은 너무 피곤하니 참자.

일단 가방 속에 있던 비상식량인 컵라면에 끓인 물만 부어 배 속을 채웠다. 부엌을 완전하게 쓸 수 없는 것은 아니고 포트와 인덕션이 있으니 냄비만 있으면 가능하다. 누군가가 사용하고 남기고 간 일회용 접시도 있다. 예전엔 포트를 가지고 다녔으나 에티오피아 여행 이후 안 가지고 다닌다. 어쩌다 동행자에게 엄청 귀한 등산용 코펠이 있다. 뭔가를 끓여 먹을 수 있는 환경이 갖춰진 셈이다. 너무 무리했다는 염려와 피곤함에 찌든 기분을 해결할 방법을 찾기로 했다. 멜리데 시내 구경에 나선다. 아윤타미엔토 광장(Ayuntamiento square)과 멜리데 성당을 둘러본 후 장보기다. 포장된 게를 본 순간 내 눈은 반짝이고 몸에 힘이 나면서 게탕을 먹고 싶다는 생각이 든다. 냉동이지만 게 값이 통닭 두 마리 값 정도로 꽤 비싼 거로 기억된다. 데워 먹는 볶음밥에 시원한 국물의 게탕 식사다. 푸짐한 통닭보다는 개운한 해물탕을 선호하는 나의 식습관이니 도리 없다. 딱 생강 한 토막과 된장 반 숟갈이 아쉽지만 이대로 만족하자. 스페인 대표 맥주인 산미겔과 진 칵테일. 오렌지 후식으로 하루를 마감한다. 기회만 오면 마시는 술이지만 난 사실 술맛도 모르고 방울 술이다.

각자 저마다 있다가 서로 어색한 듯 어쩌다 대화가 이어진다. 내 옆에는 폴란드에서 온 여행을 즐기는 앳된 소녀가 있다. 사실 이 소녀는 꽤 오래전부터 서로 앞서거니 뒤서거니 하며 붙어 다녔는데 오늘에야 처음으로 대화를 한 것이다. 몇 살인데 왜 혼자 다니느냐 물었더니 순례와 유럽 역사에 관심이 많다며 대뜸 자신의 나이를 가늠해 보란다. 난 최소 대학생이리라 생각해서 22살? 하고 물었더니 19살이란다. 여고를 갓 졸업하고 9월이면 대학에 입학하는 여학생이다. 여행경비는 부모님께 도움을 받느냐 물으니 3개월을 아르바이트했단다. 이런 대단한 소녀와 대화는 정말 특별했다. 사실 우리 젊은이들도 이렇게 아르바이트하며 여행하는 대학생들도 많다. 젊은이들이 이런 기회를 통해 웬만한 고난은 스스로 헤쳐갈 수 있으면 좋겠다. 모든 사람에게 꿈과 희망을 주는 순례길이 되리라 믿는다.

　　시인 류시화 님이 엮은 책 중에 킴벌리 커버거가 쓴 '지금 알고 있었던 것을 그때도 알았더라면'이라는 제목의 책이 있다. 그 안에 또 하나의 詩 잘랄루딘 루미의 '여행'이라는 詩를 소개한다. '여행은 힘과 사랑을 그대에게 돌려준다. 어디든 갈 곳이 없다면 마음의 길을 따라 걸어가 보라. 그 길은 빛이 쏟아지는 통로처럼 걸음마다 변화하는 세계. 그곳을 여행할 때 그대는 변화하리라.'

알베르게에서 라면과 과일, 그리고 내 입에는 세상 맛없는 전자레인지 구이 피자로 아침을 챙겨 먹고 나선다. 오늘 걸어야 할 길은 어제 많은 이동 덕분에 15킬로 정도만 걸으면 된다. 남은 거리가 두 자릿수로 줄어드니 왠지 콤포스텔라에 일찍 도착하기 아깝다는 생각이다. 멜리데 공립 알베르게가 마을 끄트머리에 있어 내리막을 따라 걸으니 바로 한적한 길로 이어진다. 산티아고 순례길은 예쁘지 않은 길이 없다. 이래서 사람들이 이 순례길을 걷고 싶어 하지 않을까? 멜리데는 북의 순례길과 연결된 지점이다 보니 앞뒤로 순례자의 발걸음이 줄지어 계속된다. 낮은 담벼락 위에 초록빛 오레오가 보이고 50킬로 정도 남은 지점에서 갈림길이 나왔다. 어느 쪽으로 가든 상관없어 오른쪽 길을 택해 걸었다. 내 의지라기보다는 많은 이들이 그쪽 길을 먼저 걸어가고 있어 물밀듯이 걷는다. 한적한 숲길을 지나 개울가 앞에 뭔가 붙어있다. 뭔가 싶었는데 돌다리를 넘어가니 순례자 여권에 스탬프를 찍어주고 도네이션을 받는다. 스탬프 종류도 여러 가지로 선택할 수 있는데 이도 일종의 이들 직업이다.

울창한 숲속 길로 접어든다. 잔잔한 오르막과 내리막이 연속되는 길이다. 하얀 교회 앞에 레몬 추리와 노란 수술의 하얀 꽃 카라가 상쾌한 아침을 얘기한다. 또다시 눈에 띈 오레오(Horreo)에 대해 궁금증이 더해진다. 곡식 저장 창고인데 왜 길가 쪽에?

어느 집 담벼락에 줄줄이 적힌 글. 이곳 역시 스탬프를 찍고 모금함에 1유로를 넣는 무인 모금함이다. 모금에 관한 길고 긴 설명글이 있는 곳에 또 다른 스탬프 도네이션이 있다. 스탬프가 꼭 필요하지 않더라도 좋은 일의 모금이라면 참여해도 좋다. 도네이션하는 젊은 두 아가씨가 기특하기도 하고 참 예쁘다. 복장을 보니 이제 시작한 순례자다. 내 순례자 여권엔 스탬프 찍을 자리가 부족할 듯하다.

순례자를 돕는 건지 유혹하는 건지 순례자를 태우겠다는 택시를 볼 수 있는 곳도 갈리시아 지방에서나 보게 되는 모습들이다.

젖소의 젖이 땅에 닿게 생겼다. 예전에 아이슬란드 여행 중 연로한 동행자가 이런 젖소를 보더니 대뜸 '소에게 브래지어를 채워줘야 한다.'라는 말이 생각나 웃었던 기억이 난다. 새끼를 가졌나 싶었는데 돌아서 보니 이미 어린 새끼가 밑에 있다. 맞다 배가 부른 것이 아니고 젖통이 엄청나게 크다. 송아지 먹일 젖과 주인에게 내어줄 젖이라 생각하니 대견스럽다. 초원 위에 둥글둥글한 양 떼도 보며 계속 숲길을 오르내린다. 어쩌면 이런 길이 도로 옆 포장길보다 훨씬 좋다. 갈리시아의 순례길은 흙길이기도 하려니와 잔잔한 풀꽃들과 고품격 향기가 나는 유칼립투스 가로수로 큰 나무 사이의 숲속 길이라 걷기에 참 좋다. Trigas 마을. 숲길의 나무 향과 흙냄새, 포장길 옆으로 난 한 줄 오솔길을 지나 Ribadiso 마을을 넘어간다.

Arzua 도심으로 들어서니 도로 바닥의 산티아고 표시가 조금 달라졌다. 청동의 둥근 조가비의 빗살무늬. 모든 길은 콤포스텔라 한 곳에 이른다는 뜻이다.

길 앞에 나와 커다란 둥근 철판 위에 갖은 채소를 썰고 있는 남자. 식욕을 돋우기에 기다렸다 먹고 갈까 했는데 완성해 맛보려면 한 시간 사십 분은 기다려야 한단다. 요리 이름이 뭐냐 물으니 답해주었는데 바로 메모해 두질 않아 기억이 없다. 아마도 스페인의 국가대표급 전통 요리 빠에야? 맞다 빠에야! 이제 막 시작 단계이지만 최종적으로 어떤 비주얼의 빠에야가 탄생할지 궁금하다. 빠에야는 넣는 재료에 따라 이름이 다르다. 마치 우리나라 볶음밥처럼. 김치볶음밥, 낙지볶음밥, 해물볶음밥 하듯 이름도 다양하다. 먹고 싶지만 기다릴 수는 없다. 아마도 이들은 어제 내가 머물려고 했던 곳인 팔라스 데 레이에서 오는 순례자들의 시간에 맞춰 음식을 준비하고 있는 듯하다.

내가 아르주아(Arzua)에 도착한 시간이 12:30분 경이다. 머물까? 아니면 다음 마을까지 더 갈까 망설이다가 문뜩 눈에 띈 공립 알베르게가 있다. 아직 문이 열리려면 30분을 기다려야 한다. 공립은 사전 예약을 받지 않으니 이곳에서 기다리면 된다. 나보다 먼저 도착한 두 개의 배낭이 알베르게 앞에 떠~억 허니 버티고 있다. 배낭의 주인은 그 건너편 길바닥에서 요가 중이다. 전날 바둥댔던 걸 생각하며 여기서 멈춘다.

오후 1시가 되자 알베르게 문이 열렸다. 그런데 침대 배치가 아주 이상한 알베르게다. 어떻게 낯선 이들과 사이 공간이나 난간도 없이 옆 사람과 침대를 맞붙이고 잘 수 있는지. 게다가 문 바로 앞이라 이건 영 아니다. 수많은 이들이 오고 가고 할 텐데 신경이 엄청나게 쓰일 것 같다. 리셉션에 가서 바꿔 달라고 했더니 선선히 맨 구석 자리로 바꿔준다. 휴~우우~~ 다행이다. 쉽게 침대 위치를 바꿔주는 알베르게도 있지만, 그렇지 않은 곳도 있다.

많이 걷지도 않았는데 서로 피곤했는지 동행자와 심한 언쟁이 있었다. 내가 듣기에 매우 황당한 시비였는데 무엇 때문인지 딱히 기억이 없다. 혼자서 가라고 해도 안가면서 시비를 건다. 시작부터 동행이든 잠시 부분 동행하든, 동행자가 친구든, 부부든, 연인이든 장기간의 순례길에서는 부딪침이 있기 마련이다. 그래서 누구에게든 순례길을 가려거든 혼자서 가라고 말해주고 싶다. 기댈 곳도 의지할 곳도 미룰 것도 없이 얼마든지 혼자서 해결할 수 있는 길이 산티아고 순례길이다. 순례자 여권만 있으면 알베르게에 머물 수 있고 한 몸 누일 침대 하나면 된다. 자기 체력만큼 걸으면 되고 못 걷는다고 해서 누가 뭐랄 사람도 없다. 오늘 못 가면 내일 가면 되고 걸어서 힘들면 버스나 기차를 타면 된다. 어쩌다 인연이 되어 순간 동행이 됐다면 진짜 순간 동행으로 끝내고 이의가 있다면 각자 자신이 갈 길로 미련 없이 헤어지면 된다. 극히 개인적이고 소소한 일까지 시빗거리가 되는 건 참을 수가 없다. 더 큰 문제는 농담으로 한 말을 내가 너무 예민하게 받아들이는 점도 무시할 수는 없다. 장난말이나 유머에 약한 나임을 인정한다. 원하는 대로 혼자서 가라는데 안 가는 이유는 뭔지?

투덕거림의 뒤끝이라 탈탈 털고 일어나서 그런지 홀가분하게 혼자 돌아다녔던 아르주아. 공립 알베르게 옆 마다레나 교회(Madalena Church)와 라스 케세라스(? Las Queseras) 기념비와 두 손 위에 얹힌 둥근 치즈(Ulloa)와 송아지 분수가 있는 아기자기한 메인 광장을 돌아다녔다. 자세한 것은 알 수 없지만, 전통적인 빵(?)을 만드는 여인, 벤치에 앉아 조가비에 문양을 새겨 파는 아저씨, 두 아이가 있는 송아지 분수와 두 손에 얹힌 치즈는 이 마을이 가축을 기르며 치즈를 만드는 전통 마을임을 암시한다. 이곳에서는 해마다 3월 첫째 주 일요일엔 치즈 페스티벌이 열린다. 그래서 동네마다 초록 들녘도 많고 젖소와 외양간도 많았다.

동네 둘러보기를 하던 중 기념품 가게에 들러서 납으로 만든 가리비 목걸이(개당 2.5유로)를 두 개 샀다. 오래 지닐 수 있는 18금 정도면 좋겠는데 그런 건 아니다. 하나는 내가 목에 바로 걸었지만 남은 하나는 누가 주인이 될지 모른다. 선물이란 주는 이의 기분도 중요하지만 받는 사람에게도 그만한 의미가 있어야 한다.

옆 해산물 전문 가게에 들러 완두콩과 여러 가지 해산물이 든 것을 한 봉지 샀다. 지난번처럼 저녁에 해물라면을 해 먹을 생각으로 샀는데 맛은 사리아 때만 못하다.

오늘의 순례는 14.4킬로이고 소요 시간 4시간 35분에 휴식 시간 43분이다. 여기에 아르주아에서 동네 둘러보기를 2~3킬로는 한 듯하다. 지금 생각해보면 좀 더 걸었어도 될 것을 괜히 동행과 투덜댔다는 생각도 든다. 꼭 더 걷자거나 그만 걷자는 일만으로 투덜댄 거 같지 않은데 아무런 기억이 없다. 어찌 날마다 좋을까마는 참 맘 안 편한 하루를 보냈다.

모두가 한마음 콤포스텔라를 향하여

새벽 7시 전 배낭을 챙겨 알베르게 앞 광장의 바에 동키 서비스를 맡겼다. 처음 시작 때 배달서비스가 8유로였는데 중간쯤엔 5유로 하더니 이곳은 3유로다. 굳이 무거운 배낭을 등에 메고 가야만 순례라는 생각을 벗는다. 서비스를 맡아주는 카페라서 바게트와 카페콘라체로 아침 식사를 했다. 순례자가 많아져 다음 알베르게 때문에 일찍 출발한다. 앞뒤 분간도 어려운 캄캄한 새벽길을 걷다 보니 4킬로_47분, 5_59, 6_1:10, 7_1:20, 8_1:32, 9_1:44, 10킬로를 1시간 56분에 걸었다. 평지길이니, 정상대로라면 2시간 30분 거리다. 걸으면서 이런 생각 했다.

오래전에 먹다가 끊고 작년 가을 암 제거 수술 전 정밀 검사에 딱 걸린 협심증 이야기다. 어찌 말하지도 않았는데 20여 년 전의 협심증을 찾아내는지 순간 오싹했다. 이번 암 수술 이후 심장허혈증약을 처방받아 먹는다. 그런데 순례길에서 다시 약 먹는 일을 내 의지로 끝내기로 했다. 의사 처방대로 내가 허혈성 심장을 가졌다면 이렇게 잘 걸을 수가 없다. 오늘따라 아무런 흉통도 없다. 난 참 건강하다고 못이 박히도록 주문을 왼다. 순례길 걷는 덕에 암 제거 수술에 대한 불안감과 후유증도 사라졌다.

파란색 난간의 다리를 건넜다. 울창한 갈참나무와 유칼립투스에서 풍기는 향에 취해 발걸음이 가볍다. 진한 향기를 내뿜으며 보랏빛 꽃이 방울방울 포도알처럼 피어나는 등나무. 막 붉게 피어나려고 초롱초롱 꽃망울을 달고 있는 후크시아. 크기도 크려니와 깨끗한 순백에 노란 수술을 달고 있는 탐스러운 카라 꽃까지 잘 가꿔진 정원수들은 지나가는 나그네를 행복하게 한다. 순리대로 피어나는 자연 속 꽃들이란 참 위대하다. 창틀 난간에 앉은 고양이도 풍경이 된다. 11킬로를 걷고 하얀 꽃이 흐드러지게 핀 커다란 나무가 있는 바에 들었다. 갈증 해소를 위해 생맥주 한잔과 바나나 먹고 걷는다.

걷던 중 작은 굴다리가 나왔다. 굴다리를 지나기 전 옆에 노랑 안내 글엔 굴다리를 지나면 'Irene'이고 비켜 오른쪽을 향하면 'Perdouzo'라는 표시다. 오른쪽 페드로우조를 향해 걷는다. 다른 마을과 다르게 집마다 대문이 상하로 나뉘어 있다. 외부인이나

들짐승들이 쉽게 들지 말라는 뜻이기도 하려니와 위쪽만 열린 걸 보면 통풍을 뜻하는 것인지. 언제부턴가 둥근 조가비 모양인데 문양이 특이한 집 대문이다. 세월의 흔적을 고스란히 간직한 음수대와 반원형의 순례자 휴식처를 스친다. 스페인 동쪽 지역에서는 보이지 않던 곡식과 마른 음식물 창고인 오레오가 이곳 갈리시아 지방에는 유난히 많다. 현지인에게 알아봤으나 오레오에 대한 자세한 유래는 알 수 없었다.

그런데 걷다 보니 오늘 걸어갈 목표치보다 훨씬 넘게 걸었는데 목적지가 나타나질 않는다. 오잉~~~, 얼마나 앞만 보고 빨리 걸었는지 목적지보다 2킬로나 더 걸었다. 행정구역상 소속 마을인지 도시명이 두 개(O pino와 O Perdouzo)가 헷갈렸다. 내가 찾은 목적지는 '오피노'인데 이곳에선 '오피노' 속의 '페드로우조'라는 표시한다. 설령 잘못 들었다 한들 어쩌랴. 그다지 많이 걷지 않아 힘들고 지친 것은 아니지만 순례자에게 되돌아가는 한 걸음이 얼마나 맥 팔리게 하는지 걸어본 사람만이 알 일이다. 그런 데도 되돌아오면서 비실비실 헛웃음이 나온다. 19킬로면 충분한 거리 구간인데 별생 각 없이 걷기만 하는 바람에 23킬로 넘게 걸었다. 오전 내내 쉬지 않고 두 발에 발동 기 달린 것처럼 걸었다. 콤포스텔라 쪽으로 좀 더 가까이 갈까도 생각했지만, 꾸역꾸 역 억지스럽게 도착하고 싶지도 않아 그냥 이곳에서 머물기로 한다. 대망의 800킬로 프랑스 순례길 완주 하루 전날이다. 감격의 콤포스텔라를 눈앞에 두고 일종의 숨 고르 기에 든다. 휴~~우우~~~

오 피노 청사 앞에 닭 형상의 탑이 있다. 이곳에서 다시 공립 알베르게를 찾아 나선 다. 정오 즈음에 순례자 마크 아래에 흐릿하지만 Peregrinus de O Pino라고 쓰인 공 립 알베르게에 도착했다. 문이 열리려면 한 시간은 밖에서 기다려야 한다. 근처 피자 가게에 들어 점심으로 스페인 전통 요리로 새우볶음밥(씨푸드 빠에야)을 시켰다. 맛은 있는데 혀가 얼얼할 정도로 짜다. 소금을 조금만 넣어달라(Poco Sall)는 말을 해야 하 는데 잊었다. 짠 입을 달래기 위해 갓구운 피자도 시켰다. 먹고 싶을 때 먹고 배가 부 르니 행복하다. 이런 단순함을 즐기는 이 길이 좋다. 어쩜 내일이면 목적지에 도착한 다는 여유가 생겨 그런지 맘도 편안해진다.

공립 알베르게는 동화 속의 다락방 같은 분위기로 1베드 6유로인데 창가 쪽으로 89 번이다. 내 침상은 단층이고 다른 곳은 거의 2층 침상이다. 머리 위에서 삐거덕대지 않아서 이 또한 감사하다. 역시 이곳도 부엌 시설은 있으나 끓이거나 따로 요리는 못 하고 데워 먹을 수만 있다. 그도 그럴 것이 성수기의 순례자가 많을 땐 부엌 사용도 여의찮고 순례자들이 매식한다면 지역경제에 도움이 될 만도 하다. 난 귀찮고 힘들어 도 직접 해 먹는 집밥이 좋다. 저녁과 아침 식사 장보기에 나섰다. 디아 마트에서 주 스와 하몽과 바게트. 딸기. 사과와 오렌지 등등 샀다. 단층 침상을 준 리셉션의 아저 씨에게 바게트 하나를 선물했다. 값은 1유로이지만 갓구운 따끈한 빵으로 감사의 표현 이다. 어쨌든 매식하는 음식보다 조금 번거롭기는 해도 직접 만들어 먹는 것이 값싸기 도 하려니와 풍성하고 입맛에 맞아 훨씬 좋다.

마트에서 나오는 길에 이곳 오 피노에서 산티아고 콤포스텔라까지 가는 버스를 만 났다. 20분 소요되는 거리로 하루에 8번이나 있다. 이때 대형버스 한 대가 미끄러질 듯 들어온다. 다리를 다쳤거나 몸 상태가 좋지 않은 사람도 이용할 수 있으리라. 이곳 까지 31일 동안 온전하게 왔음에 감사하는 하루가 된다. 내일이면 800킬로 완주 콤포 스텔라에 도착한다. Wow!! Buen camino~~~

벨비스 공원(Parque de Belvis)의 청동 조각 작품

드디어 32일 차. 순례길의 골인 지점을 향한다. 계획한 순례 마지막 날 축복인 양 신비인 양 온천지가 새벽안개에 싸여 있다. 새벽이 어둡기도 하지만 이곳저곳에서 배낭 멘 순례자가 나오니 어느 쪽으로 방향을 잡아야 할지 쉽게 알 수 있다. 모두 어서 걸어 콤포스텔라에 서자는 나와 같은 맘들일 것이다. 몽환적인 풍경 속으로 빨려들 듯 잰걸음이다. 난 알베르게에서 어제 산 과일과 커피, 하몽과 바게트로 아침을 먹고 나왔는데 아침을 못 먹은 순례자를 위한 푸드트럭 앞에 손님들이 가득하다.

31일간의 순례 동안 단 한 번도 숙소를 예약한 적은 없다. 마지막 날인 오늘까지 숙소 예약 없이 순례를 마쳐볼 생각이다. 다음 알베르게도 예약하지 않았으니 빠른 걸음으로 콤포스텔라에 도착해야 한다. 설마 잠잘 곳이 없지는 않겠지만, 나도 처음인지라 장담 못 한다. 최종 목적지인 콤포스텔라는 가리비 껍데기 형상대로 모든 순례길에서 순례자들이 한곳으로 집결되는 곳이다. 마지막 날이라 지칠 만도 한데 모두 발걸음이 생생하다. 숲속 길 나무 사이로 어둠을 뚫고 아침 해가 떠오른다.

이 길을 빠져나오는데 길 끄트머리에서 사람들이 웅성댄다. 가까이 다가가니 산티아고라는 커다란 돌비석이 있다. 대부분 순례자는 이곳에서 기념사진을 찍는다. 나도 찍고 상대도 찍어주며 도착할 곳이 머지않음에 서로 다독이며 축하하는 곳이다. 이 돌비석을 지나는 중에 라바콜라 공항에서 비행기가 떠오른다.

가리비와 십자가, 조롱박이 새겨진 SANTIAGO 돌비석을 보는 순간 거의 다 왔구나 싶지만 여기서부터 콤포스텔라까지 거리가 지루하고도 지루하다. 특히 이 길에서 'Camino de Santiago' 표식을 잘 보고 걸어야 한다.

산 마르코스는 갈리시아 코루아 지방의 산티아고 데 콤포스텔라 외곽에 있는 작은 마을이다. 목적지를 눈앞에 두고도 주변 마을에서 하루를 묵어가는 순례자가 많다. 예로부터 중세 순례자들이 이 주변에서 세신하고 몸가짐을 바르게 하여 수호성인 성 야고보를 만나러 가는 곳이라 한다. 우리 풍습처럼 조상들을 뵈러 갈 때 목욕재계하는 그런 곳이다. 한 시간 이상을 걸었는데 이제야 한 무리의 젊은 순례자가 알베르게에서 나온다. 어느 모퉁이의 기념품 가게 앞에 순례자 복장 일체(모자, 조가비, 지팡이, 십자가, 조롱박, 망토와 스커프)가 걸려 있다. 중세 순례자 코스프레가 하고 싶다면 순례자 복장 일체를 대여받아 사진을 찍을 수 있으며 1인 대여료는 1유로다.

잘 포장된 아스팔트 길을 따라 오르고 오르면 '몬테 도 고조 (Monte do Gozo)'공원이 나온다. 낮은 언덕 위에 '기쁨의 언덕' 상징 탑인데 교황 바오로 2세의 부조가 있다. 어디선가 순례길이 중세 이후 수그러들었다가 1982년 교황 바오로 2세의 순례길 방문 이후 다시 순례 행렬이 되살아났다는 글을 본 적이 있다. 내가 이곳에 선 시각에는 햇살이 반대편에 있어 교황님의 부조 면이 그늘져 어둡게 나타난다. 아쉽다. 기쁨의 언덕 몬테 도 고조에서 멀리 '산티아고 데 콤포스텔라' 대성당을 전망할 수 있다. 산티아고 대성당 앞에 서면 어떤 감정일지 모르지만, 그 성당이 바라보이는 기쁨의 언덕에서 소망의 답을 얻는다. 평소 생각했던 대로 범사에 감사하며 있는 대로 베풀며 살자. 이곳에서 한참을 머물다 다시 남은 5킬로 뒤에 있는 목적지를 향해 걷는다. 왜 그리 5킬로의 거리가 멀었는지 노란 화살표를 찾아가는 구시가지까지 거리는 멀고도 멀었다. 보일 듯 보이지 않고 잡힐 듯 잡히지 않는다.

난 어릴 적엔 동네교회에 다녔고 기독교 재단인 학교에서 교직 생활을 40년하고 퇴직했다. 종교와 뗄 수 없는 인생이지만 솔직히 말하면 교회를 열심히 다니며 신앙생활을 하지는 않았다. 이런 마당에 내가 특별하게 성 야고보의 무덤에 참배하려고 순례길에 오른 건 아니다. 많은 이들에게 로망의 길인 것처럼 나도 막연히 이 순례를 하고 싶었다. 매번 여행 때마다 이번엔 어딜 가지? 이 지방에서는 뭘 보나? 이동은 어떻게 해야 하나? 숙소는 어디를 어찌 예약하지? 이런 일반적인 것을 하지 않아서 순례길은 내게 특별한 시간이 됐다. 세상 이렇게 얻는 게 많고 쉬운 여행이 어디 또 있을까? 싶었다. 홀로 여행을 꿈꾸는 자에게 꼭 필요한 여행과 순례길이 아닐까 생각한다. 그런데 하루 25킬로씩 걷는다는 게 말처럼 쉬운 일이 아니다. 왜 많은 사람은 이 길을 걷기를 소망할까? 난 그동안 해외여행과는 달리 마냥 걸으면서 뭔가 깨달음을 얻고 새로운 자신감을 느끼기 위해 나선 길이다. 하지만 생각에 생각을 더하면서 '비운다는 것은 비우려 해서 비워지는 것은 아니고 깨달음 역시 마찬가지다.'라는 결론이다. 그저 단순하게 말 그대로 자유로운 영혼의 심플라이프가 되고 싶다. 내가 살아 있을 날이 얼마가 될지 알 수 없지만 죽기 전에 내 주변에 미안할 사람이 적기를 소망한다. 그래서 사는 동안 주변에 인색하지 않고 베풀며 살고 싶다. 그리고 누구나 그러하겠지만 하고 싶은 일이 있으면 지금 하고 후회 없이 살고 싶다. 엉뚱한 생각일 수도 있겠지만 주검조차 내 의지대로 맞이하고 싶다. 콤포스텔라 성당의 첨탑이 보이는 몬테 도고조 언덕에 앉아 든 생각이다. 솔직히 이곳에서 별의별 생각이 다 든 곳이다. 결국은 뭔가를 해냈다는 기쁨보다는 그저 무덤덤했다. 뭐 그런 게 인생 아니겠는가.

여행하다 보면 혼자라서 홀가분하면서도 모르는 것이 나타나면 동행이 아쉬울 때가 있다. 나의 경우 밤하늘 별 분야나 숲속의 새 분야의 전문가가 아쉬울 때가 많다. 시내로 드는 길에 뭔지 모를 석조들이 모여 있다. 괴이한 형상인데 설명 판이 없어 이럴 때 설명해 줄 사람이 아쉽다.

언덕길을 넘고서 한참을 걸어 콤포스텔라 시내 콩코르디아 광장이 나온다. 산티아고 표시와 상징탑이 순례자를 맞는다. 콤포스텔라 엠블럼인 별은 춤추는 사람 형상이다. 이것은 콤포스텔라가 '별들의 들판(Field of Stars)'이라는 뜻으로 나도 덩달아 춤추고 웃게 한다. 그 주변으로 야고보 사도의 문(Porta Itineris Sancti Iacobi)이 있는데 칸디도 파소스 로페즈(Candido Pazos Lopez)의 작품이다. 사도의 문 네 개의 면에 부조된 20명의 인물은 산티아고 순례길과 관련이 있단다.

엠블러와 야고보 사도의 문을 지나면 돌기둥 십자가 나온다. 대부분 순례자는 이곳에서 기도한다. 산 페드로(Rua de San Pedro)의 돌 십자가 앞에서 기도하는 순례자를 본 순간 진짜 다 왔구나 싶다. 그런데 아직도 아니다. 국도 N-634. 폰티냐스 공원을 지나고 순례길 따라 걷고 또 걷는다. 옛 시가지로 들어왔는데 여기서부터 또 배낭을 멘 세계의 순례자들과 섞여 미로와 같은 골목길을 돌고 돌았다. 앞서서 배낭을 메고 가는 사람이 아니면 매우 헤맸을 거다. 내 의지대로 걸었다기보다는 그저 순례자처럼 보이는 앞사람을 졸래졸래 따라갔다. 드디어 여기인가 싶은 곳에서 발걸음이 멈췄다. 왜냐하면, 많은 순례자와 인파가 모여 서로 사진을 찍고 있는 데다가 좌우로 아주 오래된 건축물이 있었다. 여긴가? 맞나? 사실 콤포스텔라 대성당이 최종 목적지이긴 하지만 내겐 성당의 모습이 중요한 것이 아니었으니까. 조금 힘들어서 발길이 멈춘 곳에서 이리저리 사진을 찍었다. 아주 오래된 아날로그 사진기와 사진사. 그 옆으로 길거리의 수채화가. 아치문이 보이고 스페인식 백파이프(Gaita) 소리. 라디오나 영화에서 들었지만 직접 듣는 귀에 익은 멜로디의 백파이프 소리는 처음엔 신기했다. 소리가 나는 쪽의 끌림을 안고 귀한 것을 아껴두는 맘으로 일단 이 주변을 둘러본다. 지금 머문 이곳은 인마쿠라다 광장(Prazada inmaculada)인데 왼쪽은 산타 마르티노 피나리오 수도원이고 오른쪽의 레오나르도 다빈치 전시 팸플릿이 걸린 곳은 대학 건물이다. 내가 찾던 콤포스텔라 대성당은 저기 백파이프 소리가 나는 아치문 안으로 들어서야 한다.

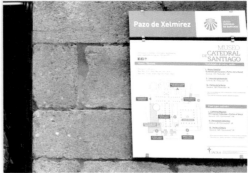

귀가 찢어질 듯한 백파이프 소리를 들으며 아치문으로 들어선다. 이 아치문이 11세기 초에 건축된 산티아고 데 콤포스텔라로 들어가는 입구다. 가슴이 떨려 쉬이 들어서지 못한 아치문이다. 최종 목적지였던 산티아고 데 콤포스텔라로 가려면 반드시 지나야 하는 문이다.

이 아치문을 지나면 오브라도이로 광장(Plaza do Obradoiro)으로 연중 내내 야외 행사를 접할 수 있는 곳이다. 드디어 순례 나오기 전 얼핏 사진에서 봤던 그 콤포스텔라 대성당 앞이고 장엄한 오브라도이로 광장에 섰다. 불쑥 가까이 가기가 두려울 만큼 웅장한 대성당 앞이다. 너무나 높고 커서 전체를 감상하려면 멀찍이 물러나야 한다. 멀리 성당을 마주한 반대편 기둥에 기대앉았다. 1060년(어떤 이는 829년)에 건축이 시작된 대성당은 외형으로만 봐도 로마네스크식, 고딕식, 바로크식이 혼재되어 있다. 이곳에 도착 전까지는 도착 순간을 이리 철퍼덕 앉아 있을 생각이 아니었는데 어찌 기분이 묘하다.

아무것도 하지 않을 자유!! 32일간 800킬로를 애써 걸어서 이곳까지 왔다는 성취감 이런 것마저 사라진 먹먹함이다. 한참을 대성당을 바라보다가 가까이 다가가니 현재는 CATEDRAL DE SANTIAGO MUSEO이다. 어느 누가 감히 콤포스텔라 대성당 박물관에 발을 올리고 사진을 찍을까마는 이 순간은 내 발도 참 대단하다. 낯선 사람에게 말 걸어 내 사진 좀 찍어 달라 부탁하기도 싫은 혼자만 있고 싶은 그런 순간이다.

　32일 전 '생장 피데 포트'에서 시작하여 걷고 걸어 '콤포스텔라'까지 800Km를 완주했다고 생각하니 그저 먹먹하다. 이 순례는 내가 5개월 전 암 제거 수술했다는 사실조차 잊게 했다. 오래전부터 꿈꿔왔던 일을 했다는 기쁨도 크지만, 과연 내가 할 수 있을까 염려했던 것을 이루고 나니 뭔지 모를 상념에 빠진다. 들른 곳마다 동네 마을 도착 후 하루 2킬로씩만 잡아도 족히 850킬로가 넘는 32일간의 순례다. 마을 이름들이 길고 비슷하고 어려운 데다 영어식 발음과 스페인식 발음, 여기에 프랑스식 발음까지 섞여 자세히 들여다보지 않으면 온통 뒤죽박죽이다. 이렇게 정리하면서도 도시명을 정확하게 뭐가 바르다고 할 수 없다.

　산티아고 데 콤포스텔라 앞에 선 사람들의 모습은 감격의 눈물로 얼룩져 천태만상이다. 나도 멋진 감격의 환희를 누리고 싶었는데 왜 남들의 감격을 구경만 했을까? 성당 건너편 아치 기둥이 있는 곳에 들었다. 원래는 락소이 궁전이던 곳이 현재는 시청 건물로 그 안에서 검은 망토를 두른 젊은 남자들의 버스킹이 시작됐다. 한참을 뮤지컬 같은 동작과 악기 연주가 있는 버스킹에 빠졌다. 락소이 궁전에는 바르톨로메 데 락소이(Bartolome de Raxoi) 주교의 흉상이 있다. 이 흉상에는 그의 좌우명이었던 '**오늘이 마지막인 것처럼 살아라, 이 세상에 영원히 존재해야 할 것처럼 일하라**'라는 내가 좋아하는 문구가 있다. 공연을 마치고 되돌아서니 조금 전까지 한산했던 성당 앞은 인산인해다. 어느새 광장 안에 순례객들이 모여든다. 매년 300만 명이 넘는 순례자가 있다니 금방 북적댈 생각이 들어 빨리 이곳을 벗어나고 싶었다.

오브라도이로 광장을 중앙에 두고 성당 오른쪽으로 1501년에 세워진 왕립병원 건물로 현재는 세상에서 가장 오래된 호텔 중 하나인 파라도르 호텔이다. 그 파라도르 호텔에 들어가 지도를 한 장 얻었다. 호텔 로비에 앉아 와이파이를 연결했다. 장기간 배낭여행자로서는 엄두도 못 낼 호텔이지만 내가 이 호텔을 찾는 이유는 내 여행 방식 중 하나가 이런 것이다. 내가 머문 그 장소에서 가장 크고 멋진 호텔이나 레스토랑을 찾아 차 한 잔의 여유와 깨끗하고 분위기 좋은 곳에서 휴식을 취하는 일이다.

우선 배도 고프지만, 오늘 밤 묵어갈 숙소부터 정해야 할 것 같다. 순례자 협회에서 제공하는 정보지에서 침상이 200개나 되는 콤포스텔라 공립 알베르게 '세미나리오 메노르(Seminario Menor Asunction)'로 결정하고 찾아간다. 물어물어 찾아간 알베르게. 예전엔 아주 어마어마하게 큰 수도원으로 지금은 순례자 숙소로 쓰이는 곳이다. 부엌과 간편 매점을 갖춘 알베르게는 1박 침대당 14유로다. 커다란 공간 안에 개인 사물함과 1층 침대가 나란히 줄지어 있다. 이날 밤 느낀 거지만 2층 침대가 아니어서 좋고 전망이 좋아 좋은 줄만 알았는데 아니다. 기다란 복도형으로 하필 내 침대가 문 바로 옆이다. 들락날락한 사람들 때문에 잠을 이룰 수 없어 아주아주 힘들었다. 옆에 잠든 사람들의 코골이 소리가 어찌나 크고 서라운드로 작동하는지 도저히 잠들 수가 없다. 하필 같은 공간 안에 코골이가 두세 명이나 되니 쉬이 잠도 오지 않는다. 결국은 침낭을 들고 방 밖 복도로 나가 의자에 쪼그리고 잤다는 웃픈 이야기다.

어떻든 숙소 문제를 해결했으니 늦은 점심을 먹을 생각에 다시 대성당을 향했다. 가던 중 15세기 대학 역사가 있는 USC(Universidade de Santiago de Compostella) 앞으로 즐비한 식당가 앞에 섰다. 순례 장도의 종점을 찍었다는 의미로 근사한 자축파티를 하고 싶었다. 하지만 축하객 없는 파티란 어쨌거나 쓸쓸하다. 힘들 때 울거나 참는 것 보다 먹는 것이 일류라니 먹고 싶은 대로 잘 먹어보자며 웨이터가 소개한 대로 음식을 시켰다. 감자요리를 베이스로 한 새우 꼬치와 오징어 요리, 그리고 구운 고추

요리와 시원한 생맥주, 시장이 반찬이라고 뭘 먹어도 맛있다. 올리브유를 듬뿍 사용한 요리는 감칠맛이 있지만, 그 느끼함을 시원한 맥주로 잡아준다는 건 나만의 생각일지도 모른다. 무엇보다 32일간의 장정에 점을 찍는 한 끼 식사로 흡족한 식사였다. 햇볕 좋은 야외테이블에서 고급스러운 식사로 포만감 가득 안고 다시 길을 나선다.

대성당 가기 전에 있는 마치 숨 고르듯 근처의 알라메다 공원에 들렀다. 이 공원은 알라메라의 백작이 16세기에 기증한 영토에 조성되었고 시간이 흐르면서 확장되었다. 알라메다 공원(Alameda park), 페라두라 산책로(Ferradura Walk)와 산타 수산나의 참나무(Oak Wood of Santa Susana) 숲, 이렇게 세 개의 정원으로 구성되어 있다.

공원 입구에 카이사 포럼(Caixa Forum?) 뭔가 전시가 있어 안으로 들어갔다. 들어서자마자 가까이 대성당의 첨탑이 보이고 다른 벤치에는 남자 동상이 있다. 둥근 안경테를 쓴 언뜻 보기에 비틀스의 존 레넌을 닮은 동상이 홀로 의자에 앉아 있다. 자세히 들여다보니 이는 20세기 초 스페인을 대표하는 시인이자 극작가 '라몬 마리아 델 발레-인클란(Ramon Maria del Valle-Inclan)'이다. 이 사람은 자신의 문학세계의 영감인 에스페르펜토(esperpento)라는 미학 세계를 이곳 콤포스텔라에서 얻었고 이를 유럽 전역에 전파한 장본인이다. 그 주변으로 전시된 사진의 주 내용은 내가 좋아하는 인도로 풍경과 인물 사진전이다. 난 인도 땅을 다섯 차례에 나눠서 구석구석 여행했었다. 우리나라의 면적에 비해 30배가 넘는 인도 전역의 도시를 남인도, 북인도, 중·서

인도, 시킴주 지역까지 나눠 50곳 이상의 도시를 여행했다. 그래서 인도 풍습과 문화에 대해서 조금은 알아서 반갑다. 2007년 아들과 함께한 첫 여행을 시작한 곳도 인도이고 2009년 30여 일간 홀로 여행을 시작한 곳도 인도다.

공원에서 나와 오브라도이로 광장으로 왔다. 광장을 꽉 메운 여행자와 순례자가 섞인 콤포스텔라가 활기차 보인다. '산티아고 데 콤포스텔라(Santiago de Compostela)'의 역사는 서기 813년 스페인 갈리시아 들판에서 은둔 수행자 펠라요가 빛나는 별 아래에서 산티아고(성 야고보)의 무덤을 발견했다. 9세기 오비에도에서 산티아고의 무덤으로 향하는 최초의 순례길이 생기고 10세기 레온에서 산티아고 무덤으로 향하는 순례길이 개척됐다. 이후 프랑스 사람들이 파리에서 피레네산맥을 넘어 팜플로나와 부르고스를 거쳐 레온으로 몰려왔다. 오늘날 이 길은 '프랑스 길(camino frances)'이라 불린다. 그리고 성 야고보의 시신이 안치된 콤포스텔라를 '별이 빛나는 들판의 산티아고'라는 뜻으로 'Santiago de Compostela'라 부른다. 산티아고 데 콤포스텔라로 가는 여러 갈래의 다양한 코스가 있지만 그중 '프랑스 길을 걸은 순례자가 전체의 70% 이상을 차지'(《매일경제》 2018.12.14.)하고 있다. 흔히 베드로의 무덤이 있는 로마의 바티칸을 일컬어 세계 최대의 박물관이라 말한다. 하지만 『스페인은 순례길이다』를 쓴 김희곤 님의 시각은 다르다. 순례길을 따라 끝없이 줄지어 선 대성당과 수도원과 요새를 품고 있는 프랑스 길이야말로 세계 최대 박물관이다. 이는 책의 저자가 산티아고 순례길을 단순히 찬연한 풍광을 지닌 아름다운 산책로가 아닌 인류의 역사와 문화를 아우르는 하나의 거대한 유기체로 보는 데서 기인한다. (Wikipedia 검색 중) 1985년에 '산티아고 데 콤포스텔라'가 유네스코 세계문화유산으로 지정됐다. 카미노 데 산티아고(세인트 제임스의 길)는 1987년에 최초 유럽 문화의 경로가 됐고 1989년 제4회 세계 청소년의 날 행사가 산티아고 데 콤포스텔라에서 있었다. 이어서 2000년에 산티아고 데 콤포스텔라는 유럽 문화의 수도가 됐고 콤포스텔라를 종점으로 수많은 순례길이 생겨났다. 10세기에 생겨났을 산티아고 순례길은 역사적으로 수많은 연구를 거듭하면서 수많은 전설이 생겨났다. 전설이든 기적이든 자신이 믿고 싶은 대로 믿으면 될 일이다. 나도 이 길을 직접 걷고 나니 단순한 둘레길이나 산책길이 아닌 문화와 역사, 건축, 종교, 신앙이 깃들어 있음에 동감한다. 게다가 이렇게 보이는 것 말고 말로는 표현할 수 없는 또 다른 어마어마한 선한 기운이 있다. 무엇보다 달라진 나를 만날수 있다. 그러니 누구에게나 꼭 혼자서 다녀오라고 권하고 싶은 길이다. 나의 순례는 프랑스 길로 2019년 3월 18일에 프랑스 생장 피데 포트에서 출발하여 같은 해 4월 19일에 스페인 콤포스텔라에 도착하니 32일 만에 공식기록 779킬로 완주다. 중간에 로그로뇨에서 나헤라까지 한 번 버스를 탔고 사하군에서 레온까지 기차로 점프했다. 이곳 콤포스텔라에서 숨 고르는 맘으로 잠시 머물 생각이다.

　대성당 앞에서 산티아고 관람용 꼬마 기차의 출발점으로 관광객이 가득 차면 출발한다. 꼬마 기차의 노선도 궁금하지만, 다음 찾은 곳은 순례자인증서를 받으러 산티아고 대성당 순례자사무소(Pilgrim`s Reception Office)이다. 파라도르 호텔 앞으로 내려가는 길을 따라 걷다 보니 뭣에 홀린 듯 걷게 된다. 사무소 앞에는 순례길을 마친 흥분된 사람들이 인증서를 받기 위해 웅성대고 있다. 길고 긴 줄이 늘어져 있고 긴 줄 뒤에 기다리다가 자신의 순서가 되면 모니터에 나와 있는 창구로 간다. 창구에서는 순례 중 가지고 다니며 숙소와 레스토랑, 성당 등에서 받은 스탬프가 찍힌 순례자 여권을 확인한다. 그리고 순례를 완수했음을 증명하는 콤포스텔라 증서를 발급해준다.

70여 개의 스탬프가 찍힌 순례자 여권과 순례 완주 증서

　　무료 인증서(세로형)도 있지만, 순례 거리를 표시해 주는 인증서(가로형)는 따로 3유로를 내야 받을 수 있다. 이 증서가 별 의미가 있겠냐마는 순례자를 위해 일하는 사람과 다음 순례자를 위한 모금이라 생각해 두 장을 신청했다. 난 순례자 사무실 정원의 붉은 꽃잎이 뚝뚝 떨어진 자갈밭에 두고 한 컷 했다. 바로 그 옆에는 이 인증서를 보관해 담을 수 있는 둥근 함도 판매한다. 소중하게 함에 담아 보관하기도 하지만 자랑

삼아 액자에 넣어 집안에 게시하기도 한다. 대부분 사람은 이 인증서를 들고 산티아고 대성당 앞에서 기념사진을 찍는다. 이 증서는 박물관을 입장할 때는 인증서를 내밀면 입장료를 50% 할인해준다.

이제 다음 남은 일정의 여행을 계획한다. 4월 26일이 귀국 항공권이니 남은 일주일간의 일정을 어떻게 할까? 잠시 서쪽 끝인 피나스테레까지 갈 생각도 해봤다. 하지만 순례로만 끝내고 싶지 않고 여행을 덧붙이고 싶었다. 이왕 여기까지 왔으니 포르투갈을 여행하고 싶다. 사실 이번 파리인 마드리드 아웃의 항공권을 끊으면서 그곳 포르투에 가고 싶어 열심히 걸은 덕에 일주일의 여유가 생겼다. 순례자사무소 바로 옆에는 우체국(?)이 있고 그곳에서 포르투행 버스 티켓팅이 가능했다. 버스표를 알아보았는데 다음날 포르투행 출발 버스는 이미 매진됐고 다음다음 날인 4월 20일 오후 5:30분에 출발하는 포르투행 버스표를 34유로에 예약했다. 맘 같아선 귀국하는 항공권을 연장해서라도 그라나다와 세비아, 바르셀로나까지 욕심을 더 부리고 싶다. 하지만 바로 이어서 5월 초에 계획된 하와이 가족여행이 있어 그럴 순 없다. 남은 일정은 포르투와 리스본, 마드리드 아웃이다. 상황이 이리되니 콤포스텔라에서 하루 더 머물 생각에 다시 알베르게로 돌아와 하루 연장했다.

다시 숙소를 나와 드디어 산티아고 유해가 있다는 대성당 앞 프라테리아스 광장(Praza das Praterias) 계단에 앉았다. 위치를 알았으니 대성당 내부는 내일 아침에 둘러볼 생각이다. 이날 밤 난 산티아고 밤 시가지를 탐닉하듯 돌아다녔다. 구도시인지라 블록이 있는 직선도로가 아니고 구석구석 꼬불꼬불 휘감고 돈다. 결국은 늦은 밤 숙소로 돌아가는 길에 방향의 갈피를 잡지 못했다. 어느 청년이 방황하는 날 보고 숙소의 위치를 맞게 가르쳐 줬는데도 정반대로 가르쳐 줬다며 잠깐 의심하여 더 헤맸다. 알베르게의 건물을 본 순간 친절하게 안내한 청년에게 미안한 생각도 들었다. 그만큼 산티아고 구시가지는 미로이고 지그재그로 길이 있고 경사길이 많아 입체적이기도 하다. 무엇보다 도로명이나 광장 이름이 낯설고 비슷하여 묻기도 어렵다. 도착 첫날 어두운 밤길에 숙소를 못 찾아 헤맸으니 내 가슴이 얼마나 타들어 갔는지. 내심 지리적

감각이 뛰어나다고 생각하는데 왜 이런 일이 일어났는지. 헤매고 헤매다 늦은 시간에 숙소를 찾아 들어 왔다는 안도감에 먹은 라면은 어찌 그리 서럽고 맛나던지. 자정이 다 되어 알베르게에 찾아 들어왔음에 감사하고 끝까지 정신을 놓지 않았음에 감사한 다. 세미나리오 메노르 알베르게도 대성당과의 위치는 좀 멀어 보이지만 순례자에 대한 배려와 시스템이 잘 갖춰진 곳이다. 부엌과 침실이 동떨어져 있어 자유롭게 사용할 수 있었다. 야간에 들락거림도 허용된 알베르게였다. 또 하나는 다른 방은 통로를 가운데 두고 두 줄로 침대가 놓여 있는데 내가 머문 곳은 단층이고 한 줄로 침대가 놓였다는 것도 감사할 일이다. 심야에는 코골이 이중창이 있긴 하지만 침대에 누워서 창밖 하늘이 보이는 최고의 자리였다.

2019년 4월 18일. 산티아고 순례길 마지막 날의 앱의 기록이다. 해도 뜨기 전 새벽 7시부터 오 피노에서 콤포스텔라까지 7시간 30분 동안 27킬로를 걸었다. 그사이 한 시간가량을 휴식을 취하며 시속 4.2킬로를 걸었다는 표시다. 알베르게 도착 후에도 돌아다녔으니 32일 차에도 적어도 30킬로 이상은 걸었겠다. 아아!! 난 참 잘 걷는다. 이 순례길에서 얻은 영적인 힘으로 죽을 때까지 먹어야 한다는 심장허혈증 약을 던져버려야겠다는 내 판단도 참 잘한 결정이다.

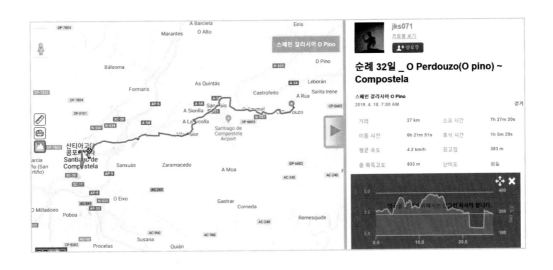

 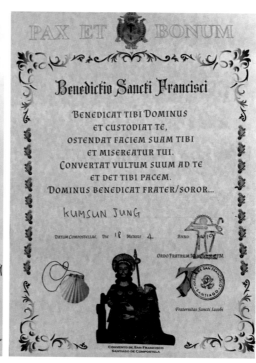

El Cabildo de la Santa Apostólica Metropolitana Catedral de Santiago de Compostela sita en la región occidental de las Españas, a todos los que vieren esta carta de certificación de visita, hace saber que:

Jung Kum Sun

ha visitado la Basílica donde desde tiempo inmemoral los cristianos veneran el cuerpo del Beato Apóstol Santiago.

Con tal ocasión, el Cabildo llevado del deber de caridad, al tiempo que con gozo, le dan al peregrino el saludo del Señor y piden -por intercesión del Apóstol- que el Padre se digne concederle las riquezas espirituales de la peregrinación, así como los bienes materiales. Bendígalo Santiago y sea bendito.

Dada en Compostela, Meta del Camino de Santiago, el día **18** del mes **Abril** del año **2019**

Después de realizar **779 Km** Desde **St. Jean Pied de Port** donde comenzó el **17** de **Marzo** del **2019** por la ruta del **Camino Francés**

Segundo Pérez

Segundo L. Pérez López
Deán de la S.A.M.I. Catedral de Santiago

콤포스텔라^(Compostella)에서 둘째 날 부활전야 성금요 행사

순례를 마치고 바로 포르투갈로 이동하려 했으나 다음날 표가 매진이다. 콤포스텔라에서 하루 더 머무는 것도 나쁘지 않다. 아니 바라던 바이다. 그런데 하루가 아니라 다음다음 날 오후 5:30분 버스 이동이니 꼬박 2박 3일을 머물게 됐다. 이도 나쁘지 않고 감사할 일이다.

며칠간을 동행했던 70대 노인과 장년의 아저씨도 이틀 더 머물러 일요일의 부활절 예배까지 보고 떠난단다. 2019년 부활절은 4월 21일이고 그들은 독실한 가톨릭 신자로 큰 의미가 있겠다. 그래도 성 야고보의 기념일은 7월 25일이고 이후 성년 일이 2021년, 2032년이라니 가톨릭 신자라면 참작할 필요는 있으리라. 성년 일이란 7월 25일이 일요일이 되는 해로 수많은 인파가 몰리는 것을 고려해야 한다. 딱히 의도하지는 않았지만, 나처럼 콤포스텔라의 도착일을 부활절 전에 맞춰 시작하는 것도 적극적으로 추천한다. 다시 말하지만, 어느 때가 가장 순례하기 좋으냐 물으면 할 말이 없다.

넓은 홀에 앉아 순례자 사무실에서 제공한 자료들을 정리해 보았다. 자료에는 34일 일정이었으나 32일 만의 완주로 구간별 조금씩 다른 부분이 있다.

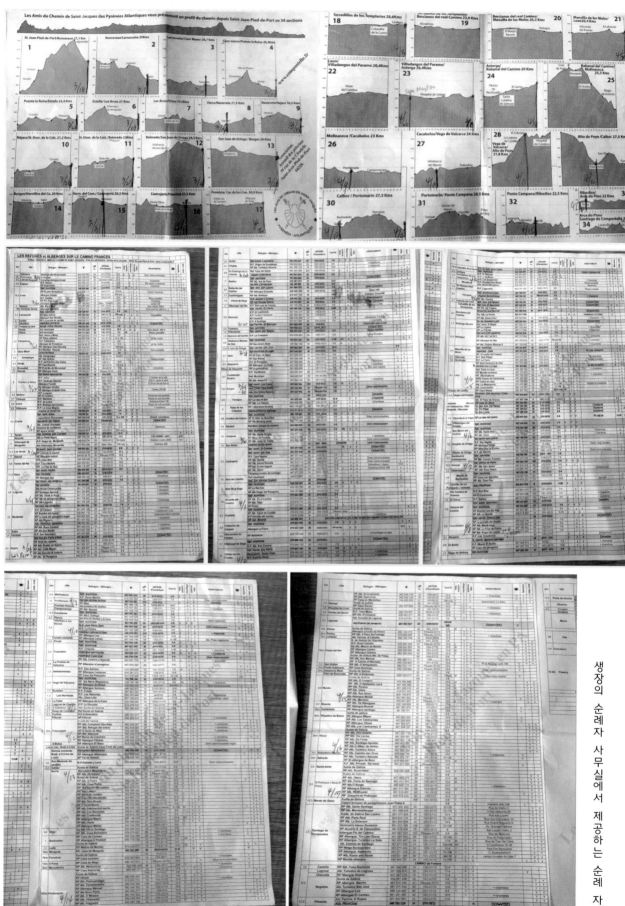

생장의 순례자 사무실에서 제공하는 순례 자료

이 자료는 순례자 여권과 함께 생장의 순례자 사무실에서 제공한 것이다. 일일 구간과 마을마다 알베르게의 침상 수와 전번, 주소 등을 안내하는 정보지다. 순례길 내내 살펴보고 한 달이 넘도록 잘 챙겨서 다녔던 보물 같은 자료다. 이렇게 마지막까지 정리할 수 있어 어찌나 다행이고 행복한지. 정리를 마치고 아침 식사는 또 뭘로 할까? 어젯밤에도 라면 먹었는데 아침 식사로 또 라면을 준비하던 중에 부엌에 함께 있는 장년 순례자가 밥을 많이 했다며 흰쌀밥을 한 공기 챙겨준다. 반찬이 없으니 소스를 뿌린 생채소와 햄, 과일이 반찬이 된다. 한국 순례자 덕분에 라면 대신 쌀밥으로 아침을 든든히 먹고 다시 동네 산책에 나선다. 순례 중에 만난 사람은 그냥 한국인이라는 거 말고 이름과 나이도 모르고 어디 사는지도 알려고 하지도 않는다.

이른 아침 알베르게 주변 하늘과 부드러운 햇살이 정말 아름답다. 언덕 위에 있어 주변 풍경을 내려다볼 수 있는 곳이다. 이 호스텔 안에는 수도원과 신학교가 함께 있고 이 알베르게 앞에는 아주 커다란 벨비스 공원(Parque de Belvis)이 있다. 나무 미로가 있는 공원 안의 여러 조각품 중 가장 인상적이었던 것은 커다란 사각형을 줄에 매달고 끌고 계단을 오르는 사람이다. 평지 길도 힘들 텐데, 게다가 둥근 것도 아닌 사각형 세 개의 뭉치를 끌고 계단 오른다는 것은 얼마나 힘든 건지 작가의 의도를 알 것 같다. 25여 킬로는 넘게 걷다가 순간 목적지를 눈앞에 두고 남은 2~3킬로에서 걸어도 전진하지 못하는 내 모습과 흡사하다. 어느 사람도 이 작품에 대해 말하거나 어디서도 사진을 본 적도 없다. 누구의 작품인지 작품명이 뭔지는 모르겠지만 충분히 공감이 간다. 순례를 마친 후 이 작품을 만난 것도 내겐 최고의 행운이 된다.

알베르게의 주변 풍경과 공원이 좋아 산책하기에 특별한 감흥이 있는 곳이다. 수도원 울타리엔 등나무 파골러가 끝이 안 보일 만큼 길게 늘어져 있다. 때마침 보라색 등나무꽃이 활짝 피어 정말 향도 좋고 보기에도 좋다. 이 언덕에서 내려가면 10여 분 거리에 대성당이 있는 구시가지가 나온다. 어젯밤 헤매며 찾아왔던 길을 오늘은 헤매지 않으려고 계속 눈여겨보며 걷는다. 과연 오늘은 헤매지 않고 제대로 찾아올 수 있을까? 어젯밤, 이 짧은 거리를 헤맸다고 생각하니 스스로 이상했다.

산티아고 유해가 있는 대성당 앞 프라테리아스 광장까지 왔다. 예상치 못한 퍼레이드는 부활절 행사로 성금요일 행사를 준비하는 리허설이다. 수많은 군중 앞에 곳곳 성당 안에 모셔졌던 18세기의 성상들이 거리 행렬로 이어진다. 여러 나라 여행 중 자주 보았던 터라 새롭지는 않으나 나의 순례 시기가 적기였음을 다시 실감한다.

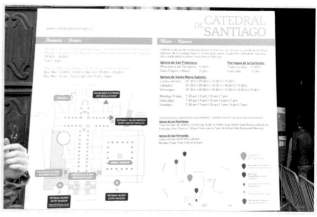

난 느리게 진행되는 성금요일 행사 구경을 중단하고 대성당 안으로 들어섰다. 성당 내부의 웅장함도 놀라웠지만, 나의 예상보다 훨씬 많은 순례객과 긴 줄을 보고 놀랐다. 대부분의 오래된 성당이나 건축물들은 볼 때마다 수리 중이고 건축 중이듯 이 성당 역시 마찬가지였다. 특히 11세기에 제작한 대형 향로 보타푸메이로(Botafumeiro)가 미사를 중지한 가운데 들것에 매달려 있다. 본래는 순례자들의 몸에서 나는 악취를 순화시키기 위해 성당 제단을 중잉에 두고 좌우로 흔들면서 향을 뿌린 것인데 이번엔 향로미사를 보는 건 어려울 거 같다. 장정 8명이 힘껏 잡아당겨서 천정에 닿을 정도로 흔들며 연기를 피어오르는 장관을 보지 못해 뭔가 아쉽다.

한참을 기다려도 줄어들지 않은 긴 줄 뒤에 서서 틈틈이 성당 내부를 관찰했다. 성당 벽에 교황 바오로 2세의 부조가 있다. 1982년 교황 바오로 2세의 콤포스텔라 방문으로 다시 성행하게 됐으니 방문 기념 부조가 아닐지. 줄어들 줄 모르는 긴 줄 옆에 짧은 줄이 있다. 짧은 줄로 옮겨와 들어갈 때는 'Sancti Lacobi'라 적혀 있고 그 안에 성 야고보의 유골함이 있다. 이 무덤 위에 오늘 못 본 성 야고보 성상은 내일 다시 줄서기로 하고 성당 밖으로 나왔다. 광장에는 성금요 행사가 계속된다.

산티아고 대성당 지하 은박 유골함에 안치된 성 야고보(Sancti Lacobi)

　예수님 부활 이틀 전이다. 대성당 앞 계단에 앉아 성금요 행사를 지켜보다 프라테리아스 광장(Praza das Praterias) 가운데 분수 앞으로 내려왔다. 이 분수는 네 마리의 말이 여신을 받치고 있는 형상으로 1826년에 화강암으로 만들어진 카발로스 분수(Fuente de Los Caballos)다. 내 눈에 신기했던 것은 물갈퀴 발굽과 몸통의 물고기 비늘로 보아 해마인가? 뭔가 의미가 있을 텐데 가르쳐 줄 사람은 없다. 그리고 대성당의 동쪽의 시계탑은 베렝겔라 탑(Torre da Berenguela)으로 14세기에는 그저 망루로 사용했지만 17세기에 시계탑으로 만들어졌고 19세기부터 종소리를 울리게 됐단다. 광장에 서면 내가 중세 시대 어느 도심 한가운데와 있다는 착각에 빠진다.

　강 길 따라 물 흐르듯 내 몸은 길이 있는 대로 돌아다녔다. 역시 첫날부터 함께 했던 한국 순례자들을 프라테리아스 광장에서 거의 만날 수 있었다. 길고 긴 순례를 마지막 목적지 콤포스텔라에서 다시 만날 수 있으니 모두 축제 분위기다. 순례 중에도 만나고 헤어지기를 반복하며 저 여학생이 과연 끝까지 해낼 수 있을까 걱정했는데 그녀마저도 만나게 됐다. 이렇게 산티아고 순례는 하겠다는 의지만 있으면 누구나 할 수 있음을 말하고 싶다. 진짜 한국인들의 인내와 끈기는 대단해 보인다.

성금요행사 중인 프라테리아스 광장과 대성당 내부의 보타푸메이로(Botafumeiro)와 천정

  부활전야 퍼레이드를 따라서 다시 오브라도이로 광장으로 자리를 옮겼다. 대성당 박물관을 바라보며 광장 중앙에 철퍼덕하니 앉았다. 어제보다 많은 순례자의 종점 도착 모습들을 감상한다. 눈물을 흘리며 기도하는 사람들, 감격의 포옹을 하는 연인, 순례 중 등에 졌던 배낭을 불끈 들어 올려 감격을 표현하는 사람들, 순례길 어디선가 마주쳤거나 함께 했던 사람들이 특별하게 눈에 띈다.

시청사에서 바라본 CATEDRAL DE SANTIAGO MUSEO

이때 혼자 길을 나섰는지 낯모를 여인은 내 앞에 나타났다. 인증서를 두 손으로 번쩍 들며 대성당을 배경으로 사진 찍어달란다. 기꺼이 정성을 다해 사진을 여러 방 찍고 축하한다고 말했더니 갑자기 포옹한다. 자전거로 순례길에 오른 사람들도 감격은 더 하리라. 나도 이 길을 온전히 걷게 한 두 발에 감사하고 알게 모르게 동행해준 순례자들에게 감사했다. 이런 건강을 준 가족과 부모님께 감사하는 시간을 가졌다.

Wow!! Buen Camino~~~

오브라도이로 광장에 앉아서 순례자들의 도착 순간을 지켜보는 재미도 쏠쏠하다. 나처럼 하루를 머물다 나온 사람도 있지만 이제 막 도착한 순례자들도 많다. 모두가 기나긴 순례길에 지칠 만도 하지만 얼굴은 상기된 채로 연신 싱글벙글한다. 순례자마다 감격의 세레머니가 어찌나 다양한지 나라별 종교별 차이도 무시하지 못한다. 땅바닥에 바짝 엎드려 입을 대고 기도하는 사람. 으스러질 듯 뜨겁게 포옹하며 입맞춤하는 연인. 광장 돌바닥에 완벽하게 누운 부부. 동행한 순례자들끼리 어깨동무하고 기도하는 사람들. 물론 나 역시 남들의 구경 대상이 되기도 한다. 내 앞을 지나가며 발가락 양말을 가리키며 신기한 듯 보고 웃고 지나는 사람도 있다. 제자가 선물한 이 발가락 양말이 이번 순례길에서 효자 노릇을 톡톡히 했다. 처음 신어보는 발가락 양말. 재치 있고 귀한 것을 선물한 제자에게 고마운 맘으로 사진 한 장 찍어 보냈다.

산티아고 대성당 박물관(좌)과 성 야고보 유해가 안치된 산티아고 대성당(우)

해거름 오후의 산티아고 거리는 아침에 행진했던 행렬이 다시 재현되고 있었다. 마을마다 자신들의 성당에서 가지고 나온 성상들을 앞에 두고 어른이나 아이 할 것 없이 이 행렬에 참여하는 모습이다. 마을을 구분하기 위

한 것인지 색깔이 다른 복장과 고깔을 뒤집어쓴 중세 기사단의 모습으로 시가행진을 한다. 양편에 시민과 순례자도 함께 한다. 다시 오브라도이로 광장으로 왔다. 걷다 보면 자연스럽게 오게 되는 곳이 있다. 성당 오른쪽에 있는 파라도르 호텔 로비다. 와이파이가 필요하다거나 화장실 가고 싶을 때, 피곤해서 쉬고 싶을 때 찾는다.

내가 원하는 만큼 쉬었다가 다시 길을 걷는데 내 눈에 띈 두 발을 조각한 브론즈. 그 옆에 이런 글귀가 새겨있다. Y no Parare, Hasta Alcanzar Mi Destino.(나는 멈추지 않을 것이다. 내가 목적지에 도착할 때까지). 맞다 이 길에 들어선 사람은 힘들고 또 힘들어도 결국은 해낸다는 것이다. 자신의 체력에 맞게 100킬로가 되든 800킬로가 되든 나름의 기준을 정하고 무리하지 않아야 한다.

알베르게 앞 벨비스 공원의 설치예술품과 미로찾기 정원을 지나 숙소에서 잠시 쉬었다. 다시 카발로스 분수가 있는 프라테리아스 광장으로 왔다. 행렬을 멀찍이 두고 성당 앞 계단에 앉아 감상했다. 그런데 날이 어두워지니 너무 춥다. 행사가 끝나갈 무렵 내게 촉기가 떨어진 것인지 또 숙소를 찾아가는 길을 또 잃고 말았다. 한참을 같은 자리에서 빙빙 돌기만 한다. 숙소 중간의 콤포스텔라 호텔까지는 잘 찾아왔는데 알베르게로 내려가는 작은 골목 하나를 못 찾겠다. 왜 이렇게 방향감각이 떨어지는지 온종일 방향감각 없이 쏘다니다 지친 몸에 피곤이 엄습해온다. 호텔 주변만 뱅글뱅글 돌다 숙소로 들어가는 좁은 골목을 겨우 찾았다. 기쁨과 설움에 눈물 터지기 일보 직전이다. 안도감에 한점 불빛도 인적도 없는 캄캄한 어둠 속에서도 두려움은 없다.

성 야고보 축일에 열리는 Holy Door _ Portico de la Gloria(영광의 문)과 성 금요행사

어제 긴 줄로 보지 못한 성 야고보 성상을 보러 다시 산티아고 대성당을 찾아 나섰다. 솔직히 고백하자면 사실 난 당시에는 성 야고보 성상인 줄도 모르고 순간의 느낌으로 사진을 찍었다. 당시엔 왜 저토록 긴 줄이 섰을까? 생각했다. 뭔가가 분명히 있다는 예감과 남들이 하는 모습을 유심히 지켜보았을 뿐이다. 이 정도였으니 내가 얼마나 무모하게 순례길에 덤벼들었는가 고백한다. 산티아고 순례길은 사전 준비나 아무런 공부도 없이 정말 막연한 선망의 길이었다. 성상을 알현하기 전 대성당 안쪽 벽에는 신부님께 고해 성사(Confesiones)를 하는 부스들이 여러 개 있다. 때마침 고백하는 시간(아침 10시부터 12시까지)이라 부스마다 무릎 꿇고 인생 상담인지 고해 성사인지 한국인 여성 순례자가 신부님 앞에 머리를 조아리는 중이다. 영어나 스페인어로 할 수 있으며 부스 앞에 사용할 언어와 신부 이름이 표시되어 있다. 긴 줄을 따라 서 있는 동안 상대가 있는 고백은 아니지만 나도 성 초에 불을 붙이고 주기도문과 함께 독백 기도를 한다. 주여. 저의 무모함과 무식함을 용서하소서~~

　"하늘에 계신 나의 아버지시여. 하늘에서 이뤄짐과 같이 땅에서도 이루게 하소서. 우리에게 일용할 양식을 주심과 무사히 순례를 마칠 수 있음에 감사드립니다. 사는 동안 인색하지 않고 좋은 것을 나누는 삶을 살게 해 주시고, 남은 길의 순례와 여행을 계속할 수 있도록 건강을 허락하여 주소서. 아~멘~~ _()_ "

　성 야고보의 조각상과 성당의 화려한 주 제단. 그나마 앞선 사람들의 행동이 궁금하여 계단에 오르기 전에 문밖에서 사진을 찍었다. 나의 무식함이 부끄럽기도 하지만 솔직히 그 당시엔 보수 중이라 어수선했고 뭔가 특별한 사람이라고만 생각했다. 나의 순례길의 목적이 성 야고보를 만나는 일은 아니었다고 억지 위로한다. 이런 나와 같은 사람을 위해 이 글을 쓰며 고백한다.

어찌 그걸 모를 수 있냐 지만 그 당시엔 사실이다. 많은 사람이 성 야고보를 뒤에서 끌어안고 잠시 기도와 그의 옷깃에 입맞춤하고 나온다. 한 시간 넘게 긴 줄을 서서 기다리고 있다가 닳고 닳은 계단을 올라가 1~2초 만에 다시 반대쪽으로 내려오면 끝이다. 난 뭔가 어색하여 백허그도 하지 않고 둘러만 보고 내려왔다. 난간 옆에 감시자(?)가 있어 사진도 찍을 수 없지만 많은 사람이 열망하는 가슴 벅찬 순간이다.

산티아고 대성당을 나와 다음 발길이 닿은 곳은 산티아고 대학의 본산인 폰세카 (Paza of Fonseca)의 궁전이다. 이곳은 알폰소 III 데 폰세카와 가족이 살았던 옛집으로 1544년 콤포스텔라의 대주교였던 그는 귀족사회의 리더이자 정치인이었다. 폰세카 사후 17세기에 대학이 되었고 초록색 정문과 주변 조각들도 그 시기에 만들어졌다. 무료입장이라서 그런지 꽤 많은 관람객이 붐볐다. 좌우로 촬영금지의 미술 전시실이 있고 옥상의 난간이 마치 뜨개질한 레이스처럼 곱고 섬세하다. 붉은 꽃이 활짝 핀 마당 가운데 의자에 앉은 폰세카의 동상이 있다. 그리고 다음엔 어딘 줄도 모르고 뭔지도 모를 곳에 들어가 사진을 찍고 나온 곳도 있다. 사진으로만 봐서는 성당인 듯한데 구시가지를 걸으면서 느낀 것은 마치 로마 골목을 누비고 있다는 착각에 빠졌다. 알고 찾아간 곳도 있으나 걷다 보면 유명한 광장이 나오고 또 걷다 보면 고색창연한 유적들이 불쑥 나타난다.

이어서 어제도 들렀던 성 프란시스코 성당(Convento de San Francisco de Santiago)을 다시 찾았다. 꽤 높고 크고 멋진 건물이지만 세월의 흔적은 그리 많지 않아 보인다. 내부 장식도 남달랐고 이곳에서도 순례자인증서를 발급한다. 그런데 바로 전에 산티아고 대성당에서 신부님 앞에 고해 성사를 하던 한국 여인이 똑같은 모습으로 이곳에서도 또 신부님과 대면 중이다. 뭐가 그리 고백할 게 많을까?

성당 안에 눈에 띄는 토기 작품이 있어 사진으로 담아둔다. 어디선가 본 듯한 조각 품이다. 오른쪽 구석에 THE PILGRIMS OF THE SEA(바다의 순례자들)라 적혀 있다.

뭔지 모를 만족감과 흐뭇함에 벅찬 아침이다. 점심을 먹으러 프랑코 거리를 거닐다 가 La Carta 레스토랑을 만났다. 유명하다기보다는 거리 메뉴판에 내가 좋아할 만한 생선요리가 있다. 찐 감자와 채소 샐러드를 곁들인 가자미찜과 화이트와인의 점심이 다. 레몬즙을 한껏 뿌린 생선을 그야말로 씹지 못하는 뼈만 남기고 완전히 발라먹어 버렸다. 다양한 음식점과 기념품 가게가 늘어선 프랑코 거리를 지나 다시 알라메다 공 원으로 들어왔다. 첫눈에 띈 조형물은 빨갛고 노란 원색의 원피스를 입은 '판다뇨 (Fandino) 두 자매 인형(As Duas Marias)'이다. 무심하게 지나치는 사람도 있고 사 진을 찍는 사람도 있다. 난 생뚱맞게 그녀들이 왜 이게 여기에 서 있지? 하며 사진만 한 컷하고 스쳐 지났다. 나중에 As Duas Marias를 검색해 보니 의미 있는 조형물이 었다. 1936년 스페인 내전에서 노동연맹과 관련한 고초를 겪은 이념 시대의 피해자

(As Marias: irmas Fandino Ricart. Mulleres de luz inmensa na Compostela gris)다. 당시 재봉과 자수로 살아가는 패션계에서 유명한 자매였다. 오른손을 뻗고 있는 마루사와 우산을 들고 있는 코랄리아. 아래 사진 세 개 중 왼쪽 두 장은 그 이전의 모습이고 2019년 내가 본 것은 오른쪽으로 노랑과 빨간색 옷을 입은 모습이다. 이 조형물은 시대에 따라 옷의 색깔을 덧칠함으로 변화됨을 볼 수 있었다.

알라메다 공원 안에서 도착 첫날 봤던 스페인을 대표하는 시인이자 극작가 '라몬 마리아 델 발레-인클란' 옆을 지나 페라두라 산책로와 산타 수산나의 참나무 길을 걸었다. 공원 가장자리엔 누군지 모를 장군의 동상과 연못이 분수대와 함께 조형되어 있다. 내겐 달콤한 휴식 같은 산책 시간이다. 이번엔 헤매지 않고 골목 입구를 잘 찾았다. 알베르게로 와서 포르투로 떠날 준비를 한다. 한때는 콤포스텔라에서 더 서쪽의 피나스테레로 갈 생각도 했었는데 이젠 미련이 없다. 포르투갈을 지금 아니면 다시 갈 수 없을 것 같아서다. 이동할 '오 포르토 시티 호스텔'에 오늘 밤 숙박 예약하고, 버스 터미널을 찾아가는 것도 어렵지 않았다. 여기까지 생장 피데 포트에서 산티아고 콤포스텔라까지 완주 성공!! 이 도시, 이 거리를 다른 계절에 다시 오고 싶다는 뭔지 모를 호기심과 신비함이 쌓인다.

Oh! Buen camino~~~

아직 이번 순례와 여행이 다 끝난 건 아니지만 이렇게 나의 모든 여행 끝에는 여행에 관한 궁금증과 호기심에 대한 자료 검색이 순서다. 돌아서면 잊을지라도 기억에 의지하지 않고 나름대로 기록으로 남긴다. 여행을 통해 하나씩 알아가는 재미에 폭 빠지고 몰랐던 것들을 하나씩 알아갈 때마다 엔도르핀이 솟는다. 누군가의 말처럼 나의 여행이 서서 하는 독서라면 여행기 정리는 앉아서 하는 여행이고 자기만족이다.

[산티아고 순례 프랑스 길 779Km + α]

프랑스　　　산티아고순례　　　포르투갈　　　　스페인

포르투갈 PORTUGAL 여행

포르투 ┼ 리스본 ┼ 신트라

국경을 넘는 이동이라 긴장했는데 이웃 도시 가듯이 포르투에 도착했다. 입국 심사나 절차 같은 거 없다. 스페인과 포르투갈은 1시간의 시차다. 터미널과 멀지 않은 거리의 호스텔 찾아가는 방법도 검색해 두었는데 두리번대며 찾아가다가 거리에서 한 여학생을 만났다. 아마도 한국인일 거야 하며 호스텔을 물었는데 진짜 한국 여학생으로 위치를 쉽게 알려준다. 하지만 역시 간판이 일반 상식과 달라 거의 다 왔다 싶은데 묘연하다. 내 생각대로 찾았는데 역시 내 예감이 맞았다. 그런데 이 호스텔 정말 신기하게 생겼다. 외부 간판도 없는 1실 4칸 도미토리(54유로/칸)인데 동굴 같은 캡슐형 침대로 화장실도 매우 깔끔하다. 로비나 침실의 벽면도 특별한 페인팅이 되어 있다.

짐을 두고 저녁을 먹으려고 나왔다. 얼결에 찾은 식당인데 꽤 유명한 맛집인지 손님이 꽉 들어찬 ERDINGER WEISSBRAU라는 레스토랑이다. 실내 분위기 좋고 풍미가 살아 있는 깊은 맛의 음식을 먹으며 포르투에 왔다는 사실이 그저 행복했다.

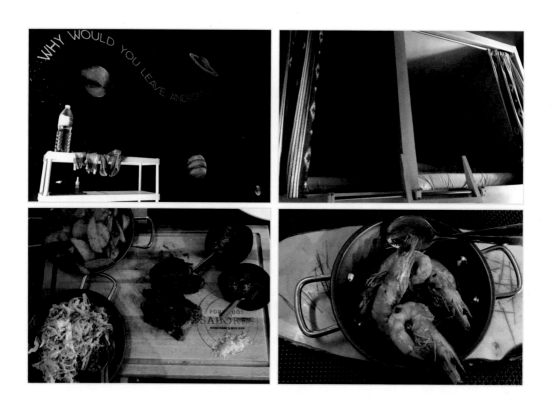

포르투^(Porto) 시티 버스투어

어제의 순례자에서 여행자로 변신하는 순간이다. 2019년 봄 여행을 나올 때 산티아고 순례길에만 집중하자는 맘으로 길을 나섰다. 본래는 46일간이 아닌 60여 일 정도로 잡았는데 무리하지 말자며 순례만 생각했다. 하지만 평상시의 내 여행 스타일 대로 막상 여행길에 서면 앞뒤로 욕심을 부리게 된다. 순례 앞에는 프랑스의 몽생미셸 과 렌, 바욘을 붙이고 뒤에는 포르투갈 여행을 집어넣었다. 순례를 제대로 해낼지 몰 라 순례 다음 여행에 대한 정보나 준비는 아무것도 없었다. 아무런 사전 정보 없이 포 르투를 향했고 도착해서는 되는대로 둘러볼 생각이었다. 스페인 역시 순례길이 아니더 라도 보고 싶은 것들도 많고 여행하고 싶은 곳도 많다. 덤이 된 포르투갈 여행은 포르 투와 리스본, 두 도시만 다녀볼 생각이다. 한 번만 검색해도 대충 도시 안의 구경거리 가 나올 텐데 그마저 안 하고 거리에 나선다. 호스텔에서 간단하게 아침을 해결하고 하루 더 머물기 위해 숙박 연장을 했다. 이름 모를 성당을 지나 근거리에 있는 안내소 를 찾아 나섰다. 포르투 시내 약도를 받고 여러 가지 친절한 설명을 듣고 내린 결론은

15유로짜리 시티 버스 투어(Porto sightseeing)를 타자로 결론을 내렸다. 솔직히 말하면 힘든(?) 순례길을 마친 난 좀 더 편안하고 데려다준 곳만 쉽게 여행하고 싶었다.

안내소에서 자유 광장(Praga da Liberdade)으로 나오는 중에 여러 개의 크레인(기중기?)이 보인다. 17세기 중세건물들을 그대로 간직한 광장으로 '보수·수리하는데 참 열심이구나'라는 생각이 들었다. 광장 가운데 돔 페드로 4세 동상 앞에서 빨간색 투어버스를 탔다. 시티투어 하기에 더없이 좋은 참 맑고 깨끗한 날씨다.

투어버스가 지나는 대로 특이하거나 눈에 띄는 것들을 아이폰으로 사진을 담아냈다. 앙증맞은 빈티지 트램, 유약을 발라 만든 포르투갈식 도자기 아줄레주 벽면의 성 알폰소와 카르무 성당, 국립 박물관 지나면서 첫인상은 참 차분하고 예쁜 도시다. 아줄레

주 장식벽을 보려면 화가 조지 콜라조가 그렸다는 상벤투 역에 들어가면 좋단다. 당시
엔 지척에 두고도 몰라서 못 간 곳이다. 길거리의 성당 벽들도 푸른 빛 유약으로 그려
서 구운 타일인 아줄레주 벽으로 이슬람교 모스크에서는 봤지만, 포르투갈의 성당에서
보게 되니 뭔가 특별하다.

처음 내린 곳은 포르투의 해안(Praia do Carneiro)으로 파도치는 바다를 응시하며
나의 여행에 축복을 더한다. 바위에 붙은 삿갓조개를 떼어 맛을 보니 오독오독 짭조름
하다. 해변의 한쪽에 요새가 있어 아이스크림 가게에서 콘 하나를 들고 요새로 향한
다. 팻말을 보니 1661년에 지어진 요새는 케주아 성(Forte de Sao Francisco
Xavier(Castelo do Queijo)란다. 치즈 성 앞으로 끝없이 펼쳐진 다육식물이 여러 색
의 꽃을 피워내 하늘과 잘 어울린다. 멋진 풍경과 바닷바람에 가슴이 탁 트인다.

　해변에서 한참을 노닐다가 다시 투어버스를 탔다. 눈에 보이는 풍경대로 사진을 찍으면서 오후에 머물 곳들을 물색했다. 포르투는 포르투갈 제2의 도시임에도 매우 조용하고 부드러운 인상을 주는 도시였다. 대형 크루즈와 아치형 철교, 높은 언덕 위로 주택가들. 버스는 포르투의 명소들을 정해진 코스대로 한 바퀴 돌아 처음 버스 탔던 리베르다드 광장에서 내렸다. 조금 늦은 시간에 점심 먹으러 맥도널드에 들어갔다.

　문밖에서부터 흔히 보는 노랑 M이 아니라 독수리와 맥도날드의 간판에 끌렸다. 실내로 들어서자마자 떠~억하니 버티고 있는 대형 모니터. 주문방식이 키오스크 터치스크린이라 당황스럽다. 어디선가 이런 방식으로 주문한 적이 있긴 한데 너무 세분된 주문 방법이다. 그 앞에서 수차례를 반복해서 음식 주문서를 받을 수 있었다. 주문서를 손에 든 순간 그냥 말수 없어 기념사진까지 찍었는데 사진 배경으로나마 실내 분위기를 보게 됐다. 세상에서 젤 멋지고 아름다운 맥도날드 가게란 걸 알았다. 지금 보니 스테인드글라스가 눈에 들어온다. 이땐 햄버거를 먹을 수 있다는 것에 흥분했다. 이거 저거 추가 주문까지 해서 배부른 상태로 다시 투어버스에 올라탔다. 평소 같으면 낮잠 시간인데 포르투에서 머문 시간이 짧기에 서두르게 된다.

이번에 내린 곳은 우뚝 선 클레리고스(Clerigos) 탑 전망대와 포르투 시가지가 한눈에 들어오는 언덕배기의 포르투 대성당(Porto Cathedral)이다. 400년이 넘은 외부 회랑이 푸른 빛의 포르투갈식 도자기 아줄레주 벽면으로 아름답고 외형도 특별하다. 포르투의 대성당은 12세기의 로마네스크부터 고딕, 바로크까지 혼합된 스타일이다. 항해의 왕자 엔리케가 세례를 받은 곳으로 유명하다. 순례길 내내 봐 왔던 성당이라 겉만 둘러본 후 주황색 지붕의 마을을 전망하고 내려왔다.

클레리고스(Clerigos) 탑 전망대

다음은 벽면에 DOMVS IVSTITIAE라고 쓰여 있는데 컨벤션 센터 같은 느낌이다. 몸이 피곤하여 버스에서 내려 그 앞의 큰 나무들과 잔디밭에 누워 오수 겸 쉬어간다.

다시 이어지는 곳은 카이스 다 히베이라 부두와 신구 시가지를 연결하는 아치형 다리다. 이 다리는 172m의 동 루이스 1세(Pounte Luz Ⅰ)의 다리로 아치 아래층은 차와 보행자 길이고 위층은 직선형으로 트램과 보행자 길로 된 명물 다리다. 그 위로 케이블카가 오고 가는 풍경과 다리 위에서 강바닥으로 다이빙하는 사람들, 언덕 위의 집들과 낮은 강, 알록달록 노천카페의 조화가 가만히 보고만 있어도 즐겁다. 아기자기 올망졸망 주황빛 지붕의 아름다운 건물들. 포트 와인 회사의 깃발을 꽂고 자부심 가득 실은 홍보용 보트가 오간다.

　길 건너 강변으로는 많은 와인 시음장과 와인 박물관이 줄지어 있다. 도로우 강변턱에 앉아 오가는 사람도 구경하다가 홍보용 와이너리 보트를 보고 투어를 신청했다. 와이너리 카렘(Calem)은 시간대별로 스페인어, 포르투갈어, 영어해설사가 있다. 그나마 조금 알아들을 수 있는 영어해설사였으면 좋으련만 많이 기다려야 했다. 난 와이너리 투어가 처음이 아니기에 해설사와 상관없이 가까운 시각으로 13유로에 신청했다.

불행하게도 포르투갈어엔 까막 귀인 난 해설사의 도움을 전혀 받을 수 없었다. 포르투갈에서 포트와인이 탄생하는 과정과 17세기 백년 전쟁과 역사, 와인의 종류와 기구 등등 박물관에서 보고 향을 맡아보며 물 흐르듯 한 시간여 현장 체험을 이어갔다. 마지막 코스로 화이트와인과 레드와인(Fine White&Special Reserve) 한 잔씩을 시음하면서 와인 투어를 마쳤다. 시음 후 좋으면 출구의 판매장에서 사갈 수도 있다.

　　루이스 1세 다리 위에서 바라보는 석양이 최고로 아름답다는데 해가 지기를 기다리기엔 몸이 너무 피곤했다. 때맞춰 들어오는 빨간색 투어버스를 타고 도로우 강변과 포루트 신 구시가지를 오가며 종착지를 향한다. 이렇게 훌훌 둘러본 후 리베르다드 광장에 도착했다. 포르투에서 이틀 밤 머물긴 하지만 하루 동안 다 즐기기엔 아쉬움이 남는다. 숙소를 찾아가는 길에 가까운 성당 안으로 들어가 잠깐 일요일 저녁 미사에 참석했다. 예배를 드렸다기보다는 성소에 들면 맘이 고요하고 평화로워진다. 저녁은 우연히 포르투갈이 원조라는 에그타르트 가게를 만나 스쳐 지나갈 수 없었다. 생과일 즉석 오렌지 주스와 에그타르트의 맛은 호들갑을 떨 정도는 아니었지만 '아아 이게 원조 에그타르트구나' 정도. 입안에서 사르르 녹는 달콤하고 부드러운 맛이다.

우주인이 달 착륙한(?) 벽면 그림이 있는 호스텔의 로비에 앉았다. 현지 맥주인 SUPER BOCK를 시켜 놓고 다음 여정과 하룻밤 머물 리스본의 호텔 예약하고 하루를 마쳤다. '오 포르투 시티 호스텔'의 동굴 침상에 든다. 딱히 좋다고는 말할 수 없으나 캡슐형 침대는 신선한 경험이다. 옆 침대에 여자인지 남자인지 젊은인지 늙은인지 모른다. 내가 있는 동안 얼굴 한 번 마주치지 않았다. 문간에 걸린 옷과 신발 크기로 보아 여자이리라 짐작만 한다. 이것이 동굴 침대의 특징일 수도 있겠다. 난생처음 경험하는 재미있는 숙소다. ㅋㅋ

여행 40일 차
2019.04.22.(월)

리스본^(Lisbon)으로 이동 후 첫날 바이사&벨렝 지구

도시명이 어떨 땐 오포르토(Oporto)이고 어떨 땐 포르투(Porto, 뽀르또)인가 싶었는데 영어와 현지어 발음상 차이다. 우리가 흔히 '리스본(Lisbon)' 하는 건 영어식 표기이고 포르투갈어로는 '리스보아(Lisboa)'이다. 대서양에 면한 리스본 하면 마법처럼 감미로운 영화 '리스본행 야간열차'가 연상되는데 리스보아 하니까 왠지 이보다 더 부드럽고 분위기 있는 낭만적인 도시로 느껴진다.

난 이번 여행에서 이곳 리스본에서 유럽의 끝이라는 최서단의 호미곶을 갈 생각이다. 포르투의 호텔식 아침 식사 후 버스터미널을 향한다. 포르투에서 리스본행 아침 9시 버스를 1인당 16유로(시니어 할인 가격)에 매표했다. 이방인의 눈으로 버스의 전광판을 볼 때 비슷비슷하다. 50a도 있으나 표에 적힌 대로 50A를 잘 보고 타야 했다. 포르투에서 리스본까지는 280킬로 거리로 3시간 30여 분 소요된다. 리스본 터미널에서 내려 예약한 호텔을 찾아가기가 난감하다. 일단 구글 검색한 결과로 지하철로 27분 소요 거리니 쉽게 걸어갈 거리는 아니다. 지하철 노선표를 확인하고 일일 교통 이용권을 끊었다. 순간의 촉기만 믿고 움직이고 기록도 없다. 파란 선의 jadim Zoologico 역에서 지하철을 타고 호시우(Rossio)역에서 내려 역 광장 앞으로 나왔다. 예약한 호텔 근처에서 내려 걸으면서 물어물어 '인터내셔널 디자인 호텔'을 찾았다. 일단 긴 안도의 한숨이 나오는 대목이다. 하루 전 급한 예약도 있지만 좀 편히 쉬어보 겠다는 계산으로 1박에 36만 원 호텔이 프로모션으로 할인되어 20만 원의 호텔이다. 명색이 한 나라의 수도이긴 하지만 내 몸에 맞지 않을 만큼 비싼 고급호텔이다. 그래 도 위치 좋고 실내 분위기도 좋으며 깔끔하고 매우 친절하다. 고급 캡슐 커피가 나오 며 특히 깨끗한 욕조 욕을 할 수 있다. 나중에 알게 된 사실은 이 호텔이 관광 1번지 정도는 되는 듯 사방팔방으로 이동이 편하고 지척에 볼거리들이 많은 곳이다. 역시 비 싼 호텔은 그만한 가치가 있다. 사실 난 평생 삐리리 공무원으로 살아서인지 꼬장꼬장 저축하며 근검절약이 미덕이라 생각하며 살았다. 제 버릇 개 못 준다고 지금 호텔이 몸에 맞지 않은 옷 같아 조금 불편하다.

일단 모든 짐을 방에 던져 놓고 점심을 해결하러 나선다. 다행히 호텔 주변엔 온통 먹자 거리다. 모든 메뉴가 사진으로 나와 있고 가격이나 맛은 대충 비슷해 보이지만 자신의 가게가 젤 맛나다며 가게마다 호객한다. O COCAS 야외테이블에 앉아 가장 무난할 거 같은 감자와 닭튀김 요리와 올리브, 치즈, 바게트, 시원한 생맥주로 점심을 해결했다. 대충 때웠다기보다는 푸짐하게 잘 먹었다는 표현이 맞다.

이제 서서히 리스본의 구석구석을 다녀보자. 우선 리스본은 상 조르제 성이 있는 고 지대의 알투 지구와 저지대의 바이샤 지구로 나뉜다. 내가 머문 이 호텔은 바이샤 지 구에 있고 호시우 광장에서 코메르시우 광장까지를 말한다. 서쪽 끝 벨렝 지구로 가면 유네스코 세계문화유산을 볼 수 있다니 3유로 티켓으로 트램을 탔다. 10여 분을 타고 트램에서 내리자마자 타구스강 언저리에 있는 거대한 건물 '제로니무스 수도원 (Mosteiro dos Jerónimos)'이다, 메인 교회와 회랑의 길이가 300m에 달하는 수도원 은 한 컷에 찍어내기 어려워 파노라마로 찍었다. 대항해시대인 1501년에 세워지기 시 작하여 100여 년을 걸쳐 지어졌단다. 왕 마누엘 1세에 의해 건립되어 마누엘린

(Manueline) 스타일이라는데 남쪽 포털은 화려한 주앙 드 카스티요. 서쪽 포털은 고딕 양식부터 르네상스 양식으로 전환됐단다. 1517년 니콜라우 찬테렌에 의해 건축된 이 건물의 벽면엔 그리스도의 탄생 장면이 수태부터 출생 동방박사의 숭배 주현절까지 자세하게 새겨져 있단다. 나중에 내 카페의 회원이 귀띔해 알게 된 사실은 이곳 수도원은 유료입장이고 한국대사관에서 제공하는 무료 한글 안내서가 있다고 한다.

전형적인 유럽풍의 정원과 프라카 두 임페리오 분수. 그 뒤로 항해 왕이던 엔히케와 많은 항해사, 탐험가를 기념하기 위한 발견기념비(Padrao dos Descobrimentos)와 벨렝탑(Torre de Belem)이 있다. 한눈에 보이는 것들이라 산책하듯 걸어서 둘러볼 수 있다. 제로니무스 수도원을 나와 발견기념비 쪽으로 향한다. 이 발견기념비는 타구 스강을 향해 서 있는데 맨 앞쪽에 서 있는 사람이 '엔히케'다. 이들 중 내 머릿속에 기억된 사람은 탐험가 '바스쿠 다가마'와 포르투갈의 대서사시인 '카몽이스'로 인도의 고아 여행에서 기념관을 관람한 적이 있는데 한때 남인도는 포르투갈의 식민지였다. 아~아 또 한 사람은 최초로 세계 일주를 한 '페르디난드 마젤란'이다. 여고 시절 세계 사 시간에 배웠던 인물들이 어렴풋이 기억난다.

 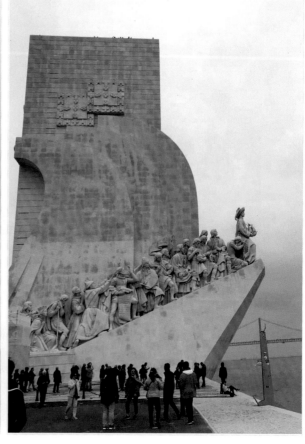

발견 기념비의 양쪽 인물이 다르니 반대편에서도 발견기념비 사진을 찍었어야 했는데 그러질 못했다. 지금 보이는 쪽은 서쪽 면이다. 검색해 보니 앞뒤 조각의 사람 이름까지 적어둔 사진이 있는데 이런 거 만들어 공유한 사람에게는 큰 상을 주고 싶다. 발견기념비 뒤로 무혈쿠데타의 다리인 4월 25일 다리(=살라자르 다리)는 리스본과 알마다를 잇는 현수교다. 아래 '대항해의 시대' 지도는 지금 내가 보고 있는 책 '에세이 세계사' 중세 편(백산서당)에 있는 그림이다. 1500년 선후 대항해시대 당시 스페인과 포르투갈 탐험가들(콜럼버스, 바스쿠 다가마, 마젤란)의 이동 경로로다. 수직으로 내린 경계선으로 두 나라의 정복지역(?)을 표시한 것이다. 이 한 장의 그림으로 참 많은 것을 알 수 있어 이해를 돕기 위해 여기에 첨부한다.

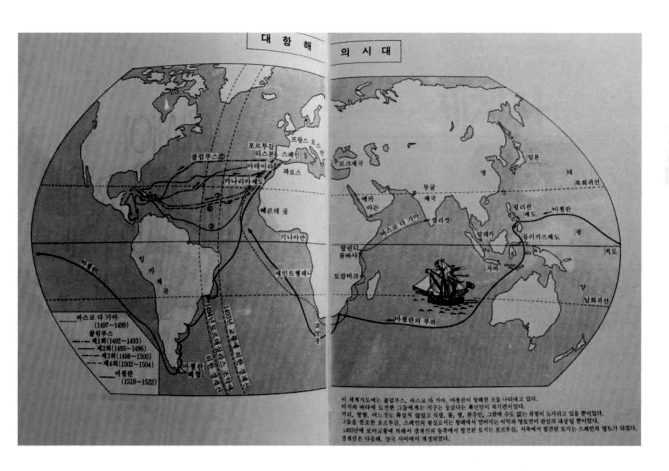

대항해시대에 탐험과 항해만이 아니라 탐험 국을 식민지화하고 교역이나 무역을 이유로 착취와 약탈을 한 지배국들. 그 역사적 배경과 과정을 이야기하자면 끝이 없겠다. 발견기념비에서 강변 따라 바로 오른쪽으로 틀면 벨렝탑이 나오는데 그 중간에 보트 투어할 사람을 모으는 밴과 작은 공원이 보인다. 그 안에 물 위에서 뜨는 비행기처럼 생긴 조형물이 있다. 혼자 이리저리 맞춰본 해석으로 장담은 못 하지만 비석에는 1917년에 리스본의 해군 공군기지에서 브라질의 리우데자네이루까지 시속 115킬로로 날았다는 첫 비행을 100주년이 되어 1991년 11월에 기념한 것 같다.

좋지 않은 머리 너무 굴리면 머리카락 빠진다니 그냥 벨렝탑(Torre de Belem)으로 넘어가자. 타구스강의 귀부인이라는 별칭을 가진 벨렝탑은 16세기 마누엘 1세에 의해 바스쿠 다가마의 세계 일주의 위업을 기념해 만들었다. 타구스(테주) 강 선박의 출입을 감시하는 목적과 모든 탐험대의 전진기지의 요새처럼 보이는 탑이다. 요새라 하기에는 좀 작아 보이지만 퍽 안정적이고 기품있다. 탑의 상층부에는 총독과 왕의 화려한 방과 예배당이 있다. 내 눈에도 그리 보였는데 실제로 한때는 지하를 정치범(주로 대주교, 작가, 혁명가)을 수용하는 수용소로도 쓰였단다. 밀물 때 물이 차올라 죄인들을 숨을 못 쉬게 하는 고문했다니 아이러니하다. 건축 양식은 제로니무스 수도원과 같은 마누엘린 양식으로 수도원과 함께 세계문화유산으로 등재되어 있다.

호텔로 돌아와 충분한 휴식을 취한 후 다시 저녁 코메르시우 광장(Praca do Comercio)을 찾아간다. 호시후 광장에서 아우구스타 거리를 따라 남쪽으로 가면 코메르시우 광장이다. 광장이 나오기 전에 만날 수 있는 30m 높이의 유명한 전망대 산타 후스타 엘리베이터는 리스본 도시 전망대로 유명하다. 거리의 끝에 아우구스타 아치(Arco da Rua Augusta) 개선문이 보이고 광장 중앙엔 주제 1세의 기마상이 보인다.

개선문까지 가기 전에 내 눈을 끄는 것은 포르투갈의 유명음식인 대구요리인 바깔라우 가게다. 앞에 많은 인파가 서성댄다. 해질녘광장을 먼저 둘러본 후 돌아 나올 때 맛볼 생각에 점만 찍고 개선문을 향한다. 조명이 하나둘씩 밝혀진 코메르시우 광장. 잿빛 하늘에서 빗발을 뿌리기 시작한다. 비 오는 밤바다에 조명 불빛이 하나, 둘~~

광장 주변에 설치된 전시물을 보고 불현듯 광주 518민주화운동이 생각난다. 뭐라 설명하긴 어렵지만, 당시 광주 민주화 현장에 있었던 햇병아리 교사인 나로선 감회가 새롭다. 이곳 리스본에서는 '1974년 4월 25일 카네이션 혁명' 또는 '리스본의 봄'이라 불리는 민주화 운동이다. 이는 40년 이상 계속된 살라자르 독재정권과 식민지와의 전쟁에 대한 반발이다. 이 혁명을 계기로 1999년까지 많은 포르투갈 식민지국이 독립했다. 무혈쿠데타로 혁명을 성공으로 이끈 군인들에게 시민들이 카네이션을 달아준 자유의 날이라는 의미의 전시물이다. 광장에는 이틀 후 이곳에서 축제가 벌어질 준비 중이다. 현재까지 매년 4월 25일은 자유의 날로 국가 공휴일이다.

귀갓길에 호텔 방에 앉아 먹는 대구요리인 바깔라우와 포르투갈 맥주는 환상의 궁합이다. 바깔라우 맛의 호불호가 극명하다는데 생선을 좋아하는 내 입엔 호(好)다. 내일의 리스본에서 남은 하루가 유난히 기대되는 밤이다.

CABO DA ROCA

AQUI
ONDE A TERRA SE ACABA
E O MAR COMEÇA
(CAMÕES)
PONTA MAIS OCIDENTAL DO
CONTINENTE EUROPEU

CÂMARA MUNICIPAL DE SINTRA

LATITUDE 38° 47' NORTE
LONGITUDE 9° 30' OESTE
ALTITUDE 140m ACIMA DO NÍVEL
MÉDIO DAS ÁGUAS

신트라 호카곶(Cabo da Roca)

# 여행 41일 차
2019.04.23.(화)

리스본 대성당과 신트라^(Sintra)의 호카곶^(Cape de Roce)

비싼 호텔인 만큼 조식도 훌륭하다. 하지만 조식보다 더 좋았던 것은 호텔 창밖으로 보이는 일곱 빛깔 무지개다. 얇은 잿빛 구름 속에 커다란 무지개를 보니 나도 모르게 가벼운 환성이 터진다. 식사 후 리스본 대성당(Se Catedral de Lisboa)을 가려고 호텔을 나서는데 가는 비가 흩뿌리기 시작한다. 비옷을 챙겨입고 뚜벅뚜벅 맵 안내로 대성당을 찾아 나서는데 구글 안내가 느닷없이 무슨 엘리베이터로 안내됐다.

돌아 나와 걸어서 찾아가는데 언덕 위 고색창연한 성당 건물이 우뚝 서 있다. 아마도 엘리베이터를 타고 가는 방법도 있는 건 아닌지. 공중에 얼기설기 트램 전깃줄이 보이고 그 뒤쪽으로 대성당이 있다. 대성당이란 '두오모(DUOMO)'라는 이름으로 유럽 전역에서 꽤 많이 봤는데 리스본의 대성당은 의외로 규모는 작다. 12세기(1147년)에 짓기 시작해 긴 세월 동안 건축 양식을 바꿔가며 계속 보수 증축했다. 800년의 세월을 굳건히 버텨온 대성당 입구엔 지금도 예배를 드리는 시간이 요일별로 있다. 입장료 없이 성당 안으로 들어서는 순간 피에타 조각상(도자기?)과 화려하진 않지만 중후한 제단과 오래된 성화들을 볼 수 있다. 이슬람교의 문화가 그리스도교로 넘어온 로마네스크 양식의 특별한 색감의 아름다운 돔 천장이다. 장미와 12 사도가 그려진 스테인드글라스에서 오랜 역사의 변천을 볼 수 있다. 그중 가장 큰 참사는 1755년 11월 1일. 만성절 날에 리스본은 진도 9의 지진으로 도시가 완전 폐허 됐다. 포르투갈 왕국을 덮친 전대미문의 재앙으로 지진과 해일과 화재로 인명 피해가 세계 최대란다. 도시가 모두 파괴된 진도 9에서도 온전히 남은 대성당!! 귀하고 귀하다. 리스본 대성당은 건재하지만, 리스본 건물 중 85%가 파괴됐다. 도시 재건에 얼마나 많은 사람이 애를 썼을지 어림짐작도 어렵다. 이번 여행으로 알게 된 사실은 대성당 근처에서 발굴된 유적으로 리스본이 그리스의 아테네 다음으로 세계에서 두 번째로 오래된 도시라는 거다. 기원전 1200년부터 페니키아인이 존재했고 8~6세기 철기시대 사람들이 살았다는 흔적도 곳곳에 있다. 리스본의 역사에 대해 좀 더 공부가 필요하다. 현재 남은 리스본의 옛 시가지인 알파마 지역에서 그 이슬람 세력의 흔적을 볼 수 있다.

대단한 리스본 대성당을 둘러본 후 다시 호텔로 돌아와 체크아웃했다. 밤 버스를 타고 마드리드로 이동해야 하기에 배낭은 호텔 프런트에 맡기고 오후 일정에 나선다. 이번 갈 곳은 유럽사람들이 세상의 끝으로 알았던 호카곶(Cape de Roce)이다. 그곳을 가려면 호텔 근처의 호시오(Rossio) 기차역에서 신트라(Sintra)까지 기차 이동해야 한단다. 안내대로 기차역 안으로 들어와 에스컬레이터를 타고 2층에 오르면 티켓 사는 곳과 기차 플랫폼이 보인다. 3 Zone인 신트라까지는 45분 정도 소요되며 2.25유로이고 보증금 0.5유로를 더 내면 VIVA 카드가 발급된다. 기차를 타고 신트라로 향한다. 주황 포인트에 흰색 건물 신트라 역에서 내리면 작은 가판대가 나오는데 이곳에서 호카곶까지 가려고 다시 10유로짜리 카드를 샀다. 막상 신트라에 도착해 안내 자료를 보니 성과 궁전(무어인 성, 페나 성, 펀세라트 성, 헤갈레이라 궁전, 신트라 궁전) 등등 둘러볼 곳이 아주 많았다. 하지만 호카곶 하나만 보러 왔으니 욕심내지 말자.

다시 'VIA CABO DA ROCA'라고 써진 버스를 타고 40여 분 한적하고 아름다운 마을을 돌고 돌아 넓은 대서양이 보이고 십자가 탑이 우뚝 선 호카곶에 도착했다. 포르투갈의 대문호 카몽이스는 이곳을 유라시아 서쪽의 끝으로 땅이 끝나고 대서양 바다가 시작되는 곳이라 했다. 풍경이야 솔직히 수많은 곳을 여행했기에 그다지 감동을 자아내는 것은 아니다. 가까이 아이슬란드만 해도 이런 풍경은 곳곳에 있다. 그저 유럽

대륙의 끝이라는 당시의 역사성인데 대서양 바다를 보니 그냥 가슴이 툭 터진다. 날씨가 맑고 깨끗하지만 바람이 불어 아침에 걸치고 나온 비옷이 제 역할을 다한다.

깔 맞출 생각은 아닌데 어쩌다 띠동갑 제자가 선물한 모자도 참 잘 어우러졌다. 한참을 산책하고 머물며 챙겨온 주전부리도 하며 호카곶의 풍경을 만끽했다. 붉은 등대가 있는 쪽으로 걸어 나오는데 제복을 입은 남녀가 말을 타고 내려온다. 아마도 승마 순찰대? 멋져 보여 사진 찍어도 되냐 물으니 웃으며 찍으란다.

대부분 바닷가 해안선 마을이 그렇듯이 가슴이 훅 트이는 상쾌함이 있다. 파도와 바위가 서로 부딪치면서 내는 낭만도 있다. 방문 기념을 위해 지천으로 깔린 다육식물 두 줄기를 떼어 가방에 담았다. 몸에 항상 많은 수분을 담고 있는 다육식물이기에 잘 살리라 믿었다. 여행을 마치고 집에 와 다육이를 화분에 심었다. 어찌 내 맘을 알았는지 쌕쌕하게 힘을 타더니 노~오란 꽃을 예쁘게 피워낸다. 이럴 땐 진짜 입꼬리가 귀 뒤로 걸린다. 분홍 꽃줄기도 몇 개 따올 걸 그랬다. 이로 인해 나의 호카곶의 추억이 더한다. 야~호!! 호카곶의 넓은 들녘처럼 열 배, 백 배 번지고 번져 내 머릿속에 호카곶이 잊히지 않기를 바란다. 이름도 예쁜 CABO DA ROCA!!

다시 리스본으로 돌아갈 마음에 버스를 기다리다 무심코 정류장에 들어온 버스를 탔다. 호카곶의 흥에 취한 난 다시 버스를 탈 때 당연히 신트라 기차역으로 되돌아갈 줄 알았다. 그런데 아니다. 버스 종점에서 내려 신트라 시내인 줄만 알고 바로 옆 기차역을 찾았다. 들어올 때 신트라 기차역을 사진 찍어 둔 게 있는데 전혀 다른 모습이다. 오후 5시가 넘어가니 불안이 엄습해온다. 한참을 서툰 영어로 길을 물어가며 우왕좌왕하고 나서야 엉뚱한 곳에 있음을 알았다. 내가 버스에서 내린 곳은 카스카이스(Cascais)란다. 그러니까 내가 탔던 버스는 호카곶이 종점이 아니라 카스카이스까지 가서 되돌아 나오는 순환 버스였으니 길 건너에서 탔어야 했다. 카스카이스는 리스본으로 여행 나온 사람이면 누구나 일부러 찾아가는 곳이다. 처음부터 목적이었다면 좋았을 걸 그게 아니기에 머리에 혼돈이 왔다. 미리 계획되고 준비한 여행이라면 이러진 않았을 것이다. 저녁에 마드리드로 도시 이동해야 하니 시간이 여의치 못하다. 카스카이스에서도 리스본으로 갈 수 있는데 리스본에서 내리는 기차역이 다르다. 만약에 호텔을 찾는 데 문제가 생긴다면 도리 없다. 좀 시간이 걸리더라도 아는 방법으로 가는 수밖에 없다. 차라리 호카곶의 바다를 다시 한번 볼 좋은 기회라고 생각하자. 어쨌든 낯선 곳을 여행할 때는 혼자 지레짐작하지 말고 묻는 일에 게을리하지 말아야 한다.

다시 순환 버스를 올라타서 호카곶을 지나 신트라까지 와서도 흥분이 가라앉지 않는다. 역시 망망대해와 언덕의 풀꽃들 위로 잔잔하게 흐르는 바람까지 버스 안에서 봐도 멋지다. 순환 버스에서 내려 바로 옆 신트라역에서 다시 기차를 타고 리스본 호시오역에 도착했다.

디자인 호텔에 들어 리셉션에 맡겨둔 배낭을 챙겨 나왔다. 이곳으로 들어올 때처럼 지하철을 타고 다시 마드리드로 갈 버스터미널로 향한다. 파란 선의 호시오(Rossio)역에서 타고 jadim Zoologico역에서 내려야 한다. 맘이 급하니 호시오역이 어딘지 멍해진다. 자판기에서 매표 후 지하철을 타고 여섯 개의 정류장을 지나 내린다. 다행히 마드리드행 버스 시간에 맞춰 터미널에 도착하긴 했는데 저녁 먹을 시간이 여의치 못하다. 점심도 시원치 않게 먹은 상태로 긴장하니 머리가 어지럽다.

저녁 식사를 차분하고 근사하게 먹으려 했다. 그런데 호카곶에서 버스를 잘못 탄 바람에 한 시간 넘게 날려버렸다. 이 늦은 시간에 식당 문 여는 곳이 있을지 모르겠다. 넓고 넓은 터미널 내를 다 돌아다니고서야 겨우 식당을 찾았다. 다행히 문을 연 곳이 있어 음식 주문을 했지만 먹을 시간이 없어 포장했다. 음식이 포장되는 동안 빠깔라우에 맥주 한잔으로 맘을 진정시켰다. 이 늦은 시간에 음식을 해 준다는 것만으로도 감사하자. 차내에서는 냄새가 날 거 같아 포장한 음식도 버스에 오르기 전 의자에 앉아 후다닥 먹어 치웠다. 난 이리 급하게 먹으면 안 되는데 역시 상황이 사람을 만든다. 어지럼증도 사라진다. 이제 버스를 타고 차 안에서 조용히 잠만 자면 된다. 내가 탄 버스는 밤새 달려 내일 새벽이면 마드리드에 도착한다. 지난 이야기지만 가끔은 쫄깃 쫄깃하게 스릴 넘치는 여행이 좋다. 아니 피하거나 싫어할 수 없으니 그냥 즐긴다는 표현이 맞다.

[신트라 관광지도: 호카곶(CABO DA ROCA) 외에도 볼거리들]

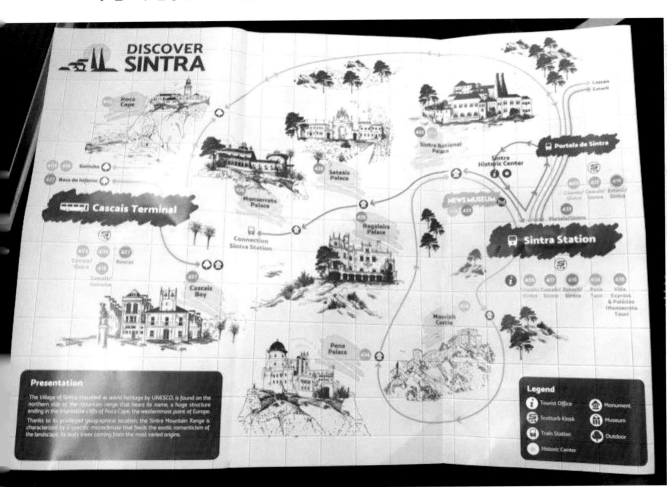

스페인 *SPAIN* **여행**

마드리드

마드리드 알무데나(ALMUDENA) 대성당

여행 42일 차

2019.04.24.(수)

마드리드^(Madrid) 소피아왕립예술센터, 열정의 플라멩코^(Flamenco)

전날 밤 우여곡절 끝에 마드리드행 야간버스를 탔다. 포르투갈 리스본에서 탄 버스는 어느 지점인 줄은 모르나 중간 휴게소를 들러 밤새 달린다. 그리고 스페인의 한가운데 위치한 마드리드 터미널에 도착한 시간은 새벽 6시 30분 즈음이다. 이번 마지막 숙소는 인터넷 앱으로 예약한 '멧 마드리드(MET-MADRID, Piso 2 centro)'다. 그곳으로 가려면 마요르 광장으로 가면 되니 SOL 방향으로 가는 메트로를 타야 한다. 안내를 받아 1.7유로짜리 승차권을 매표 후 새벽 공기를 가르며 찾아간다.

가로등 켜진 비 오는 이른 아침의 낯선 도시 마드리드. 숙소 부근까지 앱의 안내로 다 왔다는데 아무리 둘러봐도 정작 숙소 찾기가 쉽지 않다. 도로에 있는 '멧 마드리드'라는 쓰레기통까지 보이는데도 못 찾겠다. 주변을 지나는 사람들에게 물어도 모르고 문을 연 가게에 들어가 물어도 모른다. 가는 비까지 추적대는데 몇 번을 돌고 돌아도 구글 앱은 내가 선 장소가 맞다니 참 답답하다. 아침부터 춥고 맥이 팔린다. 앱에는 호텔 전번이 없어 피곤하고 눈물이 나려는 순간 고개를 돌려 눈에 띈 벽에 붙은 A4 크기의 아크릴판에 'MeT Madrid'다. 세상에나~~~ 바로 옆에 두고 그토록 헤맸다. 그런데 난 이런 경우를 많이 경험했음에도 또 이렇게 헤맸다니 어처구니가 없다. 그리고 우리의 고정관념이 무섭다. 우린 호텔이라 하면 네온사인은 아닐지라도 멀리서도 잘 보일 수 있는 큰 간판이 당연히 있을 줄 안다. 그러나 한 건물 안의 스무 개가 넘는 버튼 중 하나이고 호텔표시라고는 A4 크기의 아크릴 간판(붉은 화살표)이 전부다. MeT Madrid(T/918 616 909) 2층, 75유로라면 적은 돈이 아닌데 이 정도의 저가(?) 호텔에선 버려야 할 편견이다. 게다가 근거리에 볼거리들이 운집해 있는 Centro 지역이다. 벌써 순례길 위의 알베르게 5~15유로가 그리워진다.

아무튼, 놀란 가슴을 쓸어내리며 들어서는데 빌딩의 호텔이 아니어도 좋다. 아주 옛날 수동식 엘리베이터가 있고 겉모양과 달리 내부가 너무 깨끗하고 리셉션의 아가씨도 매우 친절하다. 다행히 이른 시간인데도 도시 지도를 받고 체크인할 수 있다. 새벽 내내 숙소를 찾느라 애쓴 억울함이 침실에 든 순간 싹 가실 만큼 포근하고 안락하다. 뽀송뽀송한 흰 타올이 여러 장 말려 있고, 은은한 조명과 잘 다려진 깔깔한 침실 시트와 깨끗한 화장실도 호텔급이다. 와이파이 팡팡 터지는 침대에 누워 오늘 찾아갈 곳들을 몇 군데 검색해 놓고 무리하지 않고 쉰다. 최소한 저녁 시간에 플라멩코 공연을 봤으면 좋겠다는 것이 나의 다부진 희망 사항이다.

슬슬 마지막의 하루를 알차게 보내려 시내로 나간다. 다행인 것은 아침에 이 숙소를 찾으면서 동네 골목을 누비고 다녔기에 거리가 낯설지 않다는 것이다. 누군가 1000번 실패하고 1001번째 성공했다면 앞의 1000번은 실패가 아니라는 말을 생각하며 웃는다. 숙소 건너에 좀 특별한 건물 모양의 산미구엘 시장(Mercado de SAN MIGUEL)이 있다. 건물 안은 먹거리 천국으로 보는 것만으로 입가에 미소가 번진다. 어쩜 이렇게 먹음직스럽게 단장하고 손님의 시선을 끌려고 애쓰는지 하나하나 안 볼 수가 없다. 보는 것만으로도 눈이 호강하는 음식들. 내 손에 찍힌 사진을 모두 진열할 수 없어 안타깝다. 진열된 음식물까지 예술이다. 관광객들인 듯 손님이 홀 안에 가득하다.

앉을 자리가 없으니 일단 한 바퀴 돌며 뭘 고를까? 다들 빛을 내며 '나를 선택해 주세요' 아우성친다. 이곳저곳 기웃거려 보다 아보카도와 완두콩, 해초류가 들어간 회초밥과 새우튀김, 문어꼬치를 골랐다. 중미 여행에서 맛봤던 엠파나다는 속 재료로 뭘 넣느냐에 따라 종류도 다양한데 지난 여행을 추억하는 맘으로 후식으로 선택했다.

간단한 아침 식사를 해결하고 대체로 먼 거리(도보 20여 분)에 있는 '국립 소피아 왕비예술센터(Museo Nacional Centro de Arte Reina Sofia)'를 찾아간다. 국립 소피아 왕비예술센터는 19세기 신고전주의 건물로 본래는 산 카를로스(San Carlos) 병원 건물임을 증명하듯 입구에 명패가 있다. 현재는 프라도 미술관 전시물 이후의 20세기 및 현대 미술 관련 미술품을 소장하고 있다. 건물을 안전하게 유지하려고 건물 밖으로 난 통유리 엘리베이터도 유명하다. 건물 입구에 하늘을 향해 있는 마치 사막의 선인장 같은 형상의 조각품이 있다. 이 긴 조각품은 알베르토 산체스(Alberto Sanchez Perez)의 1937년 작품으로 "El pueblo español tiene un camino que conduce a una estrella.(스페인 사람들에게는 별로 가는 길이 있다)"라고 적혀 있다. 산티아고 순례길을 말하는 것으로 생각한다.

비가 오는데 사람들의 긴 줄이 끝이 안 보일 정도로 길다. 센터 측에서 꼬리의 절반을 끊어 뒤쪽 매표구로 안내한다. 개방 시간은 10:00~21:00(화요일 휴관, 일요일과 공휴일은 ~19:00)이고 10유로짜리 표를 사서 입장한다. 파리 루브르 박물관에 '레오나르도 다빈치의 모나리자'가 있다면 이곳 마드리드 소피아 예술센터 2층에는 스페인 내전의 참상을 그린 '피카소의 게르니카(Pablo Picasso - Guernica)'가 있다. 이 그림만 보고 싶다면 저녁 7시에서 9시 사이에 무료입장할 수 있단다. 하지만 유료임에도 이토록 긴 줄을 서는데 무료인 만큼 더 긴 줄을 서야 하니 미리 나서야 한다. 스페인 내전은 민간인을 향한 무차별 폭격이니 우리의 518 민주항쟁과 흡사하다. 그리고 또 다른 피카소의 그림으로 한국에 와 보지도 않고 말로만 듣고 그림을 그렸다는 '한국에서의 학살' 6·25전 그림도 있다니 놀라웠다. 난 이곳 예술센터에서 전시작품 중 화가 겸 일러스트레이터인 ① 라이문도 파티뇨(Raimundo Patino)의 작품인 마분지에 아크릴과 에나멜 및 마커 펜으로 그린 '신 티둘로(Sin titulo Untitled)'가 퍽 인상적이었다. 외에 사람 곁에 아프리가의 거대 동물들을 만화처럼 그려낸 ② 마넬 아르망골 작품인 El Corte Ingles이다. 그리고 예술센터를 찾아오면서 로터리에서 본 조각품을 그림으로 그린 ③ 후안 제노베스(Juan Genoves)의 '포옹(EL abrazo)'이라는 작품이 눈에 띈다. 나오는 길 로터리에 있는 포옹 조각품을 다시 사진으로 담았다, 처음 볼 때부터 뭔가가 있을 거라는 나의 촉은 틀림없었다.

후안 제노베스의 '포옹(EL abrazo)' 그림과 조각

회화전시장에는 남미 원주민의 생활상이 그려진 만화 그림이 전시되어 있다. 건물 안뜰의 사바티니 정원에는 흑단의 미로 조각품이 있다. 초승달을 머리에 이고 있는 새의 형상으로 호안 미로(Joan Miro)의 1966년 청동상 '루나 버드(Lunar Bird)'이다. 내 눈에는 새보다는 코뿔소나 강아지 같다.

소피아 왕비예술센터를 나와 산타크루즈 성당으로 발길을 향한다. 예술센터를 향할 때 봤던 솔 광장 부근의 긴 줄. 우산을 받쳐 든 사람들이 그대로 줄지 않고 서 있는 산타크루즈(Santa Cruz) 성당 안으로 든다. 성당 안에도 긴 줄이 이어지는데 아마도 신부님의 축복을 받으려는 줄이 아닐까? 라는 문외한의 생각이다. 40여 일이 넘는 동안 너무 많은 성당을 보고 온 터라 특별하게 신기할 것도, 감동될 것도 없다. 하지만 긴 줄을 보며 저기엔 뭐가 있긴 있으리라.

다음은 쌍 첨탑이 있는 플라자 마요르(PLAZA MAYOR)의 건물이다. 1651년 펠리페 2세가 마드리드로 왕궁을 옮긴 후 건축가 후안 데 에레라가 1580년에 시작하여 1619년에 완공된 유럽에서 가장 큰 광장이란다. 광장 가운데에 1848년에 옮겨온 펠리페 3세의 청동 기마상 우뚝 서 있고 조명탑과 함께 악명높은 스페인 종교재판이 열린 곳이다. 교수형이나 화형식이 1790년까지 계속되어 지금도 당시를 재현하는 종교재판 투어가 있다. 청사 앞면이 화창한 날씨였다면 더욱 빛났을 프레스코화다.

　외에도 거리에서 만난 진풍경은 골판지 몇 장이 휴식처인 노숙자다. 그 옆에 벽도 있고 뚜껑도 있으며 바퀴 달린 온전한 개집과 개가 있다. 이런 경우 개 팔자가 사람보다 낫다. 이 노숙자에게 개는 자식과 같은 존재이리라. 길거리 이리저리 둘러보는 재미에 빠진다. 테이크어웨이 집 앞의 빈티 스타일의 BOSCH 자전거는 전시용일까? 배달이 가능할까? 왠지 동화 속에나 등장할 거 같은 저 자전거 타 보고 싶다. 조금 피곤하다 싶을 때 잠시 휴식하러 호텔로 들어왔다. 처음 이 숙소를 찾을 때 어려움은 있었으나 시간적 여유가 없는 나에게는 호텔의 지리적 위치가 아주 좋다. 리스본에서도 만족했는데 이곳 마드리드도 가격 대비 최고의 선택이다. 사실 처음에는 에어비엔비를 예약했다가 취소한 바람에 예약금만 날렸다. 그건 그 숙소가 '산티아고 순례길을 순례한 사람은 게스트가 될 수 없다'는 조건이 있었는데 그걸 무시해 예약금만 날렸다는.

호텔 리셉션에 플라멩코 광고지를 보고 리셉션의 안내를 받았다. 크고 작은 공연이 있는데 그중 출연자도 많고 다양한 공연이라며 한 곳을 꼭 짚어 안내한다. 리셉션의 예약 대행도 가능한데 위치도 알 겸 그들이 추천한 곳을 찾아간다. 비가 추적추적 내리는 이런 날 플라멩코 공연 감상은 제격이리라. 숙소에서 나와 왼편의 직선 길로 계속 걷는다. 솔 광장과 스페인 마요르 광장 지나고 그랑비아 길을 따라 걷다가 오른쪽으로 꺾는다. 드디어 동남아(?) 향신료 이름을 가진 CARDAMOMO라는 플라멩코 공연장을 찾았다. 과연 오늘 밤 나는 이 공연을 볼 수 있는 예약이 가능할까? Flamenco Madrid · Tablao Cardamomo Flamenco (Es). 목적지 앞에 서니 긴장된다. 과연 볼 수 있을까? 건물 안으로 들어선 순간 부에노스아이레스에서 탱고(땅고) 공연을 보겠다고 들어선 느낌과 흡사하다.

플라멩코는 스페인 집시들의 전통예술로 민속 음악과 무용이 어우러져 기타 반주에 맞춰 발을 구르거(사바티아드)나 손뼉을 치면서(팔마) 하는 스페인 민족 예술이다. 지배인과 상의 후 공연을 감상할 수 있는 시간을 알아보니 22시란다. 지금 막 시작하는 공연을 슬쩍 봤다. 열 명의 공연자가 나오며 42유로의 입장료가 있는 저녁 10시 공연으로 음료를 제공한다니 바로 예약했다. 늦은 시간이지만 뻔한 길이고 내 수중엔 돈이 없어 소매치기당할 염려도 없다. 예약됐다는 흥분을 가라앉히고 밤에 피어나는 마드리드를 상상한다. 예상대로 척척 진행되니 무차스 그라시아스~~ 이따 봐~~

공연 시간 밤 10시니 그사이 스페인 왕궁과 마요르 광장으로 간다. 오전에도 만났던 마드리드 시청사 건물과 펠리페 3세의 기마상이 있는 마요르 광장, 아르메리아 광장에서 본 푸른 지붕의 알무데나(ALMUDENA) 대성당. 비가 내리는 중에도 스페인 왕궁 앞에는 버스를 타고 온 중년들과 학생 단체 관람객들이 많다. 프랑스 파리의 베르사유 궁전을 보고 지었다는데 스페인 궁전은 입구 문과 울타리부터 달랐다. 이 당시 궁전의 크기는 국력에 비례했다. 합당한 비유가 될지는 모르겠으나 내 눈에 베르사유 궁이 순도 99.9% 24K라면 스페인 궁은 18K 수준이다. 물론 스페인 궁은 안으로 들어가지는 못했다. 비도 오고 시간적 여유도 없지만, 궁전 내부 구경은 가이드 투어만 가능하다. 사실 시간적 여유가 없어 프라도 미술관(Prado Museo, 저녁 6시부터 8시까지 무료입장)을 둘러보지 못한 건 아쉽지만 궁전 투어 못한 것은 아쉽지 않다.

　궁전과 마주하고 있는 건너편 아름다운 알무데나 성당에 시선이 머문다. 잿빛 하늘
과 딱 맞아떨어진 모습으로 다가온다. 완벽함과 굳건함, 단정하면서도 우아한 모습이
시선을 끈다. 다시 푸드코아 산미겔 시장에 들러 늦은 저녁을 먹고 시간에 맞춰 플라
멩코 공연장을 향한다. 공연장 안에 자릴 잡고 앉았다. 무대에는 왼쪽으로 기타연주자
남자 두 사람이 그 옆으로 남자 가수 둘이 앉았다. 여성 무용수 네 사람과 여성 가수
한 사람, 남성 무용수 한 사람 총 열 명의 공연이 시작됐다. 시작의 멜로디는 마치 새
벽을 깨우는 이슬람의 아잔처럼 특이하고 잔잔하다. 짙고 어두운 조명이 한몫하기도
하지만 시작부터 열정의 춤사위와 발놀림으로 진수를 보여준다. 세 여성 무용수가 한
사람씩 특유의 몸짓으로 플라멩코는 이어진다. 칠면조 뒤태와 같은 육감적인 몸매와
쉼 없이 찰랑대는 치맛자락. 손가락 끝이 보이지 않게 쳐대는 손뼉. 곧 터질듯한 울부
짖음과 손끝과 발바닥까지 유럽 특유의 느끼하면서 혼신을 불태우는 듯한 공연, 소극

장의 분위기는 무용수의 가슴골에 흐르는 땀방울까지 훔쳐볼 수 있다. 애절한 노래와 열정의 춤사위에 한 테마가 끝날 때마다 관객의 박수가 터져 나온다.

마지막 부분의 남자 무용수(El jaleo)의 탭 댄스의 발놀림은 발이라는 생각보다 새의 날갯짓 같았다. 커다란 매부리코에 강렬한 눈빛은 플라멩코 춤을 추기에 최상의 모습이다. 그가 움직일 때마다 머리카락 끝을 따라 허공에 날리는 땀방울도 마초의 경지를 보여준다. 만족한 공연을 마치고 무대 공연자들과 기념사진도 한 컷 했다.

온전한 순례와 만족한 여행을 마치고 마드리드의 야경을 맞는다. 한 꼭지 여행을 마칠 때마다 뿌듯함이 밀려오는 건 되돌아갈 곳이 있다는 모든 여행자의 몫이리라. 내일은 득달같이 공항을 향하고 귀국길에 오른다. 이제 이동만 남은 상태로 일기를 따로 마련하지 않고 여기서 끝. 대신~~ 포르투갈의 파두에 대하여.

********************** 포르투갈 음악의 장르 파두(Fado)에 대하여

이번 여행을 마치고 정리하던 중에 뜻하지 않게 친구로부터 '낭만 오디세이'라는 유튜브 영상에서 포르투갈을 다시 만났다. 당시의 생각에 잠겨 잠시 행복했지만, 산티아고 순례길 이후 시간이 많지 않아 포르투갈을 대충 둘러본 거 같아 매우 아쉽다. 가장 아쉬운 건 온전한 내 취향의 '파두'에 관한 것이다. 대한민국의 트로트처럼, 영미의 재즈나 팝, 브라질의 보사노바, 프랑스의 샹송, 이탈리아의 칸초네, 스페인의 플라멩코는 알았는데 포르투갈의 파두를 몰랐다니. 가끔 포르투나 리스본 길거리에서 음악이 흘러나올 때 당연히 샹송이나 칸초네일 거로 생각했다. 아주 귀에 익숙한 음악이었다. 그런데도 리스본의 야외 식당의 안내 간판에도 'Fado'라는 단어가 있었는데 '파두'가 뭐지? 하며 말았다. 참나. 지금 생각해보니 리스본 거리로 흘러나오는 귀에 익은 노래가 파두 음악들이었다. 그 당시에는 칸초네인 줄로만 알았는데 심한 무식이고 착각이다. 내가 듣기에 파두 음악은 끊어질 듯 이어지는 애절한 음악이다. 포르투갈 전통음악으로 영혼 또는 운명이라는 뜻을 가진 '파두'를 다시 듣고 싶을 때마다 클릭하게 될 거 같다. https://youtu.be/dykeRKgTOeI - Fado Português

어제에 이어 오늘 아침도 '파두(Fado) 음악'으로 시작한다. 리스본 항구의 가난한 골목에서 서민들의 애환을 노래한 음악 파두. 포르투갈 역사를 보면 유난히 항해가 많았고 지리적으로도 어촌 생활자가 많았다. 언제 돌아올지 모르는 가족을 기다리는 사람들이 부르던 노래. 특히 여인들이 남편을 기다리면서 부르던 노래 파두다. 치열한

삶과 낭만과 사랑을 노래한 바다의 노래 파두. 리스본의 홍등가인 알파마 거리에서 시작한 파두. 바다를 숙명으로 받아들여야 했던 항구와 그 뒷골목의 서글픈 삶. 머리를 송두리째 흔들고 심금에서 영혼까지 울리는 파두다.

Amália Rodrigues - Maldição, Gaivota, Nem As Paredes Confesso,

포르투갈의 배우이자 국민가수로 파두 음악의 독보적 존재인 Amália Rodrigues. 그녀는 리스본의 빈민촌에서 태어나 '파두의 여왕'으로 생을 마쳤다. 아말리아 로드리게스는 주로 검은 옷을 입고 노래를 불렀는데 이런 솔로 파두 가수를 파디스타(fadidsta)라고 부른다. 미안하게도 귀에 익숙한 음악 '어두운 운명'이나 '검은 돛배' 등이 파두라는 장르인 것을 이제야 알았다. 포르투갈 기타연주에 얹힌 그녀의 음악은 들으면 들을수록 그녀의 매혹적인 목소리에 빠져든다. 가슴을 후벼 파듯 부드러우면서 강하고 간드러진 자릿한 음색이다. 우리 전통음악인 판소리나 시조나 가사를 읊는 정가와 같은 느낌이다. 알고 보니 포르투갈의 파두는 2011년 11월에 이미 유네스코 인류무형문화유산으로 등록됐다. Fado라는 말 자체가 라틴어의 파둠(Fatum)에서 파생된 단어로 Fado는 세상의 끝에서 운명을 노래한다.

> 당신이 탄 검은 돛배가
> 밝은 불빛 속에서 너울거리고
> 당신이 지친 두 팔로
> 나에게 손짓하는 것이 보였어요.
> 바닷가 여인들은
> 당신이 돌아오지 않을 거라 말하죠.
> 난 나의 사랑을 알고 있어요.
> 당신이 떠나버린 것이 아니라는 것을.
> 내 마음엔 언제나 당신이 함께 있어요.

가사야 어쨌든 뜻 모를 노랫가락만으로도 가슴을 미어지게 하는 음악 파두. 그리움, 슬픔, 기다림, 외사랑 등등 우리나라의 절절한 정가와 같이 파두 음악에 애환이 서려 있다. 포르투갈을 여행한 TV프로에서 좁은 골목 안으로 들어서면 동네 사람의 노래자랑 터인 식당들이 모여 있다. 식당 한구석에 출연한 주방 요리사의 파두 노래 솜씨가 프로급이다. 귀에 익다 익다 하면서 계속 듣고 있으면 무릎을 치게 된 것이 있다. 내 귀에는 이 음악이 베두인(무어인) 음악과도 비슷하다는 것이다. 예전에 대서양 건너의 북아프리카 모로코, 알제리, 튀니지 여행에서 많이 들었던 멜로디다. 알고 보니 파두의 장르 뿌리가 무어인 음악이라는 것을 알았다. 우~후!!

그런데 리스본의 파두 음악을 들으면 심연으로 파고드는 것은 좋은데 몸이 축 처지는 기분이 든다. 같은 파두지만, 리스본의 파두와 다른 듯 비슷한 코임브라 파두가 있다. 현악기가 가진 애절함을 가진 어쿠스틱 베이스기타나 콘트라베이스의 반주는 파두 음악을 최고조에 달하게 한다. 검은 망토를 걸치고 부르는 코임브라 대학생 중심의 파두. 그들의 파두는 성스럽기조차 하다.

> 나는 해변으로 춤을 추러 갔지.
> 성난 바다 저편 거친 바다로
> 나는 그렇게 아름다운 불빛은 처음 보았지
> 내 사랑아. 이리와 나와 함께 춤을 추자.
> 나와 함께 이 해변에서 춤을 추자
> 내 사랑을 데려간 숙명의 바다여

이 노래를 들으니 요즘 해양 사고가 잦은 우리 뉴스가 생각난다. 그리고 보니 나의 순례길 위에서 세월호 참사일(4월 16일)이 지났다. 유난히 생때같은 내 아이들이 생각나는 밤이다. 이 자릴 빌어 세월호 아이들과 함께 삼가 고인들의 명복을 빈다. 자식을 가슴에 묻은 가족들을 어떻게 위로해야 할지 모르겠다. 그들의 영혼을 달래줄 파두 음악을 청한다.

'Sinking of MV Sewol' 2014년 4월 16일 잊지 않을게요.

정 / 리

[32일간 산티아고 순례 프랑스 길 구간과 머문 알베르게]

일차	머문 도시	km	알베르게/유로	일차	머문 도시	(km)	알베르게/유로
1	~ 론세스바예스	25.0	공립 알베 /10	17	~ 테라딜로스	26.6	Santa Cruz/ 5
2	~ 쥐비리	23.5	공립 알베 /12	18	~ 레온	24.2	공립 알베 / 6
3	~ 팜플로나	22.8	Rio Arga /15	19	레온	10.0	Monastica / 85
4	~ 레이나	31.1	Jakue/9	20	~ 산마르틴	26.5	Vieira/ 8
5	~ 에스테야	23.9	공립 알베 / 6	21	~ 아르토가	24.6	초입 사립 / 13
6	~ 로스 아르고스	24.0	Abuela /12	22	~ 포세바돈	26.8	초입 사립/ 10
7	~ 로그료노	28.9	공립 알베 /7	23	~ 폰페리다	29.9	luristico / 15
8	~ 나헤라	10.0	Las penas/10	24	~ 비아프랑카	25.0	공립 알베 / 6
9	~ 산토도밍고	21.2	Peregrinos /8	25	~ 세브레리오	29.6	공립 알베 / 6
10	~ 베로라도	21.8	EL CORRO /8	26	~ 트리 아카스떼아	21.2	공립 알베 / 6
11	~ 오르데카	25.0	Ordeca /10	27	~ 사리아	18.4	A Pedra / 10
12	~ 부르고스	28.3	부르고스 /6	28	~ 포르트마린	24.8	공립 알베 / 6
13	~ 부르고스	10.0	부르고스 /6	29	~ 메리데	35.4	공립 알베 / 6
14	~ 온타나스	32.8	El puntido /6	30	~ 아르주아	14.4	공립 알베 / 6
15	~ 보아딜라	29.5	En el camino /8	31	~ 오피노	23.1	공립 알베 / 6
16	~ 가리온	26.5	산타마리아 /5	32	~ 콤포스텔라	27.0	세미나리오 / 14

■ km는 이동하는데 걸린 숫자이고, 현지에서 마을을 둘러보는 거리는 생략된 것임.
■ 레온의 두 번째 날은 호텔, 마지막 날 콤포스텔라에서 1박 추가함.

■ 알베르게 이용료는 순수 침상값을 말하며 식사 또는 세탁기나 건조대 사용료는 따로 계산됨. (가격은 2019년 기준)

위 표는 순례 전 가장 궁금했던 것으로 직접 다녀온 결과를 제공의 의미로 정리한 것임.

나 / 오 / 는 / 말

장고 끝에 2019년 3월 14일부터 4월 26일까지 46일간의 산티아고 순례길과 주변국 여행일기를 마무리됐다. 그냥 기록은 기억을 앞선다는 생각으로 오랜 시간 일상을 기록하는 습관 때문에 만들어졌다. 일기 속에 포함된 사진도 그렇지만 글을 쓴다는 게 나의 전공도 아니고 직업도 아니다. 서툴지만, 글, 사진, 교정, 디자인 편집 등 모든 것을 혼자서 했다. 나만의 생각이기도 하지만 한알 한알을 모아놓으니 귀한 보석이 된 기분이다. 몇십 년이 지난 후라면 모를까 한 번 써 놓으면 다시 읽고 싶지 않은 일기지만 산티아고 순례와 덧붙인 여행기가 뭔가 느낌이 달라 문장의 토씨 하나까지 신중했다. 누구는 한 번 쓰고, 두 번 읽고, 세 번 고치라는 말을 하지만 이 일을 2년 동안 반복했다. 내용을 넣고 줄이고 줄이면서 사진도 넣었다 뺐다, 바꿨다가 뺐다가 다시 넣고. 밤을 꼬박 새우기도 여러 날, 자다가 이런저런 생각에 깨어나기도 수없이 많았다. 하지만 수정에 수정을 거듭하며 조금씩 나아지는 재미에 더 재미를 붙여 작업했다. 복삿집에서 양면 인쇄하여 나를 잘 알고 책 읽기를 즐겨 하는 친구에게 교정도 부탁했다. 나와는 달리 신앙심 가득한 친구는 처음엔 순례길이 걷는 거 말고 뭐 쓸 게 그리 많나 물었다. 내 순례와 여행기를 보더니, 정성을 다해 오탈자 교정을 해 준다. 그러면서 자신이 몰랐던 사실이 많다며 출판하면 어떻겠냐 묻는다. 이 친구의 격려와 찬사에 힘입어 정말 한번 해볼까? 하는 맘이 솔깃 일었다.

사실 이 일기를 작성하면서도 혼자 보기엔 아깝고 누구에게든 나누고 싶다는 생각이 들었다. 이 책을 거듭 수정하면서 의외로 새로운 사실을 알게 됐다. 나처럼 산티아고 순례길을 자신의 버킷(bucket)으로 생각하면서 사는 사람이 많다는 것이다. 특히 홀로 세계여행을 하고 싶다거나 꿈꾸고 있다면 산티아고 순례로 시작하는 데 작은 도움이 되지 않을까 싶다. 이런 분들을 위해 책 만드는 작업에 욕심을 내게 됐다. 그러다 보니 유럽 역사와 문화와 종교와 상식에 도움글이 더해졌다. 나에게도 이런 자료집이 순례나 여행 전에 있었으면 좋았겠다는 마음에서 작업했다. 그동안 신세를 진 분들께 한 권씩 나눠야겠다는 맘으로 내 나름으로는 정성을 다했다. 가장 힘들었던 것은 파일이 워낙 커서 저장하는 데 시간이 오래 걸리는데 실수로 꺼져버린 일이다. 어떨 땐 원인도 모르게 시스템 오류가 나고, 1,000장이 넘는 이미지가 모두 사라져 나를 당황하게 한 적도 있었다. 누가 시킨 것도 아니고 내가 꼭 하지 않아도 되는 일이니 그만둘 생각도 여러 차례 했다. 소장용으로만 하고 출판을 포기해 버릴까 하다가 몇 번이나 다시 하고 다시 했다. 자칫 집중력을 잃거나 신중하지 못해 발생한 내 탓인데 누굴 원망하겠는가? 재정리를 거듭하면서 순례길 추억이 자동 소환된다. 다른 계절에 프랑스 길을 또 가고 싶고 다른 순례길도 모두 찾아 걷고 싶다. 무엇보다 산티아고 순례 프랑스길 800킬로를 걸었다는 것이 나의 남은 삶에 자신감을 뿜~뿜 뿜어준다.

이 자리를 빌려 이 여행과 순례길에 함께 해 준 모든 동행자에게 감사의 마음을 전하고 싶다. 전달할 수만 있다면 국내외를 막론하고 책 속의 인물들에게도 모두 나누고 싶은 맘이다. 벌써 2년이 훌쩍 지났다. 하지만, 코로나19가 국내뿐 아니라 세계 곳곳에 특히 스페인에 성행했을 땐 정말 가슴이 아팠다. 최소한 순례길에 나를 도와주었던 모든 사람이 안녕하기를 간절히 기도했다. 그런 마음이 더해져 나를 책상 위에 끌어앉히고 이렇게 책이 만들어졌다. 지금 당장은 순례든 여행이든 가기 어렵다. 설령 직접 순례길을 못 가더라도 이 책을 읽으면서 간접 경험해 보는 것도 좋지 않을까 싶다. 가장 안타까운 건 책이라는 이유로 사진의 크기를 적게 밖에 편집할 수 없다는 것이다. 내 욕심 같아서는 사진을 영상으로 엮어 CD나 USB에 담아보는 것도 고려하고 싶다. 그리고 기존의 책의 형식을 벗어나 내 뜻대로 제본하겠다는데 출판사로부터 브레이크가 걸린다. 여기서 내 뜻이란 모두 내가 편집해 준 그대로를 인쇄하는 것이다. 내가 봐도 시중에 나와 있는 기존의 여행기 책 같지 않은 상식에 벗어난 책이다. 가볍게 들고 보기에는 책이 너무 크고 두껍고 무겁다. 그런데 난 이대로 고집하고 싶다. 2020년 12월에는 정식 출간계약도 했지만, 상업성이 없다는 이유로 결국 파기됐다. 내가다시 내 방식으로 출판을 고집하는 이유는 진심으로 산티아고 순례길에 관심이 있고 홀로 여행하는 방법을 알고 싶은 사람에게 밀알 같은 도움서가 되고 싶을 뿐이다.

순례든 여행이든 당분간은 코로나19 펜데믹으로 갈 수도 없다. 지금의 코로나 상황이 조만간 그쳐 해외여행이 가능할 때를 기다리며 무슨 일이든 심사숙고하는 건 좋다. 하지만 맘에 둔 여행이라면 바로 시행하는 것이 좋겠다. 어느 누가 오늘날같이 하늘길이 막히고 발이 묶인 세상이 올 줄 알았겠는가. 그대여!! 건강이 허락할 때를 기다리지 말고 맘이 동할 때 떠나라. 특히 산티아고 순례길은 도전이나 모험이라는 생각 없이 무리하지 않고 조금씩 걷다 보면 뭔가 되어가고 있음에 스스로 놀란다. 장기순례지만 적은 돈으로 숙식이 제공되니 이 얼마나 좋은가. 그 안에서 자신도 모르는 새로운 나를 발견하게 되고 기적과 치유의 능력이 생긴다. 우선 동네 뒷산부터 산책하듯 걷고 몸을 부지런히 움직여 체력을 길러주는 것도 참 좋은 방법이리라.

진정으로 홀로 세계여행을 꿈꾸는 이라면 어느 정도 용기와 호기심이 있어야 한다. 나의 경험에 의하면 해외여행에서 언어보다 더 필요한 것은 스스로 겸손하고 불평보다는 감사하는 마음이라 생각한다. 아는 만큼 보인다 했으니 이 책이 조금이라도 보탬이 되길 기대해 본다. 후~~우우~~~

2021년 12월
거문고선녀(琴 仙)

2019년 봄
46일간 바람이 되어
산티아고 순례 프랑스 길과
프랑스 서부, 스페인, 포르투갈 여행을 마치고 시베리아 상공에 뜨다

기적의 순례와 여행

ⓒ 정금선, 2021

초판 1쇄 발행 2021년 12월 10일

지은이 정금선
펴낸이 이기봉
편집　좋은땅 편집팀
펴낸곳 도서출판 좋은땅
주소　서울특별시 마포구 양화로12길 26 지월드빌딩 (서교동 395-7)
전화　02)374-8616~7
팩스　02)374-8614
이메일 gworldbook@naver.com
홈페이지　　　www.g-world.co.kr

ISBN　979-11-388-0488-2 (03810)